鲁迅散文中学生读本

李　麟　主编

图书在版编目（CIP）数据

鲁迅散文中学生读本 / 李麟编. —太原：北岳文艺出版社, 2016.1（2020.8 重印）
ISBN 978-7-5378-4654-7

Ⅰ. ①鲁… Ⅱ. ①李… Ⅲ. ①鲁迅散文—散文集 Ⅳ. ①I210.4

中国版本图书馆 CIP 数据核字（2015）第 300523 号

鲁迅散文中学生读本

编　　者	李　麟
责任编辑	贾江涛
助理编辑	范　戈
装帧设计	揽胜视觉

出版发行	山西出版传媒集团·北岳文艺出版社
地　　址	山西省太原市并州南路 57 号
邮　　编	030012
电　　话	0351-5628698（太原发行部）
	010-57427866（北京发行部）
	0351-5628688（总编室）
传　　真	0351-5628680
网　　址	http://www.bywy.com
E - mail	bywycbs@163.com
经 销 商	新华书店
承 印 者	北京飞达印刷有限责任公司

开　　本	710 毫米 × 1000 毫米　1/16
字　　数	235 千字
印　　张	17.5
版　　次	2016 年 1 月第 1 版
印　　次	2020 年 8 月北京第 2 次印刷
书　　号	ISBN 978-7-5378-4654-7
定　　价	26.80 元

前言
QIANYAN

鲁迅是现代中国文学史上标志性的里程碑，他的白话文小说有如一颗巨石，沉沉地砸向当时国人麻木的心灵。鲁迅的散文亦是如此。他的散文不但在为白话文的传播上做出了贡献，更在于皆由此表达了对黑暗社会的控诉，对"好的故事"的向往和追求，从而在黑暗的长空里划出一道黎明。因此，鲁迅的散文亦是不下于其小说的于中国文学的重要存在。

下面就来浅述几个在鲁迅散文中比较明显的特点。

一、注重象征手法的运用，文章具有音乐美和画面美

鲁迅是现代散文诗的重要开创者，此类散文集结于《野草》中。《野草》是鲁迅先生写于二十年代的散文集，初看，我们可能会感觉其语言艰涩，深奥难懂，但仔细品读，我们就能领略到鲁迅先生文字背后那满腔的热情与真诚。《野草》是一部象征主义的艺术精品，其中最具艺术特色的是运用象征方法而创造的各种形象。比如借用"小红花"象征美好的愿望，借用新月象征新希望等等，以创造有物质感的形象来表现复杂的内心感受——于当时的社会背景对旧思想的复苏，

对新思想的退潮感到的彷徨与苦闷,着重表现的是黑暗重压下的战斗精神、追求精神和牺牲精神。象征手法的运用使《野草》恰当地表现了当时鲁迅先生的思想感情。同时象征手法的运用也增强了其文章的艺术表现力,使之语言优美,描写生动,很有感情。鲁迅也注重写实手法、抒情手法的并用。语言精致形象、饱含深情,具有音乐美、绘画美的特点。"许多美的人和美的事,错综起来像一天云锦,而且万颗奔星似的飞动着,同时又展开去,以至于无穷。""我仿佛记得曾坐小船经过山阴道,两岸边的乌桕,新禾,野花,鸡,狗,丛树和枯树,茅屋,塔,伽蓝,农夫和村妇,村女,晒着的衣裳,和尚,蓑笠,天,云,竹,……都倒影在澄碧的小河中,随着每一打桨,各各夹带了闪烁的日光,并水里的萍藻游鱼,一同荡漾。诸影诸物,无不解散,而且摇动,扩大,互相融和;刚一融和,却又退缩,复近于原形。边缘都参差如夏云头,镶着日光,发出水银色焰。凡是我所经过的河,都是如此。"文章对这些景物的描写很生动,景色明朗,充满温暖愉悦的情绪,不难看出鲁迅对生活的热爱和希望。鲁迅善于将深邃的情感和深刻的思想表现于所写景物之中,以富有特征性的自然之物寄托自己的所思所想。《野草》以深邃的思想哲理和成熟优美的语言艺术放射异彩,是中国现代散文诗的一个重要里程碑。

二、运用平铺直叙使文章具有真实感

鲁迅的回忆散文收于《朝花夕拾》集中,是鲁迅先生对往事回忆的真实记录。在这部作品中,鲁迅先生大量地运用了平铺直叙的表达方式,这使这部作品在语境上达到了亲切而又贴近生活的真实感,但同时又能将深邃的思想蕴藉于平淡质朴的写人记事的笔墨间。"不必说碧绿的菜畦,光滑的石井栏,高大的皂荚树,紫红的桑葚;也不必说鸣蝉在树叶里长吟,肥胖的黄蜂伏在菜花上,轻捷的叫天子(云雀)忽然从草间直窜向云霄里去了。单是周围的短短的泥墙根一带,就有无限趣味。油蛉在这里低唱,蟋蟀们在这里弹琴。翻开断砖来,有时

会遇见蜈蚣；还有斑蝥，倘若用手指按住它的脊梁，便会拍的一声，从后窍喷出一阵烟雾。何首乌藤和木莲藤缠络着，木莲有莲房一般的果实，何首乌有臃肿的根。有人说，何首乌根是有像人形的，吃了便可以成仙，我于是常常拔它起来，牵连不断地拔起来，也曾因此弄坏了泥墙，却从来没有见过有一块根像人样。如果不怕刺，还可以摘到覆盆子，像小珊瑚珠攒成的小球，又酸又甜，色味都比桑葚要好得远。"这段《从百草园到三味书屋》中的景物描写即为"平铺直叙"此类文风的典型例子，从中流露出的真情实感，不仅能够让我们于娓娓道来的平静中体会到鲁迅先生温情的那一面，更能使两者之间产生真实感的共鸣。

三、语言逻辑的严密和受欧化的影响

对鲁迅略知一二的人大都应该知道他与各大学究在二三十年代的那一系列笔战，他由此而发扬出来的"刀笔"文风则更是著名。善于玩弄文字技巧，尽讥讽之能事是"刀笔"的风格，因而要求词法、句法、章法上，都必须逻辑严密，构架精准才不会遭到同样诟病。我们可以分析鲁迅的文章，他的措辞、造句、谋篇、伏笔、呼应几乎无懈可击，这样缜密的行文风格给他的散文创作带来了影响，使后者常常带着明显的逻辑色彩，使写出来的文章更具有批判力度。此外，鲁迅独特的话语方式还得益于他广博的杂学，早年对古文的研究以及此后西方文学对其的影响。对古文的学习使其拥有良好的文字功底，而欧化的影响则让他的文章中时常夹杂着许多非常规语法，或省略成分，或定语前置，或状语后置等，这大大提高了语言的表现力。"总之，倘是咬人之狗，我觉得都在可打之列，无论它在岸上或在水中。"（《论"费厄泼赖"应该缓行》）"我梦见自己躺在床上，在荒寒的野外，地狱的旁边。我绕到碣后，才见孤坟，上无草木，且已颓坏。"（《失掉的好地狱》）"水村的夏夜，摇着大芭蕉扇，在大树下乘凉，是一件极舒服的事。"（《自言自语·序》）

四、虚词的运用

但凡读过鲁迅作品的人应该都会有这样的感觉——鲁迅在作品中用了很多虚词。他的散文句法跌宕起伏,甚至在许多语法书中,在选取复句的类型时亦多用鲁迅的那些充斥着虚词的繁复的句子。"倘使要看个分明,那么,《玉历钞传》上就画着他的像,不过《玉历钞传》也有繁简不同的本子的,倘是繁本,就一定有。"(《无常》)"他们以为这一件事情(指面子),很不容易懂,然而是中国的精神纲领,只要抓住这个,就像二十四年前的抓住辫子一样,全身都跟着动。"(《说"面子"》)"然而我已经不但自己不敢再想做孝子,并且怕我父亲去做孝子了。家景正在坏下去,常听到父母愁柴米;祖母又老了,倘使我的父亲竟学了郭巨,那么,该埋的不正是我么?如果一丝不走样,也掘出一釜黄金来,那自然是如天之福,但是,那时我虽然年纪小,似乎也明白天下未必有这样的巧事。"(《二十四孝图》)通过这几个例子我们还可以看到,鲁迅的散文常虽用到"无论、但、因为、虽然、所以、甚至、甚至于、甚而至于、不过、然而……"但他用的这些词语,却少有成对地、规范地出现的。这或许也是鲁迅在虚词运用中的独特之处吧。

总而言之,鲁迅的散文在写作手法上有多用象征及喜平铺直叙两大特点,而在语言方面则受欧化影响,文章多呈理性化逻辑化语言方式。而其个人在遣词造句上又有使用虚词这一偏好。

目录

求乞者 ……………………………………………… (1)

风筝 ……………………………………………………… (4)

这样的战士 …………………………………………… (9)

阿长与《山海经》 …………………………………… (13)

藤野先生 ……………………………………………… (21)

记念刘和珍君 ………………………………………… (31)

范爱农 ………………………………………………… (40)

为了忘却的记念 ……………………………………… (53)

忆韦素园君 …………………………………………… (66)

忆刘半农君 …………………………………………… (74)

我的第一个师父 ……………………………………… (81)

关于太炎先生二三事 ………………………………… (91)

一件小事 …………………………………………… (100)

复仇 …………………………………………………… (105)

复仇（其二） ………………………………………… (109)

故乡 …………………………………………………… (113)

社戏 …………………………………………………（126）

好的故事 ………………………………………………（138）

父亲的病 ………………………………………………（141）

《二十四孝图》 …………………………………………（149）

无常 ……………………………………………………（158）

琐记 ……………………………………………………（168）

从百草园到三味书屋 …………………………………（179）

关于中国的两三件事 …………………………………（185）

因太炎先生而想起的二三事 …………………………（197）

影的告别 ………………………………………………（204）

希望 ……………………………………………………（207）

过客 ……………………………………………………（212）

死火 ……………………………………………………（219）

狗的驳诘 ………………………………………………（222）

失掉的好的地狱 ………………………………………（224）

颓败线的颤动 …………………………………………（228）

立论 ……………………………………………………（232）

聪明人和傻子和奴才 …………………………………（234）

淡淡的血痕中 …………………………………………（239）

狗·猫·鼠 ……………………………………………（243）

《野草》题辞 ……………………………………………（252）

《朝花夕拾》小引 ………………………………………（256）

秋夜 ……………………………………………………（260）

雪 ………………………………………………………（266）

腊叶 ……………………………………………………（269）

2 ■ 鲁迅散文中学生读本

求乞者

我顺着剥落的高墙走路，踏着松的灰土。另外有几个人，各自走路。微风起来，露在墙头的高树的枝条带着还未干枯的叶子在我头上摇动。

微风起来，四面都是灰土。

一个孩子向我求乞，也穿着夹衣，也不见得悲戚，而拦着磕头，追着哀呼。

我厌恶他的声调，态度。我憎恶他并不悲哀，近于儿戏；我烦厌他这追着哀呼。

我走路。另外有几个人各自走路。微风起来，四面都是灰土。

一个孩子向我求乞，也穿着夹衣，也不见得悲戚，但是哑的，摊开手，装着手势。

我就憎恶他这手势。而且，他或者并不哑，这不过是一种求乞的法子。

我不布施，我无布施心，我但居布施者之上，给予烦腻，疑心，憎恶。

我顺着倒败的泥墙走路，断砖叠在墙缺口，墙里面没有

什么。微风起来,送秋寒穿透我的夹衣;四面都是灰土。

我想着我将用什么方法求乞:发声,用怎样声调?装哑,用怎样手势?……

另外有几个人各自走路。

我将得不到布施,得不到布施心;我将得到自居于布施之上者的烦腻,疑心,憎恶。

我将用无所为和沉默求乞……我至少将得到虚无。

微风起来,四面都是灰土。另外有几个人各自走路。灰土,灰土,……

……

灰土……

一九二四年九月二十四日

阅读指要

孩子是民族的希望,未来的接班人。鲁迅曾在《狂人日记》中说:"救救孩子",可见他对孩子的期望。翻阅鲁迅散文诗《野草》,我们却在《求乞者》中看到另一番景象:在四面都是灰土的路上,穿着夹衣的两个孩子向我求乞,我非但没有施舍,而且还带有憎恶的情绪。这是怎样的鲁迅?我们疑惑了。

仔细读来,我们的疑团自然而解。不是"我"无怜悯之心,只因"我但居布施者之上",所以对孩子的求乞只会"烦腻、疑心、憎恶"。求乞只会带来内心的"虚无"。中国人并不是靠求乞为生的,嗟来之食是为"我"所厌恶的。

看看第一个求乞的孩子:拦着、磕着、追着,这是儿童的游戏吗?为了食物,把自己的童真廉价地出卖。乞怜得有些像出尽洋相的奴才向主子讨好来践踏自己的人格,没了骨气,只剩求饶,这是怎样的悲哀啊。

看看第二个求乞的孩子:舞动哑语,装模作样,是哑巴吗?为何

落得如此下场？这不是的，它是孩子乞求的妙招。为一口饭，去做哑巴做的事，正常人想变残疾人，这扭曲的心理是病态的，是为健康的孩子所抗拒的，这是怎样的哀痛啊。

"人之初，性本善"。孩子一出生就是一颗钻石，闪闪发光。求乞的孩子在饭食面前丧失了他们的光亮。为什么呢？因为四面都是灰土的世界：破败、黯淡。社会像剥落的高墙那样萧条，人间似倒败的泥墙那样沉寂。孩子在死的人间里接受的是欺骗和伪装的教育，因此他们的骨自小就是软的，软骨长出的是媚骨，由媚骨造出的是卑微的灵魂。难怪为了求食，媚态尽显，这使"我"感到"秋寒"，人间凄冷。

救救孩子吧，孩子毁了，中国还有未来吗？对于这求乞，"无所谓和沉默"将是最好的处方，在空虚和无语中分明有几个人各自走路，无疑我们看到中华民族滴血的伤口：麻木，冷漠。"灰土，灰土，灰土……"这最后的呐喊，响彻寰宇。是灰土蒙蔽孩子的眼睛，是灰土毒害孩子的心灵，是灰土扭曲孩子的心灵。灰土是罪恶的黑手——封建思想。

人活一口气，没了这口气，如同行尸走肉，与动物无异。作为先驱者的鲁迅找到了中国人的痼疾，无疑是十分痛苦的。心病还须心药医，要使中国人昂首挺胸，不做奴才，必须拨开灰土，铲除封建遗毒，重塑民族性格。从人做起，书写一个大写"人"字，特别是孩子。人活是为了一口气，一口精气，一口神气，那么这样的民族才会有希望。

风筝

北京的冬季，地上还有积雪，灰黑色的秃树枝丫叉于晴朗的天空中，而远处有一二风筝浮动，在我是一种惊异和悲哀。

故乡的风筝时节，是春二月，倘听到沙沙的风轮声，仰头便能看见一个淡墨色的蟹风筝或嫩蓝色的蜈蚣风筝。还有寂寞的瓦片风筝，没有风轮，又放得很低，伶仃地显出憔悴可怜模样。但此时地上的杨柳已经发芽，早的山桃也多吐蕾，和孩子们的天上的点缀相照应，打成一片春日的温和。我现在在哪里呢？四面都还是严冬的肃杀，而久经诀别的故乡的久经逝去的春天，却就在这天空中荡漾了。

但我是向来不爱放风筝的，不但不爱，并且嫌恶他，因为我以为这是没出息孩子所做的玩艺。和我相反的是我的小兄弟，他那时大概十岁内外罢，多病，瘦得不堪，然而最喜欢风筝，自己买不起，我又不许放，他只得张着小嘴，呆看着空中出神，有时至于小半日。远处的蟹风筝突然落下来了，他惊呼；两个瓦片风筝的缠绕解开了，他高兴得跳跃。他的这些，在我看来都是笑柄，可鄙的。

有一天，我忽然想起，似乎多日不很看见他了，但记得曾见他在后园拾枯竹。我恍然大悟似的，便跑向少有人去的一间堆积杂物的小屋去，推开门，果然就在尘封的什物堆中发现了他。他向着大方凳，坐在小凳上；便很惊惶地站了起来，失了色瑟缩着。大方凳旁靠着一个蝴蝶风筝的竹骨，还没有糊上纸，凳上是一对做眼睛用的小风轮，正用红纸条装饰着，将要完工了。我在破获秘密的满足中，又很愤怒他的瞒了我的眼睛，这样苦心孤诣地来偷做没出息孩子的玩艺。我即刻伸手抓断了蝴蝶的一支翅骨，又将风轮掷在地下，踏扁了。论长幼，论力气，他是都敌不过我的，我当然得到完全的胜利，于是傲然走出，留他绝望地站在小屋里。后来他怎样，我不知道，也没有留心。

然而我的惩罚终于轮到了，在我们离别得很久之后，我已经是中年。我不幸偶而看了一本外国的讲论儿童的书，才知道游戏是儿童最正当的行为，玩具是儿童的天使。于是二十年来毫不忆及的幼小时候对于精神的虐杀的这一幕，忽地在眼前展开，而我的心也仿佛同时变了铅块，很重很重地堕下去了。

但心又不竟堕下去而至于断绝，他只是很重很重地堕着，堕着。

我也知道补过的方法的：送他风筝，赞成他放，劝他放，我和他一同放。我们嚷着，跑着，笑着。——然而他其时已经和我一样，早已有了胡子了。

我也知道还有一个补过的方法的：去讨他的宽恕，等他说，"我可是毫不怪你啊。"那么，我的心一定就轻松了，这确是一个可行的方法。有一回，我们会面的时候，是脸上都已添刻了许多"生"的辛苦的条纹，而我的心很沉重。我们渐渐谈起儿时的旧事来，我便叙述到这一节，自说少年时

代的糊涂。"我可是毫不怪你啊。"我想,他要说了,我即刻便受了宽恕,我的心从此也宽松了吧。

"有过这样的事吗?"他惊异地笑着说,就像旁听着别人的故事一样。他什么也不记得了。

全然忘却,毫无怨恨,又有什么宽恕之可言呢?无怨的恕,说谎罢了。

我还能希求什么呢?我的心只得沉重着。

现在,故乡的春天又在这异地的空中了,既给我久经逝去的儿时的回忆,而一并也带着无可把握的悲哀。我倒不如躲到肃杀的严冬中去吧,——但是,四面又明明是严冬,正给我非常的寒威和冷气。

一九二五年一月二十四日

阅读指要

这是一篇回忆性的散文。文章以风筝为引线,对"我"粗暴对待小弟的言行,作了深刻的反思。同时对小弟这样的人的不觉悟表示出深深的悲哀。这无疑是对封建宗族制度摧残儿童的罪恶进行控诉。

叙述往事与抒情紧密结合是文章的突出特点。全文虽以叙事为主,但深深地融汇了作者的思想感情,在关键的地方,则又通过凝练的语言,作了画龙点睛的点染,使文章感情的表达更加明朗。例如,文章开头"我"从北京冬季的天空中,看见一二风筝浮动着,引起了一种惊异和悲哀。为什么呢?下面作者就插入一段对故乡风筝时节的回忆。这段文字不仅叙述了故乡早春的景象,而且在这一景一物的描写中,都凝聚"我"对故乡的赞美之情。在此基础上,作者进一步直接抒发了这种感情:"我现在在哪里呢?四面都还是严冬的肃杀,而久经诀别的故乡的久经逝去的春天,却就在这天空中荡漾了。"这就将"我"对故乡的深切怀念更充分地表达出来。但值得注意的是,在这里还不单纯是为了抒发"我"对故乡的深情,如联系全文来看,回忆故乡,

目的或落脚点是使"我想起幼时欺凌小兄弟之事"。"我"在这里进行了反思。透过这个小"我",看到旧的伦理道德统治下的整个社会面貌——大"我"——家长式的管理、长幼尊卑的秩序是何等的神圣,何等的残酷,何等的愚昧无知,它扼杀了儿童的天性。"我"的回忆是对封建宗族制度的摧残儿童的控诉,——具有深刻的思想性。"我"经过深刻反省认识到这不可挽回的过错后,心情无比沉重。这种忏悔意识,否定了旧"我",催生了新"我","我"的思想演进轨迹明晰了,"我"的复杂心理状态显示了,正是这些原因,所以当"我",看到北京天空中的风筝,而感到"惊异与悲哀"。

探究这篇散文,可以悟到这样一层道理,中国人的思想行为需要用科学思想来指导,唯有这样,才不至于干出逆情背理、愚昧落后的行为,而正当的行为也应该捍卫自己正当的权利。只有科学思想,才能照亮中国人的思想行为。

鲁迅在这篇文章中采用了白描的手法,几笔就把人物形象、性格特点,传神地勾画出来。例如描写"十岁内外","多病,瘦得不堪"的小兄弟,"张着嘴,呆看着空中出神",为别人放的风筝"惊呼","跳跃",这就把小兄弟善良、活泼可爱、喜欢游戏的性格表现了出来。当他私自做风筝的秘密被发现后,作者描绘了他窘迫不堪的神情时这样写道:"他向着大方凳,坐在小凳上;便很惊惶地站了起来,失了色瑟缩着。"作者在这里写出了小兄弟的精神状态,是被封建礼教所麻木的自然流露,这不单纯是胆小的缘故,其深层原因更是造成此种现象的依据。当"我"彻底毁坏了他即将完工的风筝,傲然走出时,他"绝望地站在小屋里"。这里作者对其他并未着力渲染,只是抓住小兄弟的表情神态,简约的几笔,就将他进行正当游戏的愿望遭到虐杀后,那种惊惧、绝望的心情,极其形象地揭示了出来,这些描写完全符合儿童的特点。与小兄弟的形象相对照,突出了"我"的粗暴、兄长的威严。

另外,文章的心理描写也很出色。如作者在写"我"时,主要抓住人物"我"的心理描写,着重写了"我"的沉重的心情、谋求补过的方法,以及补过不成后的感受。这些心理活动,充分表达了"我"的悔恨与悲哀,尤其是当"我"向小兄弟提起儿时的这桩旧事时,弟弟却惊异地问:"有过这样的事吗?"显然,他已经"全然忘却"。这一笔的含义是深刻的,它意味着直到作者写本文时有的人对封建思想的奴役还不觉醒。这使作者深感沉重和悲哀!

这样的战士

要有这样的一种战士——

已不是蒙昧如非洲土人而背着雪亮的毛瑟枪的;也并不疲惫如中国绿营兵而却佩着盒子炮。他毫无乞灵于牛皮和废铁的甲胄;他只有自己,但拿着蛮人所用的,脱手一掷的投枪。

他走进无物之阵,所遇见的都对他一式点头。他知道这点头就是敌人的武器,是杀人不见血的武器,许多战士都在此灭亡,正如炮弹一般,使猛士无所用其力。

那些头上有各种旗帜,绣出各样好名称:慈善家,学者,文士,长者,青年,雅人,君子……。头下有各样外套,绣出各式好花样:学问,道德,国粹,民意,逻辑,公义,东方文明……

但他举起了投枪。

他们都同声立了誓来讲说,他们的心都在胸膛的中央,和别的偏心的人类两样。他们都在胸前放着护心镜,就为自己也深信在胸膛中央的事作证。

但他举起了投枪。

他微笑,偏侧一掷,却正中了他们的心窝。

一切都颓然倒地;——然而只有一件外套,其中无物。无物之物已经脱走,得了胜利,因为他这时成了戕害慈善家等类的罪人。

但他举起了投枪。

他在无物之阵中大踏步走,再见一式的点头,各种的旗帜,各样的外套……

但他举起了投枪。

他终于在无物之阵中老衰,寿终。他终于不是战士,但无物之物则是胜者。

在这样的境地里,谁也不闻战叫:太平。

太平……。

但他举起了投枪!

一九二五年十二月十四日

阅读指要

《这样的战士》写于一九二五年十二月十四日。鲁迅说,它"是有感于文人学士们帮助军阀而作"(《〈野草〉英文译本序》)。

期间,"五四"运动已经退潮,新文化阵营已发生分化,在北洋军阀统治下的北京,封建复古势力异常猖獗。但人民大众反帝反封建的斗争并未停止,在中国共产党领导下,各地工农运动蓬勃兴起,第一次国内革命战争正在南方酝酿形成。北洋军阀为维护其摇摇欲坠的反动统治,用暴力镇压革命人民,更使一些人,在意识形态方面对抗一切进步和革新,妄图引诱青年脱离革命斗争。对此,鲁迅写了《未有天才之前》《导师》《一点比喻》等文章进行反击。而后围绕女师大事件又写下了《"碰壁"之后》《我的"籍"和"系"》和三则《并非闲话》等文章。作为这一系列斗争的经验总结,鲁迅以散文诗的形式写了这篇《这样的战士》;通过战士的形象,生动地表现了在反帝反封

建的民主革命中,必须具有清醒的不为敌人任何阴谋诡计欺蒙的韧性精神。鲁迅刻画"这样的战士"的形象,也是号召革命青年必须具有这种韧性精神,做个坚强的反帝反封建的战士。

这篇散文诗可划分为六段:

第一段(包括第一、二自然段),描写"这样的战士"的精神面貌和战斗姿态。

"要有这样的一种战士——",这句一开始就扣住题目,总领了全篇。首先领起的,是第一段对"这样的战士"的精神状貌的概写。同时这句的"要有",也带有强烈的号召语气。

"这样的战士"有清醒的认识,他明白为什么战斗,不像受殖民主义者雇佣的非洲土人那样,虽然背着新式的武器毛瑟枪,却是"蒙昧"无知的。"这样的战士"也有旺盛的斗志,敢于冲锋陷阵,不像受清王朝雇佣的绿营兵那样,虽然佩着新式武器盒子炮,却是"疲惫"无力的。"这样的战士"不故作姿态,不借助"牛皮和废铁的甲胄"壮声势,当然也不依靠毛瑟枪和盒子炮作武器;"他只有自己"巍然屹立,所握在手中的是蛮人用来歼灭野兽的简单武器——可以"脱手一掷的投枪"。

以下,从第二段到第六段,描写"这样的战士"的战斗行动;从战斗行动,逐步加深和丰满战士的形象。

第二段(包括第三、四、五自然段),写"这样的战士"识破敌人的讨好和种种伪装,毫不受骗,坚决进行战斗。敌我的斗争是尖锐复杂的,敌人是诡计多端的,"他走进无物之阵,所遇见的都对他一式点头"。这"无物之阵"并非真正"无物",而是敌人把狰狞的面目隐藏着,布成似乎空无所有的阵地;也寓有鲁迅说的"寂寞新文苑,平安旧战场"(《题〈彷徨〉》)的意思。而"一式点头",更表现出敌人的阴险、狡猾,是形势不利于他们时使用的"软刀子",企图以表面的讨好、点头哈腰,来麻痹战士,解除战士的武装。这正如鲁迅在《华盖集·补白》中所写的:"清的末年,社会上大抵恶革命党如蛇蝎,南京

政府一成立,漂亮的士绅和商人看见似乎革命党的人,便亲密地说道:'我们本来都是"草字头",一路的啊。'"另外,鲁迅在《论"费厄泼赖"应该缓行》中,所总结的辛亥革命后"咸与维新"的血的教训,都属于这种情况。但"这样的战士"有清醒的头脑和敏锐的眼光,他洞察"这点头就是敌人的武器,是杀人不见血的武器";同时还看穿了敌人的伪装——打着各样"好名称"的旗帜,披着各式"好花样"的外套。他根本不受这些伪装和诡计诱骗,他毫不妥协地揭露和打击敌人,"使麒麟皮下露出马脚"(《我还不能"带住"》)。什么"学者""文士""雅人""君子"……,都不过是用来掩盖实质的"好名称";什么"学问""道德""国粹""民意"……,都不过是用来标榜自己的"好花样"。

第三段(包括第六、七自然段),写"这样的战士"针对敌人伪装"公正"的又一诡计,继续进攻。虚弱而狡猾的敌人为使人相信他们"公正"——"他们的心都在胸膛的中央,和别的偏心的人类两样",竭力装出一副诚实无欺的样相,"都同声立了誓来讲说",而且"都在胸前放着护心镜",证明他们"就为自己也深信心在胸膛中央"。可是敌人的伪装"公正"或"公平"却往往成了他们偏私的反动本质的自我暴露和自我表演。鲁迅在一九二五年八月写的《答KS君》中就揭示过:"使我感到有趣的倒是几个向来称为学者或教授的人们,居然也渐次吞吞吐吐地来说微温话了,什么'政潮'咧,'党'咧,仿佛他们都是上帝一样,超然象外,十分公平似的。谁知道人世间并没有这样一道矮墙,骑着而又两脚踏地,左右稳当,所以即使吞吞吐吐,也还是将自己的魂灵枭首通衢,挂出了原想竭力隐瞒的丑态。"这种丑态,后来(一九二六年四月)在《现代评论》(第七十一期)的《闲话》中就有突出的表现。鲁迅对其思潮及根源,以先后的杂文做过多次尖锐而深刻的批判。这里,鲁迅就是通过"这样的战士"对其更投掷出了锋利的投枪。

阿长与《山海经》

　　长妈妈,已经说过,是一个一向带领着我的女工,说得阔气一点,就是我的保姆。我的母亲和许多别的人都这样称呼她,似乎略带些客气的意思。只有祖母叫她阿长。我平时叫她"阿妈",连"长"字也不带;但到憎恶她的时候——例如知道了谋死我那隐鼠的却是她的时候,就叫她阿长。

　　我们那里没有姓长的;她生得黄胖而矮,"长"(chang)也不是形容词。又不是她的名字,记得她自己说过,她的名字是叫作什么姑娘的。什么姑娘,我现在已经忘却了,总之不是长姑娘;也终于不知道她姓什么。记得她也曾告诉过我这个名称的来历:先前的先前,我家有一个女工,身材生得很高大,这就是真阿长。后来她去了,我那什么姑娘才来补她的缺,然而大家因为叫惯了,没有再改口,于是她从此也就成为长妈妈了。

　　虽然背地里说人长短不是好事情,但倘使要我说句真心话,我可只得说:我实在不大佩服她。最讨厌的是常喜欢切切察察,向人们低声絮说些什么事。还竖起第二个手指,在空中上下摇动,或者点着对手或自己的鼻尖。我的家里一有

些小风波,不知怎的我总疑心和这"切切察察"有些关系。又不许我走动,拔一株草,翻一块石头,就说我顽皮,要告诉我的母亲去了。一到夏天,睡觉时她又伸开两脚两手,在床中间摆成一个"大"字,挤得我没有余地翻身,久睡在一角的席子上,又已经烤得那么热。推她呢,不动;叫她呢,也不闻。

"长妈妈生得那么胖,一定很怕热罢?晚上的睡相,怕不见得很好罢……"

母亲听到我多回诉苦之后,曾经这样地问过她。我也知道这意思是要她多给我一些空席。她不开口。但到夜里,我热得醒来的时候,却仍然看见满床摆着一个"大"字,一条臂膊还搁在我的颈子上。我想,这实在是无法可想了。

但是她懂得许多规矩;这些规矩,也大概是我所不耐烦的。一年中最高兴的时节,自然要数除夕了。辞岁之后,从长辈得到压岁钱,红纸包着,放在枕边,只要过一宵,便可以随意使用。睡在枕上,看着红包,想到明天买来的小鼓、刀枪、泥人、糖菩萨……然而她进来,又将一个福橘放在床头了。

"哥儿,你牢牢记住!"她极其郑重地说。"明天是正月初一,清早一睁开眼睛,第一句话就得对我说:'阿妈,恭喜恭喜!'记得么?你要记着,这是一年的运气的事情。不许说别的话!说过之后,还得吃一点福橘。"她又拿起那橘子来在我的眼前摇了两摇,"那么,一年到头,顺顺流流……"

梦里也记得元旦的,第二天醒得特别早,一醒,就要坐起来。她却立刻伸出臂膊,一把将我按住。我惊异地看她时,只见她惶急地看着我。

她又有所要求似的,摇着我的肩。我忽而记得了——

"阿妈,恭喜……"

"恭喜恭喜!大家恭喜!真聪明!恭喜恭喜!"她于是十分欢喜似的,笑将起来,同时将一点冰冷的东西,塞在我的嘴里。我大吃一惊之后,也就忽而记得,这就是所谓福橘,元旦辟头的磨难,总算已经受完,可以下床玩耍去了。

她教给我的道理还很多,例如说人死了,不该说死掉,必须说"老掉了";死了人,生了孩子的屋子里,不应该走进去;饭粒落在地上,必须拣起来,最好是吃下去;晒裤子用的竹竿底下,是万不可钻过去的……。此外,现在大抵忘却了,只有元旦的古怪仪式记得最清楚。总之,都是些烦琐之至,至今想起来还觉得非常麻烦的事情。

然而我有一时也对她发生过空前的敬意。她常常对我讲"长毛"。她之所谓"长毛"者,不但洪秀全军,似乎连后来一切土匪强盗都在内,但除却革命党,因为那时还没有。她说得长毛非常可怕,他们的话就听不懂。她说先前长毛进城的时候,我家全都逃到海边去了,只留一个门房和年老的煮饭老妈子看家。后来长毛果然进门来了,那老妈子便叫他们"大王",——据说对长毛就应该这样叫,——诉说自己的饥饿。长毛笑道:"那么,这东西就给你吃了罢!"将一个圆圆的东西掷了过来,还带着一条小辫子,正是那门房的头。煮饭老妈子从此就骇破了胆,后来一提起,还是立刻面如土色,自己轻轻地拍着胸脯道:"阿呀,骇死我了,骇死我了……。"

我那时似乎倒并不怕,因为我觉得这些事和我毫不相干的,我不是一个门房。但她大概也即觉到了,说道:"像你似的小孩子,长毛也要掳的,掳去做小长毛。还有好看的姑娘,也要掳。"

"那么,你是不要紧的。"我以为她一定最安全了,既不

做门房,又不是小孩子,也生得不好看,况且颈子上还有许多炙疮疤。

"哪里的话?!"她严肃地说。"我们就没有用处!我们也要被掳去。城外有兵来攻的时候,长毛就叫我们脱下裤子,一排一排地站在城墙上,外面的大炮就放不出来;再要放,就炸了!"

这实在是出于我意想之外的,不能不惊异。我一向只以为她满肚子是麻烦的礼节罢了,却不料她还有这样伟大的神力。从此对于她就有了特别的敬意,似乎实在深不可测;夜间的伸开手脚,占领全床,那当然是情有可原的了,倒应该我退让。

这种敬意,虽然也逐渐淡薄起来,但完全消失,大概是在知道她谋害了我的隐鼠之后。那时就极严重地诘问,而且当面叫她阿长。我想我又不真做小长毛,不去攻城,也不放炮,更不怕炮炸,我惧惮她什么呢!

但当我哀悼隐鼠的时候,一面又在渴慕着绘图的《山海经》了。这渴慕是从一个远房的叔祖惹起来的。他是一个胖胖的,和蔼的老人,爱种一点花木,如珠兰、茉莉之类,还有极其少见的,据说从北边带回去的马缨花。他的太太却正相反,什么也莫名其妙,曾将晒衣服的竹竿搁在珠兰的枝条上,枝折了,还要愤愤地咒骂道:"死尸!"这老人是个寂寞者,因为无人可谈,就很爱和孩子们往来,有时简直称我们为"小友"。在我们聚族而居的宅子里,只有他书多,而且特别。制艺和试帖诗,自然也是有的;但我却只在他的书斋里,看见过陆玑的《毛诗草木鸟兽虫鱼疏》,还有许多名目很生的书籍。我那时最爱看的是《花镜》,上面有许多图。他说给我听,曾经有过一部绘图的《山海经》,画着人面的兽,九头的蛇,三脚的鸟,生着翅膀的人,没有头而以两乳

当作眼睛的怪物,……可惜现在不知道放在哪里了。

我很愿意看看这样的图画,但不好意思力逼他去寻找,他是很疏懒的。问别人呢,谁也不肯真实地回答我。压岁钱还有几百文,买罢,又没有好机会。有书买的大街离我家远得很,我一年中只能在正月间去玩一趟,那时候,两家书店都紧紧地关着门。

玩的时候倒是没有什么的,但一坐下,我就记得绘图的《山海经》。

大概是太过于念念不忘了,连阿长也来问《山海经》是怎么一回事。这是我向来没有和她说过的,我知道她并非学者,说了也无益,但既然来问,也就都对她说了。

过了十多天,或者一个月罢,我还记得,是她告假回家以后的四五天,她穿着新的蓝布衫回来了,一见面,就将一包书递给我,高兴地说道:"哥儿,有画儿的'三哼经',我给你买来了!"

我似乎遇着了一个霹雳,全体都震悚起来;赶紧去接过来,打开纸包,是四本小小的书,略略一翻,人面的兽,九头的蛇,……果然都在内。

这又使我发生新的敬意了,别人不肯做,或不能做的事,她却能够做成功。她确有伟大的神力。谋害隐鼠的怨恨,从此完全消灭了。

这四本书,乃是我最初得到,最为心爱的宝书。

书的模样,到现在还在眼前。可是从还在眼前的模样来说,却是一部刻印都十分粗拙的本子。纸张很黄;图象也很坏,甚至于几乎全用直线凑合,连动物的眼睛也都是长方形的。但那是我最为心爱的宝书,看起来,确是人面的兽;九头的蛇;一脚的牛;袋子似的帝江;没有头而"以乳为目,以脐为口",还要"执干戚而舞"的刑天。

此后我就更加搜集绘图的书,于是有了石印的《尔雅音图》和《毛诗品物图考》,又有了《点石斋丛画》和《诗画舫》。《山海经》也另买了一部石印的,每卷都有图赞,绿色的画,字是红的,比那木刻的精致得多了。这一部直到前年还在,是缩印的郝懿行疏。木刻的却已经记不清是什么时候失掉了。

我的保姆,长妈妈即阿长,辞了这人世,大概也有了三十年了罢。我终于不知道她的姓名,她的经历,仅知道有一个过继的儿子,她大约是青年守寡的孤孀。

仁厚黑暗的地母啊,愿在你怀里永安她的魂灵!

三月十日

阅读指要

阿长,鲁迅称她为长妈妈,浙江绍兴东浦大门楼人。她是鲁迅儿时的保姆。长妈妈的夫家姓余,有一个过继的儿子叫五九,是做裁缝的,她有一个女儿,后来招进了一个女婿。"长妈妈只是许多旧式女人中的一个,做了一辈子的老妈子(乡下叫做"妈妈"),平时也不回家去,直到临死。"长妈妈生前患有羊癫疯,一八九九年四月"初六日雨中放舟至大树港看戏,鸿寿堂徽班,长妈妈发病,辰刻身故"。鲁迅对长妈妈怀有深厚的感情,在《朝花夕拾》中,有好几篇文章回忆到与长妈妈有关的往事,其中《阿长与〈山海经〉》是专门回忆和纪念她的。其实,这个来自东浦的长妈妈身材矮小,周家原先的保姆:章福庆的妻子阮氏——"庆太娘"才是真正的长妈妈,个子高大。更换保姆后因为叫惯了,也把东浦的那位叫做长妈妈。

这是一篇以写人为主的散文,作者按生活的本来面目,真实而亲切地再现了鲁迅童年时与长妈妈相处的情景,刻画出一个真实、生动、鲜活的普通劳动妇女——长妈妈的形象。她饶舌多事、不拘小节,有许多繁文缛节,但为人诚恳、热情,有着淳朴、宽厚、善良、仁慈的

美德,文中表达了作者的深切怀念之情。其词恳切,其情真切,十分感人。作者在人物刻画方面是颇见功力的,主要特点主要有以下三点:

善抓细节。写人物最怕把人物的鲜明性格淹没在一般性的叙述之中,俗话说,于细微处见精神,写小说需要如此,写记人散文又何尝不需如此呢?鲁迅就是善抓细节的高手,为了表现长妈妈爱啰唆,爱说闲话,作者写她"向人们低声絮说些什么事。还竖起第二个手指,在空中上下摇动,或者点着对手或自己的鼻尖"。为了表现长妈妈的粗鲁和不拘小节,作者写她"一到夏天,睡觉时她又伸开两脚两手,在床中间摆成一个'大'字"。有关"元旦"早晨的一段描写也十分生动,"我"一醒就要坐起来,"她却立刻伸出臂膊,一把将我按住","我"惊异地看她时,只见她惶急地看着我。她又有所要求似的,摇着"我"的肩。当"我"忽而记得了隔夜长妈妈的提醒喊"阿妈,恭喜"时,她"于是十分喜欢似的,笑将起来,同时将一点冰冷的东西,塞在我的嘴里"。这些细节都传神地写出长妈妈对"我"的关心和祝福。

详略有致。写人的散文既忌琐碎,又忌粗疏。鲁迅在写长妈妈时就既有简笔,又有繁笔。第二部分写"厌"长妈妈时略写了她的啰唆和对"我"的管制,而详写了她的睡相;这一部分写"烦"长妈妈时略写了长妈妈所教的生活中的一般"道理",而详写了过年的"规矩";第三部分写"敬"长妈妈时,虽两件事都用了繁笔,但第二件"《山海经》事件"写得更为详尽。由于详略得当,文章就显得错落有致,人物也显得血肉丰满。

欲扬先抑。这是本文构思上的一个重要特点。文章从一开始就表达出作者对长妈妈的厌烦和不满,厌她啰唆,厌她限制"我"的自由,厌她睡相不好;烦她规矩太多,烦她道理太多。就在读者似乎感到长妈妈一无是处时,作者笔锋一转,详细叙写了两件令他敬重的事。由于前面"抑"得太多了,后面的"扬"就给人以奇峰突起的感觉,人物形象霎时间就高大起来。我们再回过头来探究一下本文的题目,看看作者有没有什么玄机在其中。"阿长"是作者在憎恶长妈妈时才这样叫的,因此,"阿长"代表的是作者在文章前半部分所表达的情绪。"山海经"事件是彻底改变"我"对长妈妈看法的重要事件,也正因为有了"山海经"事件,"我"才真正由"厌烦"长妈妈变成了"敬重"长妈妈。因此,"山海经"是敬重长妈妈的代表性事件,"山海经"代表的就是文章后半部分所表达的情绪。

藤野先生

东京也无非是这样。上野的樱花烂漫的时节,望去确也像绯红的轻云,但花下也缺不了成群结队的"清国留学生"的速成班,头顶上盘着大辫子,顶得学生制帽的顶上高高耸起,形成一座富士山。也有解散辫子,盘得平的,除下帽来,油光可鉴,宛如小姑娘的发髻一般,还要将脖子扭几扭。实在标致极了。

中国留学生会馆的门房里有几本书买,有时还值得去一转;倘在上午,里面的几间洋房里倒也还可以坐坐的。但到傍晚,有一间的地板便常不免要咚咚咚地响得震天,兼以满房烟尘斗乱;问问精通时事的人,答道,"那是在学跳舞。"

到别的地方去看看,如何呢?

我就往仙台的医学专门学校去。从东京出发,不久便到一处驿站,写道:日暮里。不知怎地,我到现在还记得这名目。其次却只记得水户了,这是明的遗民朱舜水先生客死的地方。仙台是一个市镇,并不大;冬天冷得厉害;还没有中国的学生。

大概是物以稀为贵罢。北京的白菜运往浙江,便用红头

绳系住菜根,倒挂在水果店头,尊为"胶菜";福建野生着的芦荟,一到北京就请进温室,且美其名曰"龙舌兰"。我到仙台也颇受了这样的优待,不但学校不收学费,几个职员还为我的食宿操心。我先是住在监狱旁边一个客店里的,初冬已经颇冷,蚊子却还多,后来用被盖了全身,用衣服包了头脸,只留两个鼻孔出气。在这呼吸不息的地方,蚊子竟无从插嘴,居然睡安稳了。饭食也不坏。但一位先生却以为这客店也包办囚人的饭食,我住在那里不相宜,几次三番,几次三番地说。我虽然觉得客店兼办囚人的饭食和我不相干,然而好意难却,也只得别寻相宜的住处了。于是搬到别一家,离监狱也很远,可惜每天总要喝难以下咽的芋梗汤。

从此就看见许多陌生的先生,听到许多新鲜的讲义。解剖学是两个教授分任的。最初是骨学。其时进来的是一个黑瘦的先生,八字须,戴着眼镜,挟着一叠大大小小的书。一将书放在讲台上,便用了缓慢而很有顿挫的声调,向学生介绍自己道:——

"我就是叫作藤野严九郎的……"

后面有几个人笑起来了。他接着便讲述解剖学在日本发达的历史,那些大大小小的书,便是从最初到现今关于这一门学问的著作。起初有几本是线装的;还有翻刻中国译本的,他们的翻译和研究新的医学,并不比中国早。

那坐在后面发笑的是上学年不及格的留级学生,在校已经一年,掌故颇为熟悉的了。他们便给新生讲演每个教授的历史。这藤野先生,据说是穿衣服太模胡了,有时竟会忘记带领结;冬天是一件旧外套,寒颤颤的,有一回上火车去,致使管车的疑心他是扒手,叫车里的客人大家小心些。

他们的话大概是真的,我就亲见他有一次上讲堂没有带领结。

过了一星期,大约是星期六,他使助手来叫我了。到得研究室,见他坐在人骨和许多单独的头骨中间,——他其时正在研究着头骨,后来有一篇论文在本校的杂志上发表出来。

"我的讲义,你能抄下来么?"他问。

"可以抄一点。"

"拿来我看!"

我交出所抄的讲义去,他收下了,第二三天便还我,并且说,此后每一星期要送给他看一回。我拿下来打开看时,很吃了一惊,同时也感到一种不安和感激。原来我的讲义已经从头到末,都用红笔添改过了,不但增加了许多脱漏的地方,连文法的错误,也都一一订正。这样一直继续到教完了他所担任的功课:骨学、血管学、神经学。

可惜我那时太不用功,有时也很任性。还记得有一回藤野先生将我叫到他的研究室里去,翻出我那讲义上的一个图来,是下臂的血管,指着,向我和蔼地说道:——

"你看,你将这条血管移了一点位置了。——自然,这样一移,的确比较地好看些,然而解剖图不是美术,实物是那么样的,我们没法改换它。现在我给你改好了,以后你要全照着黑板上那样地画。"

但是我还不服气,口头答应着,心里却想道:——

"图还是我画得不错;至于实在的情形,我心里自然记得的。"

学年试验完毕之后,我便到东京玩了一夏天,秋初再回学校,成绩早已发表了,同学一百余人之中,我在中间,不过是没有落第。这回藤野先生所担任的功课,是解剖实习和局部解剖学。

解剖实习了大概一星期,他又叫我去了,很高兴地,仍用了极有抑扬的声调对我说道：——

"我因为听说中国人是很敬重鬼的，所以很担心，怕你不肯解剖尸体。现在总算放心了，没有这回事。"

但他也偶有使我很为难的时候。他听说中国的女人是裹脚的，但不知道详细，所以要问我怎么裹法，足骨变成怎样的畸形，还叹息道，"总要看一看才知道。究竟是怎么一回事呢？"

有一天，本级的学生会干事到我寓里来了，要借我的讲义看。我检出来交给他们，却只翻检了一通，并没有带走。但他们一走，邮差就送到一封很厚的信，拆开看时，第一句是：——

"你改悔罢！"

这是《新约》上的句子罢，但经托尔斯泰新近引用过的。其时正值日俄战争，托老先生便写了一封给俄国和日本的皇帝的信，开首便是这一句。日本报纸上很斥责他的不逊，爱国青年也愤然，然而暗地里却早受了他的影响了。其次的话，大略是说上年解剖学试验的题目，是藤野先生讲义上做了记号，我预先知道的，所以能有这样的成绩。末尾是匿名。

我这才回忆到前几天的一件事。因为要开同级会，干事便在黑板上写广告，末一句是"请全数到会勿漏为要"，而且在"漏"字旁边加了一个圈。我当时虽然觉到圈得可笑，但是毫不介意，这回才悟出那字也在讥刺我了，犹言我得了教员漏泄出来的题目。

我便将这事告知了藤野先生；有几个和我熟识的同学也很不平，一同去诘责干事托辞检查的无礼，并且要求他们将检查的结果，发表出来。终于这流言消灭了，干事却又竭力运动，要收回那一封匿名信去。结末是我便将这托尔斯泰式

的信退还了他们。

中国是弱国,所以中国人当然是低能儿,分数在六十分以上,便不是自己的能力了:也无怪他们疑惑。但我接着便有参观枪毙中国人的命运了。第二年添教霉菌学,细菌的形状是全用电影来显示的,一段落已完而还没有到下课的时候,便影几片时事的片子,自然都是日本战胜俄国的情形。但偏有中国人夹在里边:给俄国人做侦探,被日本军捕获,要枪毙了,围着看的也是一群中国人;在讲堂里的还有一个我。

"万岁!"他们都拍掌欢呼起来。

这种欢呼,是每看一片都有的,但在我,这一声却特别听得刺耳。此后回到中国来,我看见那些闲看枪毙犯人的人们,他们也何尝不酒醉似的喝彩,——呜呼,无法可想!但在那时那地,我的意见却变化了。

到第二学年的终结,我便去寻藤野先生,告诉他我将不学医学,并且离开这仙台。他的脸色仿佛有些悲哀,似乎想说话,但竟没有说。

"我想去学生物学,先生教给我的学问,也还有用的。"其实我并没有决意要学生物学,因为看得他有些凄然,便说了一个慰安他的谎话。

"为医学而教的解剖学之类,怕于生物学也没有什么大帮助。"他叹息说。

将走的前几天,他叫我到他家里去,交给我一张照相,后面写着两个字道:"惜别",还说希望将我的也送他。但我这时适值没有照相了;他便叮嘱我将来照了寄给他,并且时时通信告诉他此后的状况。

我离开仙台之后,就多年没有照过相,又因为状况也无聊,说起来无非使他失望,便连信也怕敢写了。经过的年月一多，话更无从说起，所以虽然有时想写信，却又难以下笔，这样的一直到现在，竟没有寄过一封信和一张照片。从他那一面看起来，是一去之后，杳无消息了。

但不知怎地，我总还时时记起他，在我所认为我师的之中，他是最使我感激，给我鼓励的一个。

有时我常常想：他的对于我的热心的希望，不倦的教诲，小而言之，是为中国，就是希望中国有新的医学；大而言之，是为学术，就是希望新的医学传到中国去。他的性格，在我的眼里和心里是伟大的，虽然他的姓名并不为许多人所知道。

他所改正的讲义，我曾经订成三厚本，收藏着的，将作为永久的纪念。不幸七年前迁居的时候，中途毁坏了一口书箱，失去半箱书，恰巧这讲义也遗失在内了。责成运送局去找寻，寂无回信。只有他的照相至今还挂在我北京寓居的东墙上，书桌对面。每当夜间疲倦，正想偷懒时，仰面在灯光中瞥见他黑瘦的面貌，似乎正要说出抑扬顿挫的话来，便使我忽又良心发现，而且增加勇气了，于是点上一支烟，再继续写些为"正人君子"之流所深恶痛疾的文字。

十月十二日

阅读指要

《藤野先生》这篇散文，一九二六年十月十二日写于厦门大学。它主要记叙了一九〇四年夏末至一九〇六年初春作者在日本留学时的一段学习与思想经历，重点回忆了与这段经历有重要关系的藤野先生。

一九〇二年三月，二十二岁的鲁迅为了寻求救国救民的真理，离别祖国，到日本留学。一九〇四年八月入仙台医学专门学校学医。他想用医学"救活像我父亲似的被误的病人的疾苦，战争时候便去当医"，为反压迫、反侵略的斗争出力；还想以医学作为宣传新思想的工

具,启发人们社会改革的信仰,达到改造国家的目的。但是,现实的教育,使他终于认识到"医学并非一件紧要事",重要的是改变人们的精神,于是一九〇六年秋便弃医从文,离开仙台去东京,决定用文艺唤醒人民,使祖国富强起来。鲁迅在仙台医专学习期间,结识了藤野先生,并建立了深挚的情谊。

鲁迅与藤野先生分别二十年后的一九二六年,正值中国第一次国内革命战争进入高潮的时期,也是鲁迅世界观发生伟大飞跃的前夜。这年秋天,在反动军阀及其御用文人的迫害下,鲁迅离开北京,来到厦门。他在一封信中曾说:"我来厦门,虽是为了暂避军阀官僚'正人君子'们的迫害,然而小半也在休息几时,使有些准备。"所谓"休息"和"准备",乃是回顾自己走过的革命路程,清理和解剖自己的思想,总结斗争经验,以迎接新的更大的战斗。《藤野先生》就是这时在厦门大学图书馆楼上写成的……

鲁迅先生留学日本时的中国,正处于任人宰割的地位,中国人民也生活在水深火热之中,一些爱国志士,为了拯救自己的祖国和人民,远渡重洋,赴先进国家,学习他们先进的东西,以便学成归来好振兴自己的祖国。这就是魏源提出的"师夷长技以制夷"。

当鲁迅先生怀着救国救民的愿望,抱着"我以我血荐轩辕"之志向,远渡东瀛,来到了东京,目睹盘着辫子的"清国留学生"赏樱花、学跳舞,有着说不出的厌恶和心痛。这些"清国留学生",全然忘却了灾难深重,困苦不堪的祖国,却在异国风花雪月,安逸享乐。他们分明是一群附庸风雅,思想腐朽,不学无术的败家子,真是家门不幸。看到这些人,鲁迅先生就很痛苦,很愤懑,无法安下心来求学。后来,他实在是看不下去了,同时,为了自己能潜心求学,学得真本领好报效祖国,就决定到别的地方去,"眼不见心不烦"。

文章开头部分运用了衬托手法,用"清国留学生"来反面衬托鲁迅先生,突出了鲁迅先生可敬可贵的爱国精神。而正是这爱国的精神,才赢得了藤野先生的关爱与尊重,同时,这又为鲁迅先生到仙台见藤

野先生做了铺垫。

在去仙台的路上，鲁迅先生只记得两个地名。一个是日暮里，一个是水户。这是为什么呢？

因为"日暮里"这地名，让鲁迅先生很自然地想起唐代诗人崔颢的诗句："日暮乡关何处是？烟波江上使人愁。"这也就让鲁迅先生想到了风雨如磐，任人宰割的祖国，想到生活在水深火热的兄弟姐妹，他忧虑，不安，痛苦，也许他还会想到那群不肖子孙和败家子的"清国留学生"，愤激之情充盈于胸际。

而"水户"是明末遗民朱舜水客死的地方。朱舜水对明王朝一片丹心，誓死效忠明王朝，他这样做，是忠君爱国的体现。朱舜水的爱国思想，引起了鲁迅先生内心的共鸣，所以，他能记得"水户"这不起眼的地名。

鲁迅先生到了仙台，这里的生活条件极差。夜晚睡觉，他没有蚊帐，而蚊子又多，他只能用被子把全身捂住，只留鼻孔在外面，"在这呼吸不息的地方，竟然睡安稳了。"而吃饭的地方是兼办囚人的饭食，虽然后来换了个地方，可每天都要喝难以下咽的芋梗汤。鲁迅先生在写这段极其艰苦的生活时，是用诙谐幽默的笔调来写的，让人读之忍俊不禁。这就充分表明鲁迅先生不以环境的恶劣为意的。因为他到日本来，不是来享受的，而是来求学，即学好医术，好回去拯救自己的祖国和人民，曾如他在《呐喊》自序里所说的："预备卒业回来，救治像我父亲似的被误的病人的疾苦，战争时候便去当军医，一面又促进了国人对于维新的信仰。"由此，我们不难想象，鲁迅先生的求学将是何等的勤奋和刻苦。像这样的学生，在老师藤野先生眼里，自然是很优秀的了，对他也就会另眼相看了。我想，不仅是藤野先生，而且是每一个老师都会这样做的。

鲁迅先生在仙台，还受到仙台医专的几位职员对他食宿的关心，反映出日本人民善良的心地和友好的情谊。这是从正面来衬托藤野先生高尚的品质。

接下来，鲁迅先生对藤野先生所作的直接描写，浓墨重彩，细腻传神。

文章通过对藤野先生的外貌描写和有关掌故的介绍，刻画出了藤野先生是个生活俭朴，治学严谨的好老师。

文中具体写了四件事：1. 主动关心"我"的学习，认真为"我"改讲义。这件事表现了藤野先生自始至终认真负责的精神。2. 为"我"改正解剖图。这里体现了藤野先生对学生的严格要求和循循善诱。3. 关心解剖实习。从这件事可以看出，藤野先生一直关心"我"的学习，一直惦记着"我"的解剖实习。4. 向"我"了解中国女人裹脚这件事表现了他对骨学的兴趣和求实精神。这四件事，从不同的侧面表现了藤野先生的高贵品质。

这以后发生的匿名信事件，作者通过日本的"爱国青年"，这些有着狭隘民族偏见的日本学生，因怀疑是藤野先生漏了题，鲁迅才考及格的，就写了封匿名信给鲁迅，学生干事还托辞检查鲁迅先生的讲义，严重伤害了鲁迅先生的民族自尊心。文章在这里通过"爱国青年"，从反面衬托藤野先生毫无民族偏见的高尚品质。

最后看电影事件，促使了鲁迅先生弃医从文。

那一次是看枪毙中国人的电影，说是由于"给俄国人做侦探"，而围观的"也是一群中国人"，这使鲁迅受到极大的刺激，于是促进了鲁迅"弃医从文"的思想转变。他"觉得医学并非一件紧要事，凡是愚弱的国民，即使体格如何健全，如何茁壮，也只能做毫无意义的示众的材料和看客，病死多少是不必以为不幸的。所以我们的第一要著，是在改变他们的精神，而善于改变精神的是，我那时以为当然要推文艺，于是提倡文艺运动了。"这就是鲁迅先生与藤野先生惜别的原因。

像藤野先生这样一位生活简朴，治学严谨，正直热忱，毫无民族偏见的好老师，在鲁迅先生心里是"他的性格，在我的眼里和心里是伟大的，虽然他的姓名并不为许多人所知道。"

文章结尾写道："只有他的照相至今还挂在我北京寓居的东墙上，

书桌对面。每当夜间疲倦,正想偷懒时,仰面在灯光中瞥见他黑瘦的面貌,似乎正要说出抑扬顿挫的话来,便使我忽又良心发现,而且增加勇气了,于是点上一支烟,再继续写些为"正人君子"之流所深恶痛疾的文字。"由此可见,藤野先生永远会给鲁迅先生精神上带来无穷无尽的力量。

记念刘和珍君[①]

一

中华民国十五年三月二十五日,就是国立北京女子师范大学为十八日在段祺瑞执政府前遇害的刘和珍[②]、杨德群两君开追悼会的那一天,我独在礼堂外徘徊,遇见程君[③],前来问我道,"先生可曾为刘和珍写了一点什么没有?"我说"没有"。她就正告我,"先生还是写一点罢;刘和珍生前就很爱看先生的文章。"

这是我知道的,凡我所编辑的期刊,大概是因为往往有始无终之故罢,销行一向就甚为寥落,然而在这样的生活艰难中,毅然预定了《莽原》[④]全年的就有她。我也早觉得有写一点东西的必要了,这虽然于死者毫不相干,但在生者,却大抵只能如此而已。倘使我能够相信真有所谓"在天之灵",那自然可以得到更大的安慰,——但是,现在,却只能如此而已。

可是我实在无话可说。我只觉得所住的并非人间。四十多个青年的血,洋溢在我的周围,使我艰于呼吸视听,那里还能有什么言语?长歌当哭,是必须在痛定之后的。而此后几个所谓学者文人的阴险的论调,尤使我觉得悲哀。我已经出离愤怒了。我将深味这非人间的浓黑的悲凉;以我的最大哀痛显示于非人间,使它们快意于我的苦痛,就将这作为后死者的菲薄的祭品,奉献于逝者的灵前。

二

真的猛士,敢于直面惨淡的人生,敢于正视淋漓的鲜血。这是怎样的哀痛者和幸福者?然而造化又常常为庸人设计,以时间的流逝,来洗涤旧迹,仅使留下淡红的血色和微漠的悲哀。在这淡红的血色和微漠的悲哀中,又给人暂得偷生,维持着这似人非人的世界。我不知道这样的世界何时是一个尽头!

我们还在这样的世上活着;我也早觉得有写一点东西的必要了。离三月十八日也已有两星期,忘却的救主快要降临了罢,我正有写一点东西的必要了。

三

在四十余被害的青年之中,刘和珍君是我的学生。学生云者,我向来这样想,这样说,现在却觉得有些踌躇了,我应该对她奉献我的悲哀与尊敬。她不是"苟活到现在的我"的学生,是为了中国而死的中国的青年。

她的姓名第一次为我所见,是在去年夏初杨荫榆女士做女子师范大学校长,开除校中六个学生自治会职员的时候。⑤其中的一个就是她;但是我不认识。直到后来,也许已经是刘百昭率领男女武将,强拖出校之后了,才有人指着一个学生告诉我,说:这就是刘和珍。其时我才能将姓名和实体联合起来,心中却暗自诧异。我平素想,能够不为势利所屈,

反抗一广有羽翼的校长的学生,无论如何,总该是有些桀骜锋利的,但她却常常微笑着,态度很温和。待到偏安于宗帽胡同⑥,赁屋授课之后,她才始来听我的讲义,于是见面的回数就较多了,也还是始终微笑着,态度很温和。待到学校恢复旧观⑦,往日的教职员以为责任已尽,准备陆续引退的时候,我才见她虑及母校前途,黯然至于泣下。此后似乎就不相见。

总之,在我的记忆上,那一次就是永别了。

四

我在十八日早晨,才知道上午有群众向执政府请愿的事;下午便得到噩耗,说卫队居然开枪,死伤至数百人,而刘和珍君即在遇害者之列。但我对于这些传说,竟至于颇为怀疑。

我向来是不惮以最坏的恶意,来推测中国人的,然而我还不料,也不信竟会下劣凶残到这地步。况且始终微笑着的和蔼的刘和珍君,更何至于无端在府门前喋血呢?

然而即日证明是事实了,作证的便是她自己的尸骸。还有一具,是杨德群君的。而且又证明着这不但是杀害,简直是虐杀,因为身体上还有棍棒的伤痕。

但段政府就有令,说她们是"暴徒"!

但接着就有流言,说她们是受人利用的。

惨象,已使我目不忍视了;流言,尤使我耳不忍闻。我还有什么话可说呢?我懂得衰亡民族之所以默无声息的缘由了。沉默呵,沉默呵!不在沉默中爆发,就在沉默中灭亡。

五

但是,我还有要说的话。

我没有亲见；听说，她，刘和珍君，那时是欣然前往的。

自然，请愿而已，稍有人心者，谁也不会料到有这样的罗网。

但竟在执政府前中弹了，从背部入，斜穿心肺，已是致命的创伤，只是没有便死。同去的张静淑⑧君想扶起她，中了四弹，其一是手枪，立仆；同去的杨德群君又想去扶起她，也被击，弹从左肩入，穿胸偏右出，也立仆。但她还能坐起来，一个兵在她头部及胸部猛击两棍，于是死掉了。

始终微笑的和蔼的刘和珍君确是死掉了，这是真的，有她自己的尸骸为证；沉勇而友爱的杨德群君也死掉了，有她自己的尸骸为证；只有一样沉勇而友爱的张静淑君还在医院里呻吟。当三个女子从容地转辗于文明人所发明的枪弹的攒射中的时候，这是怎样的一个惊心动魄的伟大呵！中国军人的屠戮妇婴的伟绩，八国联军的惩创学生的武功，不幸全被这几缕血痕抹杀了。

但是中外的杀人者却居然昂起头来，不知道个个脸上有着血污……

六

时间永是流驶，街市依旧太平，有限的几个生命，在中国是不算什么的，至多，不过供无恶意的闲人以饭后的谈资，或者给有恶意的闲人作"流言"的种子。至于此外的深的意义，我总觉得很寥寥，因为这实在不过是徒手的请愿。人类的血战前行的历史，正如煤的形成，当时用大量的木材，结果却只是一小块，但请愿是不在其中的，更何况是徒手。

然而既然有了血痕了，当然不觉要扩大。至少，也当浸渍了亲族；师友，爱人的心，纵使时光流驶，洗成绯红，也会在微漠的悲哀中永存微笑的和蔼的旧影。陶潜⑨说过，

"亲戚或余悲，他人亦已歌，死去何所道，托体同山阿。"倘能如此，这也就够了。

七

我已经说过：我向来是不惮以最坏的恶意来推测中国人的。但这回却很有几点出于我的意外。一是当局者竟会这样地凶残，一是流言家竟至如此之下劣，一是中国的女性临难竟能如是之从容。

我目睹中国女子的办事，是始于去年的，虽然是少数，但看那干练坚决，百折不回的气概，曾经屡次为之感叹。至于这一回在弹雨中互相救助，虽殒身不恤的事实，则更足为中国女子的勇毅，虽遭阴谋秘计，压抑至数千年，而终于没有消亡的明证了。倘要寻求这一次死伤者对于将来的意义，意义就在此罢。

苟活者在淡红的血色中，会依稀看见微茫的希望；真的猛士，将更奋然而前行。

呜呼，我说不出话，但以此记念刘和珍君！

四月一日

【注释】

①本篇最初发表于一九二六年四月十二日《语丝》周刊第七十四期。

②刘和珍，江西南昌人，北京女子师范大学英文系学生。杨德群，湖南湘阴人，北京女子师范大学国文系预科学生。

③程君指程毅志，湖北孝感人，北京女子师范大学教育系学生。

④《莽原》文艺刊物，鲁迅编辑。一九二五年四月二十

四日创刊于北京。初为周刊,附《京报》发行,同年十一月二十七日出至第三十二期休刊。一九二六年一月十日改为半月刊,未名社出版。一九二六年八月鲁迅离开北京后,由韦素园接编,一九二七年十二月二十五日出至第四十八期停刊。这里所说的"毅然预定了《莽原》全年",指《莽原》半月刊。

⑤在北京女子师范大学学生反对校长杨荫榆的风潮中,杨于一九二五年五月七日借召开"国耻纪念会"为名,强行登台做主席,但立即为全场学生的嘘声所赶走。下午,她在西安饭店召集若干教员宴饮,阴谋迫害学生。九日,假借评议会名义开除许广平、刘和珍、蒲振声、张平江、郑德音、姜伯谛等六个学生自治会职员。

⑥偏安于宗帽胡同反对杨荫榆的女师大学生被赶出学校后,在西城宗帽胡同租赁房屋作为临时校舍,于一九二五年九月二十一日开学。当时鲁迅和一些进步教师曾去义务授课,表示支持。

⑦学校恢复旧观女师大学生经过一年多的斗争,在社会进步力量的声援下,于一九二五年十一月三十日迁回宣武门内石驸马大街原址,宣告复校。

⑧张静淑:湖南长沙人,北京女子师范大学教育系学生。受伤后经医治,幸得不死。

⑨陶潜:晋代诗人。这里引用的是他所作《挽歌》中的四句。

阅读指要

"三·一八"惨案是继"五卅惨案"后,封建军阀对中国人民的又一次大屠杀,它的直接导火线是三月十二日的大沽口事件。一九二六年三月十二日,为了帮助奉系军阀张作霖消灭冯玉祥统帅的倾向革命的国民军，日本海军驶入大沽口，炮击国民军。国民军开炮还击，日舰被迫退往塘沽。大沽口事件发生后，三月十六日，日本帝国主义纠合英、美、法、意、荷、比、西等国，借口国民军违反《辛丑条约》，向段祺瑞政府提出种种无理要求，并在天津附近集中各国军队，准备武力进攻。日本等帝国主义国家悍然侵犯中国主权的强盗行径，激起了全国人民的强烈愤慨。三月十七日，部分学校，团体代表到国务院请愿，执政府卫队竟用刺刀刺伤代表多人，广大群众更加愤怒。三月十八日，北京人民在天安门前集会抗议，会后到执政府前请愿。段祺瑞竟命令卫兵向请愿群众开枪，并用大刀铁棍追打砍杀，打死打伤二百余人，制造了屠杀爱国人民的"三·一八"惨案。刘和珍等都在遇害者之列。

三月十八日下午。鲁迅先生正在西三条寓所写《无花的蔷薇之二》。噩耗传来他无比愤怒，在文末特地注明了时间，并把三月十八日称为"民国以来最黑暗的一天"。三月二十五日，女师大师生和北京各界人民隆重追悼刘和珍，杨德群烈士，鲁迅亲自参加了追悼活动。对烈士牺牲的悼念，对反动罪行的愤慨，对未来战斗的渴望，交织在鲁迅心中。四月一日，他饱蘸着血泪，用愠怒而悲愤的笔调，写下了《记念刘和珍君》这篇感人至深的不朽文章。

本文最初发表于《语丝》周刊一九二六年四月十二日第四期，后由作者编入杂文集《华盖集续编》之中。

这篇文章的中心内容，主要是评述"三·一八"惨案。

读这篇文章，只要分析一下描述的几个方面，概括一下鲁迅对每一方面表达了什么思想感情，就不难把握全文内容了。作者对反动势力、爱国青年和处于中间状态的所谓"庸人"，分析得非常透彻。反动势力包括段祺瑞执政府（或称"当局者"）和"几个所谓学者文人"（或称"有恶意的闲人""流言家"），当然也包括"惩创学生"的"八国联军"，还有"中外的杀人者"，但本文锋芒所向主要是段政府和流言家。对爱国青年，鲁迅突出地描写了刘和珍，还提到杨德群、张静

淑和"四十余被害的青年",再扩大一些是数百死伤者,再扩大一些是请愿的群众。

处于中间状态的"庸人",鲁迅又称他们是"无恶意的闲人"。

作者的立场、观点和态度是非常鲜明的。他愤怒地控诉段政府杀害爱国青年的暴行,痛斥走狗文人下劣无耻的流言,无比沉痛地悼念刘和珍等遇害青年,奉献他的悲哀和尊敬,一方面告诫爱国青年要注意斗争方式,另一方面颂扬"为了中国而死的中国的青年"的勇毅,激励人们"更奋然而前行"。

"奋然而前行"的方向、目标是哪里?作者在本文中没有直述,可以从作者对黑暗社会的批判、控诉中领悟得到。"我只觉得所住的并非人间",这世界是"似人非人的世界",作者痛心疾首地说"这样的世界何时是一个尽头",他痛心于我们民族的"衰亡",痛心于衰亡民族的默无声息,渴望"爆发",呼唤"爆发",用"血战"来消灭黑暗势力,开辟一个新的世界,这是一个理想的新世界,在这世界里没有暴力,没有侵略,没有纷争和流言蜚语,人们都合理地生活,幸福地做人,安心地劳动和读书。

《记念刘和珍君》在写法上最大的特点是把记叙、议论和抒情交错起来,熔于一体,使文章具有强烈的感染力和高度的说服力。如对刘和珍生平和死难时的情况,作者都作了简要的叙述,描绘了刘和珍坚毅英勇、和蔼可亲的形象;对烈士的悲哀与尊敬,对反动派及其走狗文人的凶残下劣,则抒发了非常悲痛、愤怒的感情;对斗争的方法和烈士死难的意义,也有深刻的议论和分析。这三者,在文章的各个部分,虽有所侧重,但基本上是三者交错运用的。如第二部分,作者讴歌"真的猛士,敢于直面惨淡的人生,敢于正视淋漓的鲜血",而在第三部分则集中笔墨描写了刘和珍在女师大学潮中的高大形象,让刘和珍这座"猛士"的丰碑矗立在读者眼前。第五部分,先记叙了刘和珍等遇难的情景,描绘了爱国青年英勇斗争的形象,揭露了反动派的凶残。接着反复抒写"始终微笑的和蔼的刘和珍君确是死掉了,这是真

的，有她自己的尸骸为证；沉勇而友爱的杨德群也死掉了，有她自己的尸骸为证；只有一样沉勇而友爱的张静淑君还在医院里呻吟。"这是在记叙之后，作者悲极愤极的感情的总的抒发，强有力地表达了作者对反动派的憎恨，对死难烈士的悲痛。"当三个女子从容地转辗于文明人所发明的枪弹的攒射中的时候，这是怎样的一个惊心动魄的伟大啊！中国军人的屠戮妇婴的伟绩，八国联军的惩创学生的武功，不幸全被这几缕血痕抹杀了。"这又是与记叙和抒情相交错的议论，增强了揭露的深刻性。由此看来，记叙可给抒情和议论作基础；而在记叙基础上的抒情，可引起读者共鸣，增强文章的感染力；以事实作根据的议论，则把记叙的内容加以深化和升华，从而把读者的认识提高到一个新的阶段。

  语言简练，深刻有力。文章具有强烈的战斗性，感情色彩浓烈，悲、愤、赞、斥，字字鲜明。文中有很多警策性语句，不仅大大增强了文章的力量和艺术感染，恰到好处地表达了作者的思想感情，而且发人深省、启人深思。例如"真的猛士，敢于直面惨淡的人生。敢于正视淋漓的鲜血，这是怎样的哀痛者和幸福者？"它仿佛为我们树立了一座丰碑，昭示我们奋力前行。"沉默啊，沉默啊！不在沉默中爆发，就在沉默中灭亡。"作者发自肺腑的呐喊恰如晨钟暮鼓撞击我们的心灵。此外，文章成功地运用"反语""反复""对偶""排比"等多种修辞方法，也极大地增强了语言的表现力。

范爱农①

在东京的客店里,我们大抵一起来就看报。学生所看的多是《朝日新闻》和《读卖新闻》②,专爱打听社会上琐事的就看《二六新闻》。一天早晨,辟头就看见一条从中国来的电报,大概是:——"安徽巡抚③恩铭被 Jo Shiki Rin 刺杀,刺客就擒。"

大家一怔之后,便容光焕发地互相告语,并且研究这刺客是谁,汉字是怎样三个字。但只要是绍兴人,又不专看教科书的,却早已明白了。这是徐锡麟④,他留学回国之后,在做安徽候补道⑤,办着巡警事物,正合于刺杀巡抚的地位。

大家接着就预测他将被极刑,家族将被连累。不久,秋瑾⑥姑娘在绍兴被杀的消息也传来了,徐锡麟是被挖了心,给恩铭的亲兵炒食净尽。

人心很愤怒。有几个人便秘密地开一个会,筹集川资;这时用得着日本浪人⑦了,撕乌贼鱼下酒,慷慨一通之后,他便登程去接徐伯荪的家属去。

照例还有一个同乡会,吊烈士,骂满洲;此后便有人主张打电报到北京,痛斥满政府的无人道。会众即刻分成两

派：一派要发电，一派不要发。我是主张发电的，但当我说出之后，即有一种钝滞的声音跟着起来：——

"杀的杀掉了，死的死掉了，还发什么屁电报呢。"

这是一个高大身材，长头发，眼球白多黑少的人，看人总像在渺视。他蹲在席子上，我发言大抵就反对；我早觉得奇怪，注意着他的了，到这时才打听别人：说这话的是谁呢，有那么冷？认识的人告诉我说：他叫范爱农，是徐伯荪的学生。

我非常愤怒了，觉得他简直不是人，自己的先生被杀了，连打一个电报还害怕，于是便坚执地主张要发电，同他争起来。结果是主张发电的居多数，他屈服了。其次要推出人来拟电稿。

"何必推举呢？自然是主张发电的人罗——。"他说。

我觉得他的话又在针对我，无理倒也并非无理的。但我便主张这一篇悲壮的文章必须深知烈士生平的人做，因为他比别人关系更密切，心里更悲愤，做出来就一定更动人。于是又争起来。结果是他不做，我也不做，不知谁承认做去了；其次是大家走散，只留下一个拟稿的和一两个干事，等候做好之后去拍发。

从此我总觉得这范爱农⑧离奇，而且很可恶。天下可恶的人，当初以为是满人，这时才知道还在其次；第一倒是范爱农。中国不革命则已，要革命，首先就必须将范爱农除去。

然而这意见后来似乎逐渐淡薄，到底忘却了，我们从此也没有再见面。直到革命的前一年，我在故乡做教员，大概是春末时候罢，忽然在熟人的客座上看见了一个人，互相熟视了不过两三秒钟，我们便同时说：——

"哦哦，你是范爱农！"

"哦哦，你是鲁迅！"

不知怎地我们便都笑了起来，是互相的嘲笑和悲哀。他眼睛还是那样，然而奇怪，只这几年，头上却有了白发了，但也许本来就有，我先前没有留心到。他穿着很旧的布马褂，破布鞋，显得很寒素。谈起自己的经历来，他说他后来没有了学费，不能再留学，便回来了。回到故乡之后，又受着轻蔑，排斥，迫害，几乎无地可容。现在是躲在乡下，教着几个小学生糊口。但因为有时觉得很气闷，所以也乘了航船进城来。

他又告诉我现在爱喝酒，于是我们便喝酒。从此他每一进城，必定来访我，非常相熟了。我们醉后常谈些愚不可及的疯话，连母亲偶然听到了也发笑。一天我忽而记起在东京开同乡会时的旧事，便问他：——

"那一天你专门反对我，而且故意似的，究竟是什么缘故呢？"

"你还不知道？我一向就讨厌你的，——不但我，我们。"

"你那时之前，早知道我是谁么？"

"怎么不知道。我们到横滨[9]，来接的不就是子英[10]和你么？你看不起我们，摇摇头，你自己还记得么？"

我略略一想，记得的，虽然是七八年前的事。那时是子英来约我的，说到横滨去接新来留学的同乡。汽船一到，看见一大堆，大概一共有十多人，一上岸便将行李放到税关上去候查检，关吏在衣箱中翻来翻去，忽然翻出一双绣花的弓鞋来，便放下公事，拿着仔细地看。我很不满，心里想，这些鸟男人，怎么带这东西来呢。自己不注意，那时也许就摇了摇头。检验完毕，在客店小坐之后，即须上火车。不料这一群读书人又在客车上让起座位来了，甲要乙坐在这位子，乙要丙去坐，做揖未终，火车已开，车身一摇，即刻跌倒了三四个。我那时也很不满，暗地里想：连火车上的座位，他

们也要分出尊卑来……自己不注意,也许又摇了摇头。然而那群雍容揖让的人物中就有范爱农,却直到这一天才想到。岂但他呢,说起来也惭愧,这一群里,还有后来在安徽战死的陈伯平⑪烈士,被害的马宗汉⑫烈士;被囚在黑狱里,到革命后才见天日而身上永带着匪刑的伤痕的也还有一两人。而我都茫无所知,摇着头将他们一并运上东京了。徐伯荪虽然和他们同船来,却不在这车上,因为他在神户⑬就和他的夫人坐车走了陆路了。

我想我那时摇头大约有两回,他们看见的不知道是哪一回。让坐时喧闹,检查时幽静,一定是在税关上的那一回了,试问爱农,果然是的。

"我真不懂你们带这东西做什么?是谁的?"

"还不是我们师母的?"他瞪着他多白的眼。

"到东京就要假装大脚,又何必带这东西呢?"

"谁知道呢?你问她去。"

到冬初,我们的景况更拮据了,然而还喝酒,讲笑话。忽然是武昌起义⑭,接着是绍兴光复⑮。第二天爱农就上城来,戴着农夫常用的毡帽,那笑容是从来没有见过的。

"老迅,我们今天不喝酒了。我要去看看光复的绍兴。我们同去。"

我们便到街上去走了一通,满眼是白旗。然而貌虽如此,内骨子是依旧的,因为还是几个旧乡绅所组织的军政府,什么铁路股东是行政司长,钱店掌柜是军械司长……这军政府也到底不长久,几个少年一嚷,王金发⑯带兵从杭州进来了,但即使不嚷或者也会来。他进来以后,也就被许多闲汉和新进的革命党所包围,大做王都督⑰。在衙门里的人物,穿布衣来的,不上十天也大概换上皮袍子了,天气还并不冷。

我被摆在师范学校校长的饭碗旁边,王都督给了我校款二百元。爱农做监学,还是那件布袍子,但不大喝酒了,也很少有工夫谈闲天。他办事,兼教书,实在勤快得可以。

"情形还是不行,王金发他们。"一个去年听过我的讲义的少年来访我,慷慨地说,"我们要办一种报⑱来监督他们。不过发起人要借用先生的名字。还有一个是子英先生,一个是德清⑲先生。为社会,我们知道你决不推却的。"

我答应他了。两天后便看见出报的传单,发起人诚然是三个。五天后便见报,开首便骂军政府和那里面的人员;此后是骂都督,都督的亲戚、同乡、姨太太……

这样地骂了十多天,就有一种消息传到我的家里来,说都督因为你们诈取了他的钱,还骂他,要派人用手枪来打死你们了。

别人倒还不打紧,第一个着急的是我的母亲,叮嘱我不要再出去。但我还是照常走,并且说明,王金发是不来打死我们的,他虽然绿林大学⑳出身,而杀人却不很轻易。况且我拿的是校款,这一点他还能明白的,不过说说罢了。

果然没有来杀。写信去要经费,又取了二百元。但仿佛有些怒意,同时传令道:再来要,没有了!

不过爱农得到了一种新消息,却使我很为难。原来所谓"诈取"者,并非指学校经费而言,是指另有送给报馆的一笔款。报纸上骂了几天之后,王金发便叫人送去了五百元。于是乎我们的少年们便开起会议来,第一个问题是:收不收?决议曰:收。第二个问题是:收了之后骂不骂?决议曰:骂。理由是:收钱之后,他是股东;股东不好,自然要骂。

我即刻到报馆去问这事的真假。都是真的。略说了几句不该收他钱的话,一个名为会计的便不高兴了,质问我道:——

"报馆为什么不收股本?"

"这不是股本……"

"不是股本是什么?"

我就不再说下去了,这一点世故是早已知道的,倘我再说出连累我们的话来,他就会面斥我太爱惜不值钱的生命,不肯为社会牺牲,或者明天在报上就可以看见我怎样怕死发抖的记载。

然而事情很凑巧,季弗[21]写信来催我往南京了。爱农也很赞成,但颇凄凉,说:——

"这里又是那样,住不得。你快去罢……"

我懂得他无声的话,决计往南京。先到都督府去辞职,自然照准,派来了一个拖鼻涕的接收员,我交出账目和余款一角又两铜元,不是校长了。后任是孔教会[22]会长傅力臣。

报馆案[23]是我到南京后两三个星期了结的,被一群兵们捣毁。子英在乡下,没有事;德清适值在城里,大腿上被刺了一尖刀。他大怒了。自然,这是很有些痛的,怪他不得。他大怒之后,脱下衣服,照了一张照片,以显示一寸来宽的刀伤,并且做一篇文章叙述情形,向各处分送,宣传军政府的横暴。我想,这种照片现在是大约未必还有人收藏着了,尺寸太小,刀伤缩小到几乎等于无,如果不加说明,看见的人一定以为是带些疯气的风流人物的裸体照片,倘遇见孙传芳[24]大帅,还怕要被禁止的。

我从南京移到北京的时候,爱农的学监也被孔教会会长的校长设法去掉了。他又成了革命前的爱农。我想为他在北京寻一点小事做,这是他非常希望的,然而没有机会。他后来便到一个熟人的家里去寄食,也时时给我信,景况愈困穷,言辞也愈凄苦。终于又非走出这熟人的家不可,便在各处飘浮。不久,忽然从同乡那里得到一个消息,说他已经掉

在水里，淹死了。

我疑心他是自杀。因为他是浮水的好手，不容易淹死的。

夜间独坐在会馆里，十分悲凉，又疑心这消息并不确，但无端又觉得这是极其可靠的，虽然并无证据。一点法子都没有，只做了四首诗㊱，后来曾在一种日报上发表，现在是将要忘记完了。只记得一首里的六句，起首四句是："把酒论天下，先生小酒人，大圜犹酩酊，微醉合沉沦。"中间忘掉两句，末了是"旧朋云散尽，余亦等轻尘。"

后来我回故乡去，才知道一些较为详细的事。爱农先是什么事也没得做，因为大家讨厌他。他很困难，但还喝酒，是朋友请他的。他已经很少和人们来往，常见的只剩下几个后来认识的较为年青的人了，然而他们似乎也不愿意多听他的牢骚，以为不如讲笑话有趣。

"也许明天就收到一个电报，拆开来一看，是鲁迅来叫我的。"他时常这样说。

一天，几个新的朋友约他坐船去看戏，回来已过夜半，又是大风雨，他醉着，却偏要到船舷上去小解。大家劝阻他，也不听，自己说是不会掉下去的。但他掉下去了，虽然能浮水，却从此不起来。

第二天打捞尸体，是在菱荡里找到的，直立着。

我至今不明白他究竟是失足还是自杀㊳。

他死后一无所有，遗下一个幼女和他的夫人。有几个人想集一点钱作他女孩将来的学费的基金，因为一经提议，即有族人来争这笔款的保管权，——其实还没有这笔款，大家觉得无聊，便无形消散了。

现在不知他唯一的女儿景况如何？倘在上学，中学已该毕业了罢。

十一月十八日

【注释】

①文章最初发表于一九二六年十二月二十五日《莽原》半月刊第一卷第二十四期。

②《朝日新闻》和《读卖新闻》都是日本资产阶级报纸。下文的《二六新闻》应为《二六新报》，以刊载耸人听闻的新闻报道著称。一九〇七年七月八日和九日的东京《朝日新闻》，都载有报道徐锡麟刺杀恩铭的新闻。

③巡抚：清代的省级最高官员。

④徐锡麟：字伯荪，浙江绍兴人，清末革命团体光复会的重要成员。一九〇五年，在绍兴创办大通师范学堂，培植反清革命骨干。一九〇六年春，为便于从事革命活动，筹资捐了候补道，同年秋被分发到安徽。一九〇七年与秋瑾准备在浙皖两省同时起义，七月六日（清光绪三十三年五月二十六日），他以安徽巡警处会办兼巡警学堂监督身份为掩护，乘巡警学堂举行毕业典礼之机，刺杀安徽巡抚恩铭，并率少数学生攻占军械局，弹尽被捕，当天即遭杀害。

⑤候补道：即候补道员。道员是清代官名，分总管省以下、府州以上一个行政区域职务的道员和专管一省特定职务的道员。据清代官制，通过科举或捐纳等途径都可以取得道员官衔，但不一定有实际职务。一般没有实际职务的道员，由吏部抽签分发到某部或某省，听候差委，称为候补道。

⑥秋瑾：字璇卿，号竞雄，别署鉴湖女侠，浙江绍兴人。一九〇四年赴日本留学，积极参加留日学生的革命活动，先后加入光复会、同盟会。一九〇六年春回国。一九〇七年在绍兴主持大通师范学堂，组织光复军，和徐锡麟分头准备在安徽、浙江两省起义。徐锡麟起义失败后，秋瑾亦被清政府逮捕，同年七月十五日（清光绪三十三年六月初六）在绍兴轩亭口就义。

⑦日本浪人：指日本幕府时代失去禄位、四处流浪的武士。江户时代，随着幕府体制的瓦解，一时浪人激增。他们无固定职业，常受雇于人，从事各种好勇斗狠的活动，日本帝国主义向外侵略时，就常以浪人为先锋。

⑧范爱农：名肇基，字斯年，号爱农，浙江绍兴人。一九一二年七月十日与绍兴《民兴日报》友人游湖时淹死。

⑨横滨：日本本州岛中南部港口城市，神奈川县首府。在东京湾西岸。

⑩子英：姓陈名浚，浙江绍兴人。

⑪陈伯平：名渊，自号"光复子"，浙江绍兴人。他是大通师范学堂的学生，曾两次赴日本学警务和制造炸弹。一九〇七年六月与马宗汉同赴安徽参加徐锡麟的起义活动；起事时在军械局的战斗中阵亡。

⑫马宗汉：字子畦，浙江余姚人。一九〇五年去日本留学，次年回国；一九〇七年六月赴安徽参加徐锡麟的起义活动；起事中据守军械局，弹尽被捕，备受酷刑后于八月二十四日就义。

⑬神户：日本本州岛西南部港口城市，兵库县首府。在大阪湾西北岸。

⑭武昌起义：即狭义的辛亥革命。一九一一年十月十日在武昌由同盟会等领导的推翻清王朝的武装起义。

⑮绍兴光复：据《中国革命记》第三册（一九一一年上海自由社编印）记载：辛亥九月十四日（一九一一年十一月四日）"绍兴府闻杭州为民军占领，即日宣布光复"。

⑯王金发：名逸，字季高，浙江嵊县人。原为浙东洪门会党平阳党的首领，后由光复会创始人陶成章介绍加入该会。一九一一年十一月十日，他率领光复军进入绍兴，十一日成立绍兴军政分府，自任都督。"二次革命"失败后，在

48　鲁迅散文中学生读本

一九一五年七月十三日被袁世凯的走狗、浙江督军朱瑞杀害于杭州。

⑰都督：官名。辛亥革命时为地方最高军政长官。以后改称督军。

⑱办一种报：指《越铎日报》，一九一二年一月三日在绍兴创刊，一九一二年八月一日被捣毁。作者是该报发起人之一，并曾撰写《〈越铎〉出世辞》（收入《集外集拾遗补编》）。

⑲德清：孙德卿，浙江绍兴人。当时的一个开明绅士，曾参加反清革命运动。

⑳绿林大学：西汉末年王匡、王凤等率领农民在绿林山（今湖北当阳县东北）起义，号"绿林兵"；"绿林"的名称即起源于此，后来用以泛指聚集山林反抗官府或抢劫财物的人们。王金发曾领导浙东洪门会党平阳党，号称万人，故作者在这里戏称他是"绿林大学出身"。

㉑季茀：许寿裳，浙江绍兴人，教育家。作者留学日本弘文学院时的同学，后又在教育部、北京女子师范大学、广东中山大学等处同事多年。与作者交谊甚笃。著有《我所认识的鲁迅》《亡友鲁迅印象记》等。抗日战争胜利后，在台湾大学任教。由于他倾向民主和宣传鲁迅，招致国民党反动派所忌，在一九四八年二月十八日深夜被刺杀于台北。此处所说"写信来催我往南京"，是指他受当时教育总长蔡元培之托，邀作者去南京教育部任职。

㉒孔教会：一个为袁世凯窃国复辟服务的尊孔派组织，一九一二年十月在上海成立，次年迁北京。当时各地封建势力亦纷纷筹建此类组织。绍兴的孔教会会长傅励臣是前清举人，他同时兼任绍兴教育会会长和绍兴师范学校校长。

㉓报馆案：指王金发所部士兵捣毁《越铎日报》馆一

案。时在一九一二年八月一日，作者早已于五月离开南京，随教育部迁到北京。这里说"是我到南京后两三个星期了结的"，记忆有误。

㉔孙传芳：山东历城人，北洋直系军阀。一九二六年夏他盘踞江浙等地时，曾以保卫礼教为由，下令禁止上海美术专门学校采用裸体模特儿。

㉕只做了四首诗：作者悼范爱农的诗，实际上是三首。最初发表于一九一二年八月二十一日绍兴《民兴日报》，署名黄棘，后收入《集外集》。下面说的"一首"指第三首，其五六句是"此别成终古，从兹绝绪言"。

㉖我至今不明白他究竟是失足还是自杀：关于范爱农之死，一九一二年夏历三月二十七日范爱农在给作者信中，曾有"如此世界，实何生为？盖吾辈生成傲骨，未能随波逐流，惟死而已，端无生理"等语。作者怀疑他可能是投湖自杀。

阅读指要

鲁迅与范爱农是绍兴同乡，年若相仿，在日本留学期间相识，并维持深厚的友谊。在范爱农死之后，鲁迅写过许多回忆范爱农的文章。范爱农的死，成为鲁迅心中不可磨灭的痛，影响着鲁迅的思想发展以及文学创作。鲁迅作品中表现的回忆情绪和死亡意识，无不浸透着范爱农的影子。

《范爱农》是鲁迅先生作于辛亥革命前后的一篇回忆性散文，写于一九二六年十一月十八日（而范爱农则死于一九一二年七月间），收录于《朝花夕拾》。在《范爱农》一文之前，鲁迅还曾以"黄棘"的笔名于一九一二年八月二十一日在绍兴《民兴时报》上发表了《哀范君三章》的悼亡诗篇：

风雨飘摇日，余怀范爱农。
华颠萎寥落，白眼看鸡虫。
世味秋荼苦，人间直道穷。
奈何三月别，竟尔失畸躬！

海草国门碧，多年老异乡。
狐狸方去穴，桃偶已登场。
故里寒云恶，炎天凛夜长。
独沉清冷水，能否涤愁肠？

把酒论当世，先生小酒人。
大圜犹酩酊，微醉自沉沦。
此别成终古，从兹绝绪言。
故人云散尽，我亦等轻尘！

  本文追叙了作者在日留学时和回国后与范爱农接触的几个生活片段，描述了范爱农在辛亥革命前不满黑暗社会的现实、追求革命的步伐，辛亥革命后又备受打击，受人迫害，郁郁不得志的遭遇，表现了对旧民主主义革命不彻底的失望和对这位正直倔强的爱国者的同情和悼念。文章一开头，作者就用平凡又朴素的语言，记叙了他曾经在同乡会上认识范爱农的事，先抒发自己对他的憎恶，为后文写对他的亲切友善作铺垫。欲扬先抑的写作手法十分到位，朴素却又不失精练的语言。在当时浑浑噩噩的国度里，范爱农的死可能是具有不满现实、不屈不挠而又无力改变现实的心志和性格的范爱农们的必然结果。从这个意义而言，范爱农的悲剧就不是孤立、不是个人悲剧，而是具有典型社会悲剧。因为，在范爱农身上集中了那一代大多数的知识分子处于彷徨苦海中的身影。

  《范爱农》是《朝花夕拾》里最末一篇，可算是鲁迅对自己大半生的一个小总结。从儿时的友情，到成年后的友情，鲁迅无不用自己真诚的心去谱写伤心的歌。就连鲁迅的第一篇白话小说《狂人日记》，也可说是带着自己的痛苦回忆的性质。

为了忘却的记念①

一

我早已想写一点文字,来记念几个青年的作家。这并非为了别的,只因为两年以来,悲愤总时时来袭击我的心,至今没有停止,我很想借此算是竦身一摇,将悲哀摆脱,给自己轻松一下,照直说,就是我倒要将他们忘却了。

两年前的此时,即一九三一年的二月七日夜或八日晨,是我们的五个青年作家②同时遇害的时候。当时上海的报章都不敢载这件事,或者也许是不愿,或不屑载这件事,只在《文艺新闻》上有一点隐约其辞的文章③。那第十一期(五月二十五日)里,有一篇林莽④先生作的《白莽印象记》,中间说:"他做了好些诗,又译过匈牙利和诗人彼得斐⑤的几首诗,当时的《奔流》的编辑者鲁迅接到了他的投稿,便来信要和他会面,但他却是不愿见名人的人,结果是鲁迅自己跑来找他,竭力鼓励他作文学的工作,但他终于不能坐在亭子间里写,又去跑他的路了。不久,他又一次地被捕了。……"

这里所说的我们的事情其实是不确的。白莽并没有这么高慢,他曾经到过我的寓所来,但也不是因为我要求和他会面;我也没有这么高慢,对于一位素不相识的投稿者,会轻率地写信去叫他。我们相见的原因很平常,那时他所投的是从德文译出的《彼得斐传》,我就发信去讨原文,原文是载在诗集前面的,邮寄不便,他就亲自送来了。看去是一个二十多岁的青年,面貌很端正,颜色是黑黑的,当时的谈话我已经忘却,只记得他自说姓徐,象山人;我问他为什么代你收信的女士是这么一个怪名字(怎么怪法,现在也忘却了),他说她就喜欢起得这么怪,罗曼谛克,自己也有些和她不大对劲了。就只剩了这一点。

夜里,我将译文和原文粗粗地对了一遍,知道除几处误译之外,还有一个故意的曲译。他像是不喜欢"国民诗人"这个字的,都改成"民众诗人"了。第二天又接到他一封来信,说很悔和我相见,他的话多,我的话少,又冷,好像受了一种威压似的。我便写一封回信去解释,说初次相会,说话不多,也是人之常情,并且告诉他不应该由自己的爱憎,将原文改变。因为他的原书留在我这里了,就将我所藏的两本集子送给他,问他可能再译几首诗,以供读者的参看。他果然译了几首,自己拿来了,我们就谈得比第一回多一些。这传和诗,后来就都登在《奔流》第二卷第五本,即最末的一本里。

我们第三次相见,我记得是在一个热天。有人打门了,我去开门时,来的就是白莽,却穿着一件厚棉袍,汗流满面,彼此都不禁失笑。这时他才告诉我他是一个革命者,刚由被捕而释出,衣服和书籍全被没收了,连我送他的那两本;身上的袍子是从朋友那里借来的,没有夹衫,而必须穿长衣,所以只好这么出汗。我想,这大约就是林莽先生说的

"又一次地被捕了"的那一次了。

我很欣幸他的得释,就赶紧付给稿费,使他可以买一件夹衫,但一面又很为我的那两本书痛惜:落在捕房的手里,真是明珠投暗了。那两本书,原是极平常的,一本散文,一本诗集,据德文译者说,这是他搜集起来的,虽在匈牙利本国,也还没有这么完全的本子,然而印在《莱克朗氏万有文库》(Reclam's Universal-Bibliothek)⑥中,倘在德国,就随处可得,也值不到一元钱。不过在我是一种宝贝,因为这是三十年前,正当我热爱彼得斐的时候,特地托丸善书店⑦从德国去买来的,那时还恐怕因为书极便宜,店员不肯经手,开口时非常惴惴。后来大抵带在身边,只是情随事迁,已没有翻译的意思了,这回便决计送给这也如我的那时一样,热爱彼得斐的诗的青年,算是给它寻得了一个好着落。所以还郑重其事,托柔石亲自送去的。谁料竟会落在"三道头"⑧之类的手里的呢,这岂不冤枉!

二

我的决不邀投稿者相见,其实也并不完全因为谦虚,其中含着省事的分子也不少。由于历来的经验,我知道青年们,尤其是文学青年们,十之九是感觉很敏,自尊心也很旺盛的,一不小心,极容易得到误解,所以倒是故意回避的时候多。见面尚且怕,更不必说敢有托付了。但那时我在上海,也有一个唯一的不但敢于随便谈笑,而且还敢于托他办点私事的人,那就是送书去给白莽的柔石。

我和柔石最初的相见,不知道是何时,在那里。他仿佛说过,曾在北京听过我的讲义,那么,当在八九年之前了。我也忘记了在上海怎么来往起来,总之,他那时住在景云里,离我的寓所不过四五家门面,不知怎么一来,就来往起来了。大约最初的一回他就告诉我是姓赵,名平复。但他又曾谈起他家乡的豪绅的气焰之盛,说是有一个绅士,以为他的名字好,要给儿子用,叫他不要用这名字了。所以我疑心他的原名是"平福",平稳而有福,才正中乡绅的意,对于"复"字却未必有这么热心。他的家乡,是台州的宁海,这只要一看他那台州式的硬气就知道,而且颇有点迂,有时会令我忽而想到方孝孺⑨,觉得好像也有些这模样的。

他躲在寓里弄文学,也创作,也翻译,我们往来了许多日,说得投合起来了,于是另外约定了几个同意的青年,设立朝华社。目的是在绍介东欧和北欧的文学,输入外国的版画,因为我们都以为应该来扶植一点刚健质朴的文艺。接着就印《朝花旬刊》,印《近代世界短篇小说集》,印《艺苑朝华》,算都在循着这条线,只有其中的一本《拾谷虹儿画选》,是为了扫荡上海滩上的"艺术家",即戳穿叶灵凤这纸老虎而印的。

然而柔石自己没有钱,他借了二百多块钱来做印本。除买纸之外,大部分的稿子和杂务都是归他做,如跑印刷局,制图,校字之类。可是往往不如意,说起来皱着眉头。看他旧作品,都很有悲观的气息,但实际上并不然,他相信人们是好的。我有时谈到人会怎样的骗人,怎样的卖友,怎样的吮血,他就前额亮晶晶的,惊疑地圆睁了近视的眼睛,抗议道,"会这样的么?——不至于此罢?……"

不过朝花社不久就倒闭了,我也不想说清其中的原因,总之是柔石的理想的头,先碰了一个大钉子,力气固然白化,此外还得去借一百块钱来付纸账。后来他对于我那"人心惟危"⑩说的怀疑减少了,有时也叹息道,"真会这样的么?……"但是,他仍然相信人们是好的。

他于是一面将自己所应得的朝花社的残书送到明日书店

和光华书局去，希望还能够收回几文钱，一面就拼命地译书，准备还借款，这就是卖给商务印书馆的《丹麦短篇小说集》和戈理基作的长篇小说《阿尔泰莫诺夫之事业》。但我想，这些译稿，也许去年已被兵火烧掉了。

他的迂渐渐地改变起来，终于也敢和女性的同乡或朋友一同去走路了，但那距离，却至少总有三四尺的。这方法很不好，有时我在路上遇见他，只要在相距三四尺前后或左右有一个年青漂亮的女人，我便会疑心就是他的朋友。但他和我一同走路的时候，可就走得近了，简直是扶住我，因为怕我被汽车或电车撞死；我这面也为他近视而又要照顾别人担心，大家都仓皇失措地愁一路，所以倘不是万不得已，我是不大和他一同出去的，我实在看得他吃力，因而自己也吃力。

无论从旧道德，从新道德，只要是损己利人的，他就挑选上，自己背起来。

他终于决定地改变了，有一回，曾经明白地告诉我，此后应该转换作品的内容和形式。我说：这怕难罢，譬如使惯了刀的，这回要他耍棍，怎么能行呢？他简洁的答道：只要学起来！

他说的并不是空话，真也在从新学起来了，其时他曾经带了一个朋友来访我，那就是冯铿女士。谈了一些天，我对于她终于很隔膜，我疑心她有点罗曼谛克，急于事功；我又疑心柔石的近来要做大部的小说，是发源于她的主张的。但我又疑心我自己，也许是柔石的先前的斩钉截铁的回答，正中了我那其实是偷懒的主张的伤疤，所以不自觉地迁怒到她身上去了。——我其实也并不比我所怕见的神经过敏而自尊的文学青年高明。

她的体质是弱的，也并不美丽。

三

直到左翼作家联盟成立之后,我才知道我所认识的白莽,就是在《拓荒者》上做诗的殷夫。有一次大会时,我便带了一本德译的,一个美国的新闻记者所做的中国游记去送他,这不过以为他可以由此练习德文,另外并无深意。然而他没有来。我只得又托了柔石。

但不久,他们竟一同被捕,我的那一本书,又被没收,落在"三道头"之类的手里了。

四

明日书店要出一种期刊,请柔石去做编辑,他答应了;书店还想印我的译著,托他来问版税的办法,我便将我和北新书局所订的合同,抄了一份交给他,他向衣袋里一塞,匆匆地走了。其时是一九三一年一月十六日的夜间,而不料这一去,竟就是我和他相见的末一回,竟就是我们的永诀。第二天,他就在一个会场上被捕了,衣袋里还藏着我那印书的合同,听说官厅因此正在找寻我。印书的合同,是明明白白的,但我不愿意到那些不明不白的地方去辩解。记得《说岳全传》里讲过一个高僧,当追捕的差役刚到寺门之前,他就"坐化"了,还留下什么"何立从东来,我向西方走"的偈子⑪。这是奴隶所幻想的脱离苦海的唯一的好方法,"剑侠"盼不到,最自在的唯此而已。我不是高僧,我不是高僧,没有涅槃⑫的自由,却还有生之留恋,我于是就逃走⑬。

这一夜,我烧掉了朋友们的旧信札,就和女人抱着孩子走在一个客栈里。不几天,即听得外面纷纷传我被捕,或是被杀了,柔石的消息却很少。有的说,他曾经被巡捕带到明日书店里,问是否是编辑;有的说,他曾经被巡捕带往北新

书局去,问是否是柔石,手上上了铐,可见案情是重的。但怎样的案情,却谁也不明白。

他在囚系中,我见过两次他写给同乡⑭的信,第一回是这样的——

"我与三十五位同犯(七个女的)于昨日到龙华。并于昨夜上了镣,开政治犯从未上镣之纪录。此案累及太大,我一时恐难出狱,书店事望兄为我代办之。现亦好,且跟殷夫兄学德文,此事可告周先生;望周先生勿念,我等未受刑。捕房和公安局,几次问周先生地址,但我那里知道。诸望勿念。祝好!

赵少雄一月二十四日。"

以上正面。

"洋铁饭碗,要二三只如不能见面,可将东西望转交赵少雄"

以上背面。

他的心情并未改变,想学德文,更加努力;也仍在记念我,像在马路上行走时候一般。但他信里有些话是错误的,政治犯而上镣,并非从他们开始,但他向来看得官场还太高,以为文明至今,到他们才开始了严酷。其实是不然的。果然,第二封信就很不同,措词非常惨苦,且说冯女士的面目都浮肿了,可惜我没有抄下这封信。其时传说也更加纷繁,说他可以赎出的也有,说他已经解往南京的也有,毫无确信;而用函电来探问我的消息的也多起来,连母亲在北京也急得生病了,我只得一一发信去更正,这样的大约有二十天。

天气愈冷了,我不知道柔石在那里有被褥不?我们是有的。洋铁碗可曾收到了没有?……但忽然得到一个可靠的消息,说柔石和其他二十三人,已于二月七日夜或八日晨,在龙华警备司令部被枪毙了,他的身上中了十弹。

原来如此！……

在一个深夜里，我站在客栈的院子中，周围是堆着的破烂的什物；人们都睡觉了，连我的女人和孩子。我沉重的感到我失掉了很好的朋友，中国失掉了很好的青年，我在悲愤中沉静下去了，然而积习却从沉静中抬起头来，凑成了这样的几句：

> 惯于长夜过春时，挈妇将雏鬓有丝。
> 梦里依稀慈母泪，城头变幻大王旗。
> 忍看朋辈成新鬼，怒向刀丛觅小诗。
> 吟罢低眉无写处，月光如水照缁衣。

但末二句，后来不确了，我终于将这写给了一个日本的歌人⑮。

可是在中国，那时是确无写处的，禁锢得比罐头还严密。我记得柔石在年底曾回故乡，住了好些时，到上海后很受朋友的责备。他悲愤地对我说，他的母亲双眼已经失明了，要他多住几天，他怎么能够就走呢？我知道这失明的母亲的眷眷的心，柔石的拳拳的心。当《北斗》创刊时，我就想写一点关于柔石的文章，然而不能够，只得选了一幅珂勒惠支（KaHtheKollwitz）夫人的木刻，名曰《牺牲》，是一个母亲悲哀地献出她的儿子去的，算是只有我一个人心里知道的柔石的记念。

同时被难的四个青年文学家之中，李伟森我没有会见过，胡也频在上海也只见过一次面，谈了几句天。较熟的要算白莽，即殷夫了，他曾经和我通过信，投过稿，但现在寻起来，一无所得，想必是十七那夜统统烧掉了，那时我还没有知道被捕的也有白莽。然而那本《彼得斐诗集》却在的，

翻了一遍，也没有什么，只在一首《Wahispruch》（格言）的旁边，有钢笔写的四行译文道：

　　生命诚宝贵，爱情价更高；
　　若为自由故，二者皆可抛！

又在第二页上，写着"徐培根"⑯三个字，我疑心这是他的真姓名。

五

前年的今日，我避在客栈里，他们却是走向刑场了；去年的今日，我在炮声中逃在英租界，他们则早已埋在不知哪里的地下了；今年的今日，我才坐在旧寓里，人们都睡觉了，连我的女人和孩子。我又沉重地感到我失掉了很好的朋友，中国失掉了很好的青年，我在悲愤中沉静下去了，不料积习又从沉静中抬起头来，写下了以上那些字。

要写下去，在中国的现在，还是没有写处的。年青时读向子期⑰《思旧赋》，很怪他为什么只有寥寥的几行，刚开头却又煞了尾。

然而，现在我懂得了。

不是年青的为年老的写记念，而在这三十年中，却使我目睹许多青年的血，层层淤积起来，将我埋得不能呼吸，我只能用这样的笔墨，写几句文章，算是从泥土中挖一个小孔，自己延口残喘，这是怎样的世界呢。夜正长，路也正长，我不如忘却，不说的好罢。但我知道，即使不是我，将来总会有记起他们，再说他们的时候的。

一九三三年二月七—八日

【注释】

①本篇最初发表于一九三三年四月一日《现代》第二卷第六期。

②五个青年作家：白莽、柔石、冯铿、李伟森、胡也频。

③"左联"五位作家被捕遇害的消息，《文艺新闻》第三号（一九三一年三月三十日）以《在地狱或人世的作家？》为题，用读者致编者信的形式，首先透露出来。

④林莽即楼适夷，浙江余姚人，作家、翻译家。当时"左联"成员。

⑤彼得斐：通译裴多菲，匈牙利爱国诗人。主要诗作有《勇敢的约翰》《民族之歌》等。

⑥《莱克朗氏万有文库》一八六七年德国出版的文学丛书。

⑦丸善书店日本东京一家出售西文书籍的书店。

⑧"三道头"当时上海公共租界里的巡官，制服袖上缀有三道倒人字形标志，被称作"三道头"。

⑨方孝孺：浙江宁海人，明建文帝时的侍讲学士、文学博士。建文四年，建文帝的叔父燕王朱棣起兵攻陷南京，自立为帝（即永乐帝），命他起草即位诏书；他坚决不从，遂遭杀害，被灭十族。

⑩"人心惟危"语见《尚书·大禹谟》。

⑪《说岳全传》清代康熙年间的演义小说，题为钱彩编次，金丰增订，共八十回。该书第六十一回写镇江金山寺道悦和尚，因同情岳飞，秦桧就派"家人"何立去抓他。他正在寺内"升座说法"，一见何立，便口占一偈死去。"坐化"，佛家语，佛家传说有些高僧在临终前盘膝端坐，安然而逝，称作"坐化"。偈子，佛经中的唱词，也泛指和尚的隽语。

⑫涅槃：佛教用语，梵文音译，指超脱生死的最高境

界，后人称高僧逝世为"涅槃"。

⑬柔石被捕后，作者于一九三一年一月二十日和家属避居黄陆路花园庄，二月二十八日回寓。

⑭指王育和，浙江宁海人，当时是慎昌钟表行的职员，和柔石同住闸北景云里二十八号，柔石在狱中通过送饭人带信给他，由他送周建人转给作者。

⑮日本歌人指山本初枝。据《鲁迅日记》，一九三二年七月十一日，作者将此诗书成小幅，托内山书店寄给她。

⑯"徐培根"：白莽的哥哥，曾任国民党政府的航空署长。

⑰向子期：向秀，字子期，河内（今河南武陟）人，魏晋时期文学家。他和嵇康、吕安友善。《思旧赋》是他在嵇、吕被司马昭杀害后所作的哀悼文章，共一百五十六字（见《文选》卷十六）。

阅读指要

一九三一年一月十七日，柔石、白莽等左联的五位青年作家被捕。同年二月七日被秘密枪杀于上海龙华，大批左联作家被通缉，鲁迅先生也时刻面临被捕的危险境地。鲁迅先生丝毫不畏反动派的屠刀和淫威。在闻知柔石、白莽等左联的五位青年遇难的消息后发表《中国无产阶级革命文学和前驱的血》《黑暗中国的文艺界的现状》等强烈抗议和揭露反动派的罪行。在烈士遇难两周年的日子，即一九三三年二月八日，先生带着无限的悲愤写下《为了忘却的纪念》。

仔细阅读，我们可以发现，文章并没有全面地写五位烈士的事迹，而是着重写了两位，其余的三位只简约地点到而已。作者回忆自己与白莽（殷夫）、柔石在文学事业与生活上的多次交往和感触，特别记叙了他们被捕后的狱中生活以及遇害的情景，既深情地颂扬了革命青年的革命精神与人品，又有力地控诉了反动派屠杀人民的罪行。同时还抒发了作者怀念烈士、憎爱分明、坚信革命一定胜利的思想感情。这深深地感染着我们。

此外，该文给我们另一深切的感受是严谨、有序的组织结构，笔法特别洒脱自如，既很好地运用记叙、议论、抒情相结合的方法，尤其是恰当地采用了委婉曲折的表情达意方法，鲜明而深沉地抒写了作者丰富的感情内涵。

作者当时身处白色恐怖之中，面临"未敢翻身已碰头"的险境，为了让文章得以发表，不得不采用委婉曲折的笔法，来表达复杂深处的思想感情。但它含蓄而不晦涩，委婉而富有情致。鲁迅先生在运用曲笔时，也是不拘一格，异彩纷呈。

一、矛盾冲突，悲愤交织

请看文章的题目及第一段文字，作者在"记念"与"忘却"的心理矛盾冲突中，一方面表达对几个青年作家的遇害，心情极为沉痛，悲愤之情始终不已，所以两年之后仍写文章悼念他们；另一方面又表达了我们不能只陷入悲痛之中，要将悲痛化为力量，完成先烈未尽的事业，这是对烈士最好的纪念。要忘却的是什么？一味的悲痛，要记念的是什么？烈士的精神。其实，我们可以感触到，两种感情犹如两股烈焰，同时迸发。如此之曲笔，显得深沉有力。

二、旁征博引，借古讽今

作者善于引用古人、古事，或作比喻或隐射今人今事和今时。请看文章在叙写柔石的"硬"和"迂"的性格时，自然地联想到他的同乡明儒，正直而刚烈的方孝孺，耐人思索；写到柔石被捕、作者逃跑时，引出《说岳全传》中高僧坐化的故事，既揭露国民党反动派滥杀无辜的罪行，也表达了作者反对"坐以待毙"，主张保存实力、坚持战斗的精神，这使文章波澜起伏，富有情趣；写到作者文章"无写处"时，又提到魏晋时文人向子期和他的文章《思旧赋》。其用意是在于揭露蒋介石统治的黑暗凶残，同时也表达了作者在"禁锢得比罐头还密"的情况下仍要悼念烈士的心曲。旁征博引，曲妙有致，借古讽今，含蓄深沉。

三、借题发挥，弦外有音

文章在写到与白莽的交往中，作者赠送给他的两本彼得斐的诗文、不幸被巡捕没收了一事，文章据此就叙说，这两本书如何来之不易。不仅表达作者对白莽真挚的友谊，并借此倾诉对巡捕之流的厌恶之情。借题发挥，弦外有音，耐人寻味。

总之，作者运用了委婉曲折的笔触，表达作者丰富多彩的情愫，是这篇文章重要的特色之一。当然，文章的语言的含蓄，也同样色彩鲜明，耐人咀嚼。

正如先生在《南腔北调集》里所说，"打杂的笔墨，是也得给各个编辑者设身处地地想一想，于是文章也就不能划一不二，可说之处说一点，不能说之处便罢休。"这也许就是——鲁迅在这篇文章里使用曲折的笔墨和含蓄的语言的缘由吧。

忆韦素园君①

我也还有记忆的,但是,零落得很。我自己觉得我的记忆好像被刀刮过了的鱼鳞,有些还留在身体上,有些是掉在水里了,将水一搅,有几片还会翻腾,闪烁,然而中间混着血丝,连我自己也怕得因此污了赏鉴家的眼目。

现在有几个朋友要纪念韦素园君,我也须说几句话。是的,我是有这义务的。我只好连身外的水也搅一下,看看泛起怎样的东西来。

怕是十多年之前了罢,我在北京大学做讲师,有一天。在教师预备室里遇见了一个头发和胡子统统长得要命的青年,这就是李霁野。我的认识素园,大约就是霁野绍介的罢,然而我忘记了那时的情景。现在留在记忆里的,是他已经坐在客店的一间小房子里计画出版了。

这一间小房子,就是未名社②。

那时我正在编印两种小丛书,一种是《乌合丛书》,专收创作,一种是《未名丛刊》,专收翻译,都由北新书局出版。出版者和读者的不喜欢翻译书,那时和现在也并不两样,所以《未名丛刊》是特别冷落的。恰巧,素园他们愿意

绍介外国文学到中国来，便和李小峰③商量，要将《未名丛刊》移出，由几个同人自办。小峰一口答应了，于是这一种丛书便和北新书局脱离。稿子是我们自己的，另筹了一笔印费，就算开始。因这丛书的名目，连社名也就叫了"未名"——但并非"没有名目"的意思，是"还没有名目"的意思，恰如孩子的"还未成丁"似的。

未名社的同人，实在并没有什么雄心和大志，但是，愿意切切实实的，点点滴滴地做下去的意志，却是大家一致的。而其中的骨干就是素园。

于是他坐在一间破小屋子，就是未名社里办事了，不过小半好像也因为他生着病，不能上学校去读书，因此便天然地轮着他守寨。

我最初的记忆是在这破寨里看见了素园，一个瘦小，精明，正经的青年，窗前的几排破旧外国书，在证明他穷着也还是钉住着文学。然而，我同时又有了一种坏印象，觉得和他是很难交往的，因为他笑影少。"笑影少"原是未名社同人的一种特色，不过素园显得最分明，一下子就能够令人感得。但到后来，我知道我的判断是错误了，和他也并不难于交往。他的不很笑，大约是因为年龄的不同，对我的一种特别态度罢，可惜我不能化为青年，使大家忘掉彼我，得到确证了。这真相，我想，霁野他们是知道的。

但待到我明白了我的误解之后，却同时又发见了一个他的致命伤：他太认真；虽然似乎沉静，然而他激烈。认真会是人的致命伤的么？至少，在那时以至现在，可以是的。一认真，便容易趋于激烈，发扬则送掉自己的命，沉静着，又啮碎了自己的心。

这里有一点小例子。——我们是只有小例子的。

那时候，因为段祺瑞④总理和他的帮闲们的迫压，我已经逃到厦门,但北京的狐虎之威还正是无穷无尽。段派的女子师范大学校长林素园⑤,带兵接收学校去了,演过全副武行之后,还指留着的几个教员为"共产党"。这个名词,一向就给有些人以"办事"上的便利,而且这方法,也是一种老谱,本来并不稀罕的。但素园却好像激烈起来了,从此以后,他给我的信上,有好一晌竟憎恶"素园"两字而不用,改称为"漱园"。同时社内也发生了冲突,高长虹⑥从上海寄信来,说素园压下了向培良的稿子,叫我讲一句话。我一声也不响。于是在《狂飙》上骂起来了,先骂素园,后是我。素园在北京压下了培良的稿子,却由上海的高长虹来抱不平,要在厦门的我去下判断,我颇觉得是出色的滑稽,而且一个团体,虽是小小的文学团体罢,每当光景艰难时,内部是一定有人起来捣乱的,这也并不稀罕。然而素园却很认真,他不但写信给我,叙述着详情,还作文登在杂志上剖白。在"天才"们的法庭上,别人剖白得清楚的么?——我不禁长长地叹了一口气,想到他只是一个文人,又生着病,却这么拼命地对付着内忧外患,又怎么能够持久呢。自然,这仅仅是小忧患,但在认真而激烈的个人,却也相当的大的。

不久,未名社就被封⑦,几个人还被捕。也许素园已经咯血,进了病院了罢,他不在内。但后来,被捕的释放,未名社也启封了,忽封忽启,忽捕忽放,我至今还不明白这是怎么的一个玩意。

我到广州,是第二年——一九二七年的秋初⑧,仍旧陆续地接到他几封信,是在西山病院里,伏在枕头上写就的,因为医生不允许他起坐。他措辞更明显,思想也更清楚,更广大了,但也更使我担心他的病。有一天,我忽然接到一本书,是布面装订的素园翻译的《外套》⑨。我一看明白,就打了一个寒噤:这明明是他送给我的一个纪念品,莫非他已

经自觉了生命的期限了么?

我不忍再翻阅这一本书,然而我没有法。

我因此记起,素园的一个好朋友也咯过血,一天竟对着素园咯起来,他慌张失措,用了爱和忧急的声音命令道:"你不许再吐了!"我那时却记起了伊孛生的《勃兰特》⑩。他不是命令过去的人,从新起来,却并无这神力,只将自己埋在崩雪下面的么?……

我在空中看见了勃兰特和素园,但是我没有话。

一九二九年五月末,我最以为侥幸的是自己到西山病院去,和素园谈了天。他为了日光浴,皮肤被晒得很黑了,精神却并不萎顿。我们和几个朋友都很高兴。但我在高兴中,又时时夹着悲哀:忽而想到他的爱人,已由他同意之后,和别人订了婚;忽而想到他竟连绍介外国文学给中国的一点志愿,也怕难于达到;忽而想到他在这里静卧着,不知道他自以为是在等候痊愈,还是等候灭亡;忽而想到他为什么要寄给我一本精装的《外套》?……壁上还有一幅陀思妥也夫斯基⑪的大画像。对于这先生,我是尊敬,佩服的,但我又恨他残酷到了冷静的文章。他布置了精神上的苦刑,一个个拉了不幸的人来,拷问给我们看。现在他用沉郁的眼光,凝视着素园和他的卧榻,好像在告诉我:这也是可以收在作品里的不幸的人。

自然,这不过是小不幸,但在素园个人,是相当的大的。

一九三二年八月一日晨五时半,素园终于病殁在北平同仁医院里了,一切计画,一切希望,也同归于尽。我所抱憾的是因为避祸,烧去了他的信札,⑫我只能将一本《外套》当作唯一的纪念,永远放在自己的身边。

自素园病殁之后,转眼已是两年了,这其间,对于他,文坛上并没有人开口。这也不能算是稀罕的,他既非天才,也非豪杰,活的时候,既不过在默默中生存,死了之后,当然也只好在默默中泯没。但对于我们,却是值得纪念的青年,因为他在默默中支持了未名社。

未名社现在是几乎消灭了,那存在期,也并不长久。然而自素园经营以来,绍介了果戈理(NGogol),陀思妥也夫斯基(Fdostoevsky),安特列夫(LAndreev),绍介了望·蔼覃(FvanEeden),绍介了爱伦堡(IEhrenburg)的《烟袋》和拉夫列涅夫(BLavrenev)的《四十一》。⑬还印行了《未名新集》⑭,其中有丛芜的《君山》,静农的《地之子》和《建塔者》,我的《朝华夕拾》,在那时候,也都还算是相当可看的作品。事实不为轻薄阴险小儿留情,曾几何年,他们就都已烟消火灭,然而未名社的译作,在文苑里却至今没有枯死的。

是的,但素园却并非天才,也非豪杰,当然更不是高楼的尖顶,或名园的美花,然而他是楼下的一块石材,园中的一撮泥土,在中国第一要他多。他不入于观赏者的眼中,只有建筑者和栽植者,决不会将他置之度外。

文人的遭殃,不在生前的被攻击和被冷落,一瞑之后,言行两亡,于是无聊之徒,谬托知己,是非蜂起,既以自炫?又以卖钱,连死尸也成了他们的沽名获利之具,这倒是值得悲哀的。现在我以这几千字纪念我所熟识的素园,但愿还没有营私肥己的处所,此外也别无话说了。

我不知道以后是否还有纪念的时候,倘止于这一次,那么,素园,从此别了!

一九三四年七月十六之夜,鲁迅记

【注释】

①本篇最初发表于一九三四年十月上海《文学》月刊第

三卷第四号。

②未名社文学团体,一九二五年秋成立于北京,主要成员有鲁迅、韦素园、曹靖华、李霁野、台静农等。先后出版过《莽原》半月刊、《未名半月刊》和《未名丛刊》、《未名新集》等。一九三一年秋后因经济困难,无形解体。

③李小峰:江苏江阴人。北京大学毕业,曾参加新潮社和语丝社,后为北新书局主持人。

④段祺瑞:安徽合肥人,北洋皖系军阀。曾任北洋政府国务总理、北京临时执政府执政等。

⑤林素园:福建人,一九二五年八月,北洋政府教育部为镇压北京女子师范大学学潮,下令停办该校,改为北京女子学院师范部,林被任为师范部学长。同年九月五日,他率领军警赴女师大实行武装接收。

⑥高长虹:山西盂县人,狂飙社主要成员之一,是当时一个思想上带有虚无主义和无政府主义色彩的青年作者。一九二六年十月高长虹等在上海创办《狂飙》周刊,该刊第二期载有高长虹《给鲁迅先生》的通信,其中说:"接培良来信,说他同韦素园先生大起冲突,原因是为韦先生退还高歌的《剃刀》,又压下他的《冬天》……现在编辑《莽原》者,且甚至执行编辑之权威者,为韦素园先生也……然权威或可施之于他人,要不应施之于同伴也……今则态度显然,公然以'退还'加诸我等矣!刀搁头上矣!到了这时,我还能不出来一理论吗?"最后他又对鲁迅说:"你如愿意说话时,我也想听一听你的意见。"

⑦未名社被封一九二八年春,未名社出版的《文学与革命》(托洛茨基著,李霁野、韦素园译)一书在济南山东省立第一师范学校被扣。北京警察厅据山东军阀张宗昌电告,于三月二十六日查封未名社,捕去李霁野等三人。至十月始

鲁迅散文中学生读本

启封。

⑧鲁迅到广州应是一九二七年初（一月十八日）。

⑨《外套》：俄国作家果戈理所作中篇小说，韦素园的译本出版于一九二六年九月，为《未名丛刊》之一。据《鲁迅日记》，他收到韦素园的赠书是在一九二九年八月三日。

⑩伊孛生：通译易卜生，挪威剧作家。《勃兰特》是他作的诗剧，剧中人勃兰特企图用个人的力量鼓动人们起来反对世俗旧习。他带领一群信徒上山去寻找理想的境界，在途中，人们不堪登山之苦，对他的理想产生了怀疑，于是把他击倒，最后他在雪崩下丧生。

⑪陀思妥也夫斯基：十九世纪群星灿烂的俄国文坛上一颗耀眼的明星，与列夫·托尔斯泰、屠格涅夫等人齐名，是俄国文学的卓越代表，他所走过的是一条极为艰辛、复杂的生活与创作道路，是俄国文学史上最复杂、最矛盾的作家之一。即如有人所说"托尔斯泰代表了俄罗斯文学的广度，陀思妥也夫斯基则代表了俄罗斯文学的深度"。

⑫一九三〇年鲁迅因参加中国自由运动大同盟，遭到国民党当局通缉，次年又因柔石被捕，曾两次被迫"弃家出走"，出走前烧毁了所存的信札。参看《两地书·序言》。

⑬收入《未名丛刊》中的译本有：俄国果戈理的小说《外套》（韦素园译），陀思妥也夫斯基的小说《穷人》（韦丛芜译），安特列夫的剧本《往星中》和《黑假面人》（李霁野译），荷兰望·蔼覃的童话《小约翰》（鲁译），苏联爱伦堡等七人的短篇小说集《烟袋》（曹靖华辑译），苏联拉甫列涅夫的中篇小说《第四十一》（曹靖华译）。

⑭《未名新集》未名社印行的专收创作的丛刊。《君山》是诗集，《地之子》和《建塔者》都是短篇小说集。

阅读指要

《忆韦素园君》是鲁迅的一篇回忆性散文。作者通过记叙与韦素园相识、交往的若干情景，展现了韦素园认真而激烈的个性以及对朋友的关怀与友爱，并肯定他"在默默中支持了未名社"的努力与功绩，从而赞美韦素园宁愿作为无名的基石，无名的泥土，"切切实实的，点点滴滴的做下去"的实干精神。同时，通过对韦素园人格的认同和赞美，鲁迅也嘲讽、批评了社会上其他一些做事轻浮、虚张声势的人。韦素园成了这类人的映照，从而表达了鲁迅对他们的不满和批评。《忆韦素园君》在人物刻画方面显示出了高超的艺术技巧，作者寥寥数笔即将韦素园的基本性格特点勾勒出来。首先，文章中有关韦素园的文字，基本上都与未名社的活动相联系，作者在肯定未名社的立场上肯定韦素园对于未名社所起的作用，自始至终将韦素园放在未名社的工作中加以考察，也就是在整个新文学运动背景中来评价韦素园这一文学青年，而决非以个人的好恶论功过，也决不就人论人、孤立地褒扬一个人，这就使这一人物回忆篇章有了更深广的内涵。其次，以具体事例，形象地、实事求是地描述人物是这篇散文的又一特点。鲁迅特别用了韦素园改名"漱园"、处理未名社内冲突等"小例子"，来揭示这一人物的性格品质，而毫无夸饰、抽象地议论。并且在这些事物的记叙中，鲁迅又有意用了对比手法，文章中既可见韦素园与未名社中有的人在光景艰难时却起来捣乱的行为对比，又有韦素园对于自己患病与对待朋友咯血的不同态度的对比，在比较中，这一人物的性格便愈加鲜明动人。第三，作者采用片断式章法，看似"零落"地"记忆"已故之人，其实却逻辑地展示了自己与韦素园相识到永别的过程：从初写韦素园的外貌、给人的表面印象到深入这一人物的内心；从回忆韦素园对未名社的努力支持，到确认未名社最终取得的成果与影响，由表及里，由浅入深地刻画韦素园的性格，肯定他的功绩，使文章结构凝练，层次清晰。最后，作者还在叙述中糅入议论与抒情，配之以凝重、诚挚的笔调，突出地显示了鲁迅对韦素园的爱戴与怀念。

忆刘半农君①

　　这是小峰出给我的一个题目。

　　这题目并不出得过分。半农②去世，我是应该哀悼的，因为他也是我的老朋友。但是，这是十来年前的话了，现在呢，可难说得很。

　　我已经忘记了怎么和他初次会面，以及他怎么能到了北京。他到北京，恐怕是在《新青年》③投稿之后，由蔡子民④先生或陈独秀⑤先生去请来的，到了之后，当然更是《新青年》里的一个战士。他活泼，勇敢，很打了几次大仗。譬如罢，答王敬轩的双镄信⑥，"她"字和"牠"字的创造⑦，就都是的。这两件，现在看起来，自然是琐屑得很，但那是十多年前，单是提倡新式标点，就会有一大群人"若丧考妣"，恨不得"食肉寝皮"的时候，所以的确是"大仗"。现在的二十左右的青年，大约很少有人知道三十年前，单是剪下辫子就会坐牢或杀头的了。然而这曾经是事实。

　　但半农的活泼，有时颇近于草率，勇敢也有失之无谋的地方。但是，要商量袭击敌人的时候，他还是好伙伴，进行之际，心口并不相应，或者暗暗地给你一刀，他是决不会

的。倘若失了算,那是因为没有算好的缘故。

《新青年》每出一期,就开一次编辑会,商定下一期的稿件。其时最惹我注意的是陈独秀和胡适之。假如将韬略比作一间仓库罢,独秀先生的是外面竖一面大旗,大书道:"内皆武器,来者小心!"但那门却开着的,里面有几支枪,几把刀,一目了然,用不着提防。适之先生的是紧紧地关着门,门上粘一条小纸条道:"内无武器,请勿疑虑。"这自然可以是真的,但有些人——至少是我这样的人——有时总不免要侧着头想一想。半农却是令人不觉其有"武库"的一个人,所以我佩服陈胡,却亲近半农。

所谓亲近,不过是多谈闲天,一多谈,就露出了缺点。几乎有一年多,他没有消失掉从上海带来的才子必有"红袖添香夜读书"的艳福的思想,好容易才给我们骂掉了。但他好像到处都这么的乱说,使有些"学者"皱眉。有时候,连到《新青年》投稿都被排斥。他很勇于写稿,但试去看旧报去,很有几期是没有他的。那些人们批评他的为人,是:浅。

不错,半农确是浅。但他的浅,却如一条清溪,澄澈见底,纵有多少沉渣和腐草,也不掩其大体的清。倘使装的是烂泥,一时就看不出它的深浅来了;如果是烂泥的深渊呢,那就更不如浅一点的好。

但这些背后的批评,大约是很伤了半农的心的,他的到法国留学,我疑心大半就为此。我最懒于通信,从此我们就疏远起来了。他回来时,我才知道他在外国抄古书,后来也要标点《何典》⑧,我那时还以老朋友自居,在序文上说了几句老实话,事后,才知道半农颇不高兴了,"驷不及舌"⑨,也没有法子。另外还有一回关于《语丝》的彼此心照的不快活⑩。五六年前,曾在上海的宴会上见过一回面,那时候,我们几乎已经无话可谈了。

近几年,半农渐渐地据了要津,我也渐渐地更将他忘却;但从报章上看见他禁称"蜜斯"⑪之类,却很起了反感:我以为这些事情是不必半农来做的。从去年来,又看见他不断地做打油诗,弄烂古文,⑫回想先前的交情,也往往不免长叹。我想,假如见面,而我还以老朋友自居,不给一个"今天天气……哈哈哈"完事,那就也许会弄到冲突的罢。

不过,半农的忠厚,是还使我感动的。我前年曾到北平,后来有人通知我,半农是要来看我的,有谁恐吓了他一下,不敢来了。这使我很惭愧,因为我到北平后,实在未曾有过访问半农的心思。

现在他死去了,我对于他的感情,和他生时也并无变化。我爱十年前的半农,而憎恶他的近几年。这憎恶是朋友的憎恶,因为我希望他常是十年前的半农,他的为战士,即使"浅"罢,却于中国更为有益。我愿以愤火照出他的战绩,免使一群陷沙鬼将他先前的光荣和死尸一同拖入烂泥的深渊。

八月一日

【注释】

①本篇最初发表于一九三四年十月上海《青年界》月刊第六卷第三期。

②刘半农:名复,江苏江阴人。历任北京大学教授、北平大学女子文理学院院长等。他曾参加《新青年》的编辑工作,是新文学运动初期重要作家之一。后留学法国,研究语音学。著有《半农杂文》、诗集《扬鞭集》以及《中国文法通论》《四声实验录》等。

③《新青年》综合性月刊,"五四"时期倡导新文化运

动、传播马克思主义的重要刊物。一九一五年九月创刊于上海,由陈独秀主编。第一卷名《青年杂志》,第二卷起改名《新青年》。一九一六年底迁至北京。从一九一八年一月起,李大钊等参加编辑工作。一九二二年七月休刊,共出九卷,每卷六期。

④蔡子民:蔡元培,字鹤卿,号子民,浙江绍兴人,近代教育家。反清革命组织光复会的创始人之一,后又参加同盟会,民国成立后曾任教育总长、北京大学校长等职;"五四"时期赞成和支持新文化运动。

⑤陈独秀:字仲甫,安徽怀宁人。原为北京大学教授,《新青年》杂志的创办人,"五四"时期提倡新文化运动的主要人物。一九二一年中国共产党成立后,任党的总书记。第一次国内革命战争后期,推行右倾投降主义路线,使革命遭到失败。之后,他成了取消主义者,又和托洛茨基分子相勾结,成立反党小组织,于一九二九年十一月被开除出党。

⑥一九一八年初,《新青年》为了推动文学革命运动,开展对复古派的斗争,曾由编者之一钱玄同化名王敬轩,把当时社会上反对新文化运动的论调集中起来,摹仿封建复古派口吻写信给《新青年》编辑部,又由刘半农写回信痛加批驳。两信同时发表在当年三月《新青年》第四卷第三号。

⑦刘半农在一九二〇年六月六日所作《她字问题》一文中主张创造"她""牠"二字,他说:"一,中国文字中,要不要有一个第三位阴性代词?二,如其要的,我们能不能就用'她'字?……我现在还觉得第三位代词,除'她'字外,应当再取一个'牠'字,以代无生物。"(见《半农杂文》)

⑧《何典》清代张南庄(署名"过路人")编著,是运用俗谚写成、带有讽刺而流于油滑的章回体小说,共十回,清

光绪四年上海申报馆出版。一九二六年六月，刘半农将此书标点重印，鲁迅曾为它作题记，现收入《集外集拾遗》。

⑨"驷不及舌"语出《论语·颜渊》，据朱熹《集注》："言出于舌，驷马不能追之。"

⑩《语丝》第四卷第九期（一九二八年二月二十七日）曾发表刘半农的《林则徐照会英吉利国王公文》，其中说林则徐被英人俘虏，并且"明正了典刑，在印度异尸游街"。不久有读者洛卿来信指出这是史实性的错误，《语丝》第四卷第十四期（同年四月二日）发表了这封信，从此刘半农就不再给《语丝》写稿。

⑪禁称"蜜斯"见一九三一年四月一日北平《世界日报》所载刘半农答记者的谈话。其中说他不赞成学生间以密斯互称，在一九三〇年他任北平大学女子文理学院院长时即曾加以禁止；他主张废弃"带有奴性的"密斯称呼，而代以国语中原有的姑娘、小姐、女士等。密斯，英语 Miss 的音译，小姐的意思。

⑫指刘半农于一九三三年至一九三四年间发表于《论语》《人间世》等刊物的《桐花芝豆堂诗集》和《双凤凰砖斋小品文》等。参看《准风月谈·"感旧"以后（下）》。

阅读指要

刘半农是"五四"文学革命时期一员闯将，他倡新诗、搞格言、写论文。为白话文学运动立下过汗马功劳。一九二〇年往欧洲留学，从英转法，研究语言，获得博士学位。一九二五年回国，一九三〇年任国立北平大学女子学院院长，一九三四年六月与同仁往西北一带调查方言，七月回北平因患回归热病逝，终年四十四岁。北大曾举行隆重追悼会，各地报刊均发表消息和悼念文章。

《忆刘半农君》作于同年八月，离半农的死仅一月有余，是鲁迅应

李小峰的要求所写的悼文。悼念文章切忌套话、平板，否则就显得虚伪、无味。鲁迅在这篇文章里实话实说，笔不横逸地抒写自己和刘半农交往的经过，但在回忆刘半农时，他不作一般介绍，也不作溢美之辞，而是一分为二地进行实事求是的评价。他说优点，谈缺点，都撷选典型实例言之有据。他说刘半农优点有三，一曰"活泼，勇敢"，举了"答王敬轩的双镄信"，和"她和牠字的创造"，说明他在五四时期"很打了几次大仗"，是一个"战士"；二曰"亲近"，即胸无城府，令人亲切，喜欢和他"多聊闲天"；三曰"忠厚"，有一次想去看鲁迅，"有谁恐吓了他一下，不敢来了"。至于缺点，主要是"浅"，如"到法国留学"，"据了要津""做打油诗，弄烂古文"等。由于作者写得扼要具体，因而刘半农形象十分生动鲜明，作者手下千把字短小篇幅里概括了刘半农的一生，这是难能可贵的，反映了作者高度的观察力和表现力。这篇散文之所以感人，还在于作者对刘半农的深深的爱，他在文章中谈刘半农的优点和缺点，目的都是为了抒发自己对他的爱，如文章最后说的，"我对于他的感情，和他生时也并无变化"，鲁迅说刘半农的缺点，也是为了爱。作者寄情于他所抒写的对象，这就使所缅怀的形象十分丰满，有血有肉，有情有意，熠熠生辉，无限动人。

《忆刘半农君》是一气呵成的。文章最后说"我爱十年前的半农，而憎恶他的近几年"，这简直可以理解为这篇散文的文眼，作者即扣住这句话，以此立意铺染全篇，他从"初次会面"到"他死去"，娓娓细说，侃侃而谈，叙优点，论缺点，信笔写去，一鼓作气，顺流直下。优点中寓缺点，缺点中说优点，这种褒贬交杂而谈的铺排，使文章避免平板枯燥，而气韵横出，其味无穷。文章段落之间连接紧凑，如"活泼"——"草率"——"亲近"——"浅"——"忠厚"，上下勾连，过渡自然，其间没有多余的铺垫。这种优缺点混谈和段落勾连的结构使散文显得紧凑而生动。

这篇散文有杂文味道，用语尖锐有力，论及人事多含嘲讽，在文章最后作者写道："我愿以愤火照出他的战绩，免使一群陷沙鬼将他

先前的光荣和死尸一同拖入烂泥的深渊"。应该说，这是鲁迅写《忆刘半农君》之目的。原来刘半农去世后，不少悼文均歌颂备至，不分皂白地将其捧得天花乱坠。鲁迅在文章抒发自己观感，特意历数刘半农十年前的"战绩"，表扬作为"战士"的刘半农，因为他于"中国有益"，而善意批评他"据了要津"后的种种表现。鲁迅以一分为二的评价缅怀刘半农，就为反其道而行之，免使一些"陷沙鬼"是非不分，将其歪曲陷入烂泥。显然，鲁迅写这篇悼文是为了战斗，作者的"愤火"是燃烧于整篇，尖刻讽刺的语意即产生于此。鲁迅喜欢用生动的例子将深奥的道理晓明，这篇散文的比喻是高明的，如说到刘半农的胸无城府，以陈独秀的"内皆武器，来者小心"和胡适的"内无武器，请勿疑虑"作比，证实刘半农"令人不觉有武库"，因而觉得他可"亲近。又如"陷沙鬼"的形容也很得体生动。这一篇幅很小的散文语言含量是惊人的，如"双镄信""做打油诗""弄烂古文""关于《语丝》的彼此心照的不快活"等等，都是新的典故，含有大量的故事，现在作者均加以浓缩，这也是这篇散文体小而意深的缘故。

我的第一个师父[1]

不记得是哪一部旧书上看来的了,大意说是有一位道学先生,自然是名人,一生拼命辟佛,却名自己的小儿子为"和尚"。有一天,有人拿这件事来质问他。他回答道:"这正是表示轻贱呀!"那人无话可说而退云[2]。

其实,这位道学先生是诡辩。名孩子为"和尚",其中是含有迷信的。中国有许多妖魔鬼怪,专喜欢杀害有出息的人,尤其是孩子,要下贱,他们才放手,安心。和尚这一种人,从和尚的立场看来,会成佛——但也不一定,——固然高超得很,而从读书人的立场一看,他们无家无室,不会做官,却是下贱之流。读书人意中的鬼怪,那意见当然和读书人相同,所以也就不来搅扰了。这和名孩子为阿猫阿狗,完全是一样的意思:容易养大。

还有一个避鬼的法子,是拜和尚为师,也就是舍给寺院了的意思,然而并不放在寺院里。我生在周氏是长男,"物以稀为贵",父亲怕我有出息,因此养不大,不到一岁,便领到长庆寺里去,拜了一个和尚为师了。拜师是否要赘见礼,或者布施什么的呢,我完全不知道。只知道我却由此得

到一个法名叫作"长庚",后来我也偶尔用作笔名,并且在《在酒楼上》这篇小说里,赠给了恐吓自己的侄女的无赖;还有一件百家衣,就是"衲衣",论理,是应该用各种破布拼成的,但我的却是橄榄形的各色小绸片所缝就,非喜庆大事不给穿;还有一条称为"牛绳"的东西,上挂零星小件,如历本,镜子,银筛之类,据说是可以避邪的。

这种布置,好像也真有些力量:我至今没有死。

不过,现在法名还在,那两件法宝却早已失去了。前几年回北平去,母亲还给了我婴儿时代的银筛,是那时的唯一的纪念。仔细一看,原来那筛子圆径不过寸余,中央一个太极图,上面一本书,下面一卷画,左右缀着极小的尺,剪刀,算盘,天平之类。我于是恍然大悟,中国的邪鬼,是怕斩钉截铁,不能含糊的东西的。因为探究和好奇,去年曾经去问上海的银楼,终于买了两面来,和我的几乎一式一样,不过缀着的小东西有些增减。奇怪得很,半世纪有余了,邪鬼还是这样的性情,避邪还是这样的法宝。然而我又想,这法宝成人却用不得,反而非常危险的。

但因此又使我记起了半世纪以前的最初的先生。我至今不知道他的法名,无论谁,都称他为"龙师父",瘦长的身子,瘦长的脸,高颧细眼,和尚是不应该留须的,他却有两绺下垂的小胡子。对人很和气,对我也很和气,不教我念一句经,也不教我一点佛门规矩;他自己呢,穿起袈裟来做大和尚,或者戴上毗卢帽放焰口③,"无祀孤魂,来受甘露味"的时候,是庄严透顶的,平常可也不念经,因为是住持,只管着寺里的琐屑事,其实——自然是由我看起来——他不过是一个剃光了头发的俗人。

因此我又有一位师母,就是他的老婆。论理,和尚是不应该有老婆的,然而他有。我家的正屋的中央,供着一块牌

位,用金字写着必须绝对尊敬和服从的五位:"天地君亲师"。我是徒弟,他是师,决不能抗议,而在那时,也决不想到抗议,不过觉得似乎有点古怪。但我是很爱我的师母的,在我的记忆上,见面的时候,她已经大约有四十岁了,是一位胖胖的师母,穿着玄色纱衫裤,在自己家里的院子里纳凉,她的孩子们就来和我玩耍。有时还有水果和点心吃,——自然,这也是我所以爱她的一个大原因;用高洁的陈源教授的话来说,便是所谓"有奶便是娘"④,在人格上是很不足道的。不过我的师母在恋爱故事上,却有些不平常。"恋爱",这是现在的术语,那时我们这偏僻之区只叫作"相好"。《诗经》云:"式相好矣,毋相尤矣"⑤,起源是算得很古,离文武周公的时候不怎么久就有了的,然而后来好像并不算十分冠冕堂皇的好话。这且不管它罢。总之,听说龙师父年青时,是一个很漂亮而能干的和尚,交际很广,认识各种人。有一天,乡下做社戏了,他和戏子相识,便上台替他们去敲锣,精光的头皮,簇新的海青⑥,真是风头十足。乡下人大抵有些顽固,以为和尚是只应该念经拜忏的,台下有人骂了起来。师父不甘示弱,也给他们一个回骂。于是战争开幕,甘蔗梢头雨点似的飞上来,有些勇士,还有进攻之势,"彼众我寡",他只好退走,一面退,一面一定追,逼得他又只好慌张地躲进一家人家去。而这人家,又只有一位年青的寡妇。以后的故事,我也不甚了然了,总而言之,她后来就是我的师母。

自从《宇宙风》出世以来,一向没有拜读的机缘,近几天才看见了"春季特大号"。其中有一篇铢堂先生的《不以成败论英雄》⑦,使我觉得很有趣,他以为中国人的"不以成败论英雄","理想是不能不算崇高"的,"然而在人群的组织上实在要不得。抑强扶弱,便是永远不愿意有强。崇

拜失败英雄,便是不承认成功的英雄"。"近人有一句流行话,说中国民族富于同化力,所以辽金元清都并不曾征服中国。其实无非是一种惰性,对于新制度不容易接收罢了"。我们怎样来改悔这"惰性"呢,现在姑且不谈,而且正在替我们想法的人们也多得很。我只要说那位寡妇之所以变了我的师母,其弊病也就在"不以成败论英雄"。乡下没有活的岳飞或文天祥,所以一个漂亮的和尚在如雨而下的甘蔗梢头中,从戏台逃下,也就是一个货真价实的失败的英雄。她不免发现了祖传的"惰性",崇拜起来,对于追兵,也像我们的祖先的对于辽金元清的大军似的,"不承认成功的英雄"了。在历史上,这结果是正如铢堂先生所说:"乃是中国的社会不树威是难得帖服的",所以活该有"扬州十日"和"嘉定三屠"⑧。但那时的乡下人,却好像并没有"树威",走散了,自然,也许是他们料不到躲在家里。

因此我有了三个师兄,两个师弟。大师兄是穷人的孩子,舍在寺里,或是卖在寺里的;其余的四个,都是师父的儿子,大和尚的儿子做小和尚,我那时倒并不觉得怎么稀奇。大师兄只有单身;二师兄也有家小,但他对我守着秘密,这一点,就可见他的道行远不及我的师父,他的父亲了。而且年龄都和我相差太远,我们几乎没有交往。

三师兄比我恐怕要大十岁,然而我们后来的感情是很好的,我常常替他担心。

还记得有一回,他要受大戒了,他不大看经,想来未必深通什么大乘⑨教理,在剃得精光的囟门上,放上两排艾绒,同时烧起来,我看是总不免要叫痛的,这时善男信女,多数参加,实在不大雅观,也失了我做师弟的体面。这怎么好呢?每一想到,十分心焦,仿佛受戒的是我自己一样。然而我的师父究竟道力高深,他不说戒律,不谈教理,只在当天

大清早,叫了我的三师兄去,厉声吩咐道:"拼命熬住,不许哭,不许叫,要不然,脑袋就炸开,死了!"这一种大喝,实在比什么《妙法莲花经》或《大乘起信论》⑩还有力,谁高兴死呢,于是仪式很庄严地进行,虽然两眼比平时水汪汪,但到两排艾绒在头顶上烧完,的确一声也不出。我嘘一口气,真所谓"如释重负",善男信女们也个个"合十赞叹,欢喜布施,顶礼而散"⑪了。

出家人受了大戒,从沙弥升为和尚,正和我们在家人行过冠礼⑫,由童子而为成人相同。成人愿意"有室",和尚自然也不能不想到女人。以为和尚只记得释迦牟尼或弥勒菩萨⑬,乃是未曾拜和尚为师,或与和尚为友的世俗的谬见。寺里也有确在修行,没有女人,也不吃荤的和尚,例如我的大师兄即是其一,然而他们孤僻,冷酷,看不起人,好像总是郁郁不乐,他们的一把扇或一本书,你一动他就不高兴,令人不敢亲近他。所以我所熟识的,都是有女人,或声明想女人,吃荤,或声明想吃荤的和尚。

我那时并不诧异三师兄在想女人,而且知道他所理想的是怎样的女人。人也许以为他想的是尼姑罢,并不是的,和尚和尼姑"相好",加倍的不便当。他想的乃是千金小姐或少奶奶;而作这"相思"或"单相思"——即今之所谓"单恋"也——的媒介的是"结"。我们那里的阔人家,一有丧事,每七日总要做一些法事,有一个七日,是要举行"解结"的仪式的,因为死人在未死之前,总不免开罪于人,存着冤结,所以死后要替他解散。方法是在这天拜完经忏的傍晚,灵前陈列着几盘东西,是食物和花,而其中有一盘,是用麻线或白头绳,穿上十来文钱,两头相合而打成蝴蝶式,八结式之类的复杂的,颇不容易解开的结子。一群和尚便环坐桌旁,且唱且解,解开之后,钱归和尚,而死人的一切冤

结也从此完全消失了。这道理似乎有些古怪,但谁都这样办,并不为奇,大约也是一种"惰性"。不过解结是并不如世俗人的所推测,个个解开的,倘有和尚以为打得精致,因而生爱,或者故意打得结实,很难解散,因而生恨的,便能暗暗地整个落到僧袍的大袖里去,一任死者留下冤结,到地狱里去吃苦。这种宝结带回寺里,便保存起来,也时时鉴赏,恰如我们的或亦不免偏爱看看女作家的作品一样。当鉴赏的时候,当然也不免想到作家,打结子的是谁呢,男人不会,奴婢不会,有这种本领的,不消说是小姐或少奶奶了。

和尚没有文学界人物的清高,所以他就不免睹物思人,所谓"时涉遐想"起来,至于心理状态,则我虽曾拜和尚为师,但究竟是在家人,不大明白底细。只记得三师兄曾经不得已而分给我几个,有些实在打得精奇,有些则打好之后,浸过水,还用剪刀柄之类砸实,使和尚无法解散。解结,是替死人设法的,现在却和和尚为难,我真不知道小姐或少奶奶是什么意思。这疑问直到二十年后,学了一点医学,才明白原来是给和尚吃苦,颇有一点虐待异性的病态的。深闺的怨恨,会无线电似的报在佛寺的和尚身上,我看道学先生可还没有料到这一层。

后来,三师兄也有了老婆,出身是小姐,是尼姑,还是"小家碧玉"呢,我不明白,他也严守秘密,道行远不及他的父亲了。这时我也长大起来,不知道从哪里,听到了和尚应守清规之类的古老话,还用这话来嘲笑他,本意是在要他受窘。不料他竟一点不窘,立刻用"金刚怒目"⑭式,向我大喝一声道:

"和尚没有老婆,小菩萨哪里来?"

这真是所谓"狮吼"⑮,使我明白了真理,哑口无言,我的确早看见寺里有丈余的大佛,有数尺或数寸的小菩萨,

却从未想到他们为什么有大小。经此一喝，我才彻底地省悟了和尚有老婆的必要，以及一切小菩萨的来源，不再发生疑问。但要找寻三师兄，从此却艰难了一点，因为这位出家人，这时就有了三个家了：一是寺院，二是他的父母的家，三是他自己和女人的家。

我的师父，在约略四十年前已经去世；师兄弟们大半做了一寺的住持；我们的交情是依然存在的，却久已彼此不通消息。但我想，他们一定早已各有一大批小菩萨，而且有些小菩萨又有小菩萨了。

四月一日

【注释】

①本篇最初发表于一九三六年四月《作家》月刊第一卷第一期。

②宋代笔记小说《道山清话》（著者不详）中记有如下的故事："一长老在欧阳公（修）座上，见公家小儿有名僧哥者，戏谓公曰：'公不重佛，安得此名？'公笑曰：'人家小儿要易长育，往往以贱名为小名，如狗、羊、犬、马之类是也。'闻者莫不服公之捷对。"又据宋代王辟之著《渑水燕谈录》："公（欧阳修）幼子小名和尚。"

③毗卢帽：和尚所戴的一种绣有毗卢佛像的帽子。放焰口，旧俗于夏历七月十五日（中元节）晚上请和尚结盂兰盆会，诵经施食，称为"放焰口"。盂兰盆，梵语音译，"救倒悬"的意思。焰口，饿鬼名。

④"有奶便是娘"：一九二五年八月间，因北洋政府教育总长章士钊禁止爱国运动和宣扬复古思想，北京大学评议会发表宣言反对他为教育总长，并宣布和教育部脱离关系。后来少数教授顾虑脱离教育部后经费无着，一部分进步教授

就在致本校同事的公函中说:"章士钊到任以来,曾为北京大学筹过若干经费,本校同人当各知悉;即使章士钊真能按月拨付,或并清偿积欠……同人亦当为公义而牺牲利益,维持最高学府之尊严……如若忽变态度……采取'有奶便是娘'主义,我们不能不为北大同人羞之。"陈源在《现代评论》第二卷第四十期(一九二五年九月十二日)发表的《闲话》里,引用"有奶便是娘"这句话,歪曲公函中的原意,加以讥笑。

⑤"式相好矣,毋相尤矣":语见《诗经·小雅·斯干》,意思是互相爱好而不相恶。式,发语辞。

⑥海青:江浙一带方言,指一种广袖的长袍。

⑦铢堂先生的《不以成败论英雄》:铢堂原作铢庵,本名瞿宣颖,字兑之,湖南长沙人。北洋政府官僚,抗日战争时期曾充当伪华北编译馆馆长。他的文章题为《不以成败论英雄》,刊于《宇宙风》第十三期(一九三六年三月),文中说:"我们的民族乃是向来不以成败论英雄的。……近人有一句流行话,说中国民族富于同化力,所以辽金元清都并不曾征服中国。其实无非是一种惰性,对于新制度不容易接收罢了。这种惰性与上面所说的不论成败的精神,最有关系。中国人对于失败者过于哀怜,所以对于旧的过于恋惜。对于成功者常怀轻蔑,所以对于新的不容易接收。凡是古来成功的帝王,欲维持几百年的威力,不定得残害几万几十万无辜的人,方才能博得一时的慑服。……这些话好像都是老生常谈。然而我要借此点明的意思,乃是中国的社会不树威是难得服帖的。……总而言之,中国人理想是不能不算崇高。然而在人群的组织上实在要不得。抑强扶弱,便是永远不愿意有强。崇拜失败英雄,便是不承认成功的英雄。"

⑧"扬州十日":指清顺治二年(1645年)清军攻破扬

州后进行的十天大屠杀。"嘉定三屠",指同年清军占领嘉定后进行的三次大屠杀。清代王秀楚著《扬州十日记》、朱子素著《嘉定屠城记略》二书,分别对这两次惨杀作了较详的记载。

⑨大乘,公元1、2世纪间形成的佛教宗派,相对于主张"自我解脱"的小乘教派而言。它主张"救度一切众生",强调尽人皆可成佛。一切修行应以利他为主。

⑩《妙法莲花经》简称《法华经》,印度佛教经典之一。通行的中译本为后秦鸠摩罗什所译。《大乘起信论》,解释大乘教理的佛教著作,相传为古印度马鸣作,有南朝梁真谛和唐代实叉难陀的两种译本。

⑪"合十赞叹"等语,是佛经中常见的话。合十,即合掌,用以表示敬意;顶礼,以头、手、足五体匍匐在地的叩拜,是一种最尊敬的礼节。

⑫冠礼我国古代礼俗,男子二十岁时举行冠礼,表示已经成人。《仪礼·士冠礼》篇中有关于冠礼的说明。

⑬释迦牟尼:原名悉达多·乔达摩。古印度释迦族人,生于古印度迦毗罗卫国(今尼泊尔南部)。本为迦毗罗卫国太子,父为净饭王,母为摩耶夫人。佛教创始人。成佛后被称为释迦牟尼,尊称为佛陀,意思是大彻大悟的人;民间信仰佛教的人也常称呼佛祖、如来佛祖。弥勒,佛教菩萨之一,相传继释迦牟尼而成佛。

⑭"金刚怒目":金刚,意为金中最刚,用以譬喻牢固、锐利、能摧毁一切。一般为"金刚力士"的略称。是执金刚杵守护佛法的两天神(俗称哼哈二将)。常安置在寺院山门左右。左称"密执金刚",右称"那罗延金刚"。造像多裸露上身,缠衣裳于腰部,怒目作勇猛之相。寺院四天王像通常亦称"四大金刚"。怒目,睁大眼睛,眼珠突出。金刚怒目,

形容面目像金刚一样威猛可畏。

⑮"狮吼",佛家语,意思是震动世界的声音。宋僧道彦《景德传灯录》卷一引《普耀经》:"佛(释迦牟尼)初生刹利王家……分手指天地,作狮子吼声:'上下及四维,无能尊我者。'"

这是一篇不折不扣的奇文,如此写和尚,写如此的和尚,中外少见。

无论是师父,还是师兄,个个都率真而有个性,大有别于和尚传统的古板、静默形象。而且都犯了不少戒,佛门看来也许是罪过,世人如读者我却喜欢得很。也许是这样的和尚作为人来说更像"人",自然而真实的"人"。

请看龙师父"恋爱"那一段,从戏台上一展风采,到身处险境,再到后来柳暗花明,遇见未来鲁迅师母,情节一波三折,结局是大欢喜,俨然一个颇浪漫的爱情短剧。主人公一副"五陵少年"的"情郎"形象,哪有一点和尚的拘泥与刻板。加上鲁迅欲说还休的"不甚了然",留给读者无限的好奇与遐想。

写这样的文章,不仅要有驾驭文字的技巧,更重要的是要有一颗自由的、无拘束的、本真的心。鲁迅所赞许和奉行的生活方式也从此文中表现了出来,这是一种最自然的,作为一个独立的、正常的生命个体的存在方式。这样的生命健康、完整、活泼、阳光,而不是被种种教条和戒律所包裹住的病态、残缺、压抑、阴暗的各式嘴脸,而这样的嘴脸在中国是很不少见的。

但也正因为还有那么一部分如鲁迅和他笔下的那群和尚们存在着,健康地生活着,在这个飘满了道学家和"正人君子"们的口臭的社会,这个仍有许多不健全的压抑的生命的社会,还有几分清新的空气,也还有希望。

关于太炎先生二三事①

前一些时,上海的官绅为太炎②先生开追悼会,赴会者不满百人,遂在寂寞中闭幕,于是有人慨叹,以为青年们对于本国的学者,竟不如对于外国的高尔基的热诚。这慨叹其实是不得当的。官绅集会,一向为小民所不敢到;况且高尔基是战斗的作家,太炎先生虽先前也以革命家现身,后来却退居于宁静的学者,用自己所手造的和别人所帮造的墙,和时代隔绝了。纪念者自然有人,但也许将为大多数所忘却。

我以为先生的业绩,留在革命史上的,实在比在学术史上还要大。回忆三十余年之前,木板的《訄书》③已经出版了,我读不断,当然也看不懂,恐怕那时的青年,这样的多得很。我的知道中国有太炎先生,并非因为他的经学和小学,是为了他驳斥康有为④和作邹容⑤的《革命军》序,竟被监禁于上海的西牢⑥。那时留学日本的浙籍学生,正办杂志《浙江潮》⑦,其中即载有先生狱中所作诗,却并不难懂。这使我感动,也至今并没有忘记,现在抄两首在下面——

狱中赠邹容

邹容吾小弟,被发下瀛洲。
快剪刀除辫,干牛肉作糇。
英雄一入狱,天地亦悲秋。
临命须掺手,乾坤只两头。

狱中闻沈禹希⑧见杀

不见沈生久,江湖知隐沦,
萧萧悲壮士,今在易京门。
螭魅羞争焰,文章总断魂。
中阴当待我,南北几新坟。

  一九〇六年六月出狱,即日东渡,到了东京,不久就主持《民报》⑨。我爱看这《民报》,但并非为了先生的文笔古奥,索解为难,或说佛法,谈"俱分进化"⑩,是为了他和主张保皇的梁启超⑪斗争,和"××"的×××斗争⑫,和"以《红楼梦》为成佛之要道"的×××斗争⑬,真是所向披靡,令人神旺。前去听讲也在这时候,但又并非因为他是学者,却为了他是有学问的革命家,所以直到现在,先生的音容笑貌,还在目前,而所讲的《说文解字》,却一句也不记得了。⑭民国元年革命后,先生的所志已达,该可以大有作为了,然而还是不得志。这也是和高尔基的生受崇敬,死备哀荣,截然两样的。我以为两人遭遇的所以不同,其原因乃在高尔基先前的理想,后来都成为事实,他的一身,就是大众的一体,喜怒哀乐,无不相通;而先生则排满之志虽伸,但视为最紧要的"第一是用宗教发起信心,增进国民的道德;第二是用国粹激动种性,增进爱国的热肠"(见《民报》第六本)⑮,却仅止于高妙的幻想;不久而袁世凯⑯又攘

夺国柄，以遂私图，就更使先生失却实地，仅垂空文，至于今，惟我们的"中华民国"之称，尚系发源于先生的《中华民国解》（最先亦见《民报》）[17]，为巨大的纪念而已，然而知道这一重公案者，恐怕也已经不多了。既离民众，渐入颓唐，后来的参与投壶[18]，接收馈赠，遂每为论者所不满，但这也不过白圭之玷，并非晚节不终。考其生平，以大勋章作扇坠，临总统府之门，大诟袁世凯的包藏祸心者，并世无第二人；七被追捕，三入牢狱[19]，而革命之志，终不屈挠者，并世亦无第二人：这才是先哲的精神，后生的楷范。近有文侩，勾结小报，竟也作文奚落先生以自鸣得意，真可谓"小人不欲成人之美"[20]，而且"蚍蜉撼大树，可笑不自量"[21]了！

但革命之后，先生亦渐为昭示后世计，自藏其锋铩。浙江所刻的《章氏丛书》[22]，是出于手定的，大约以为驳难攻讦，至于忿詈，有违古之儒风，足以贻讥多士的罢，先前的见于期刊的斗争的文章，竟多被刊落，上文所引的诗两首，亦不见于《诗录》中。一九三三年刻《章氏丛书续编》于北平，所收不多，而更纯谨，且不取旧作，当然也无斗争之作，先生遂身衣学术的华衮，粹然成为儒宗，执贽愿为弟子者綦众，至于仓皇制《同门录》[23]成册。近阅日报，有保护版权的广告，有三续丛书的记事，可见又将有遗著出版了，但补入先前战斗的文章与否，却无从知道。战斗的文章，乃是先生一生中最大，最久的业绩，假使未备，我以为是应该一一辑录，校印，使先生和后生相印，活在战斗者的心中的。然而此时此际，恐怕也未必能如所望罢，呜呼！

十月九日

【注释】

①本篇最初印入一九三七年三月十日在上海出版的《工作与学习丛刊》之一《二三事》一书。

②太炎：章炳麟，又名绛，号太炎，浙江余杭人，清末革命家、学者。光复会的发起人之一，后参加同盟会，主编《民报》。他的著作汇编为《章氏丛书》（共三编）。

③《訄书》是章炳麟（章太炎）的第一部自选的学术论文集，书名的用意是"迫鞠迫言（穷蹙的环境迫使他非说不可的话）"。

④康有为：广东省南海县人，人称康南海，中国政治家、思想家、教育家，光绪廿一年进士，曾与弟子梁启超合作戊戌变法。戊戌变法失败后逃亡国外，组织保皇会，后来并反对孙中山领导的民主革命运动。这里所说"驳斥康有为"，指章太炎发表于一九〇三年五月《苏报》的《驳康有为论革命书》，它批驳了康有为主张中国只可立宪，不能革命的《与南北美洲诸华裔书》。

⑤邹容：字蔚丹，四川巴县人，清末革命家。一九〇二年留学日本，积极宣传反清革命思想；一九〇三年回国，于五月出版鼓吹反清的《革命军》一书，书前有章太炎序。同年七月被清政府勾结上海英租界当局拘捕，次年三月判处监禁二年，一九〇五年四月死于租界狱中。

⑥这就是当时有名的"《苏报》案"。《苏报》，一八九六年创刊于上海的鼓吹反清革命的日报。因它曾刊文介绍《革命军》一书，经清政府勾结上海英租界当局于一九〇三年六月和七月先后将章炳麟、邹容等人逮捕。次年三月宣布他们的罪状为："章炳麟作《訄书》并《革命军序》，又有驳康有为之一书，污蔑朝廷，形同悖逆；邹容作《革命军》一书，谋为不轨，更为大逆不道。"邹容被判监禁二年，章炳

麟监禁三年。

⑦《浙江潮》月刊，清末浙江籍留日学生创办，光绪二十九年正月（一九〇三年二月）创刊于东京。这里的两首诗发表于该刊第七期（一九〇三年九月）。

⑧沈禹希：名荩，字禹希，湖南善化（今长沙）人。清末维新运动的参加者，戊戌变法失败后留学日本。一九〇〇年回国，秘密进行反清活动。一九〇三年被捕，杖死狱中。章太炎所作《祭沈禹希文》，载《浙江潮》第九期（一九〇三年十一月）。

⑨《民报》月刊，同盟会的机关杂志。一九〇五年十一月在东京创刊，一九〇八年十一月出至第二十四号被日本政府查禁；一九一〇年初又秘密印行两期后停刊。自一九〇六年九月第七号起直至停刊，都由章太炎主编。

⑩"俱分进化"章太炎曾在《民报》第七号（一九〇六年九月）发表谈佛法的《俱分进化论》一文，其中说："进化之所以为进化者，非由一方直进，而必由双方并进。专举一方，惟言智识进化可尔，若以道德言，则善亦进化，恶亦进化；若以生计言，则乐亦进化，苦亦进化。双方并进，如影之随形……进化之实不可非，而进化之用无所取；自标吾论曰：'俱分进化论'。"

⑪梁启超：中国近代思想家、政治家、教育家、史学家、文学家。字卓如，一字任甫，号任公，又号饮冰室主人、饮冰子、哀时客、中国之新民、自由斋主人。汉族，生于广东新会，清光绪举人。青年时期和其师康有为一起，倡导变法维新，并称"康梁"，是戊戌变法（百日维新）领袖之一、中国近代维新派代表人物。他逃亡日本后，于一九〇二年在横滨创办《新民丛报》，鼓吹君主立宪，反对民主革命。章太炎主编的《民报》曾对这种主张予以批驳。

⑫和"××"的×××斗争:"××"疑为"献策"二字,×××指吴稚晖。吴稚晖(名敬恒)曾参加《苏报》工作,在《苏报》案中有叛卖行为。章太炎在《民报》第十九号(一九〇八年二月)发表的《复吴敬恒书》中说:"案仆入狱数日,足下来视,自述见俞明震(当时为江苏候补道)屈膝请安及赐面事,又述俞明震语,谓'奉上官条教,来捕足下,但吾辈办事不可野蛮,有释足下意,愿足下善为谋。'时慰丹在傍,问曰:'何以有我与章先生?'足下即面色青黄,嗫嚅不语……足下献策事,则言之。……仆参以足下之屈膝请安与闻慰丹语而面色青黄……有以知之言实也。"后来又在《民报》第二十二号(一九〇八年七月)的《再复吴敬恒书》中说:"今告足下,一幕友,前岁来此游历,与仆相见而说其事……足下既见震,而火票未发以前,未有一言见告;非表里为奸,岂有坐视同党之危而不先警报者?及巡捕抵门,他人犹未知明震与美领事磋商事状,足下已先言之。非足下与明震通情之的证乎?非足下献策之的证乎?"

⑬×××指蓝公武。章太炎在《民报》第十号(一九〇六年十二月)发表的《与人书》中说:"某某足下:顷者友人以大著见示,中有《俱分进化论批评》一篇。足下尚崇拜苏轼《赤壁赋》,以《红楼梦》为成佛之要道,所见如此,仆岂必与足下辨乎?"书末又有附白:"再贵报《新教育学冠言》有一语云:'虽如汗牛之充栋',思之累日不解。"一九二四年五月二十五日北京《晨报副刊》发表有蓝公武《"汗牛之充栋"不是一件可笑的事》一文,说:"当日和太炎辩难的是我,所辩论的题目,是哲学上一个善恶的问题。"蓝公武(1887—1957),江苏吴江人。早年留学日本和德国。曾任《国民公报》社长、《时事新报》总编辑等职。又章太炎函中所说的"贵报",指当时蓝公武与张东荪主办的在日本

发行的《教育杂志》。

⑭一九○八年作者在东京时曾在章太炎处听讲小学。据许寿裳在《亡友鲁迅印象记·从章先生学》中说:"章先生出狱以后,东渡日本,一面为《民报》撰文,一面为青年讲学……我和鲁迅极愿往听,而苦与学课时间相冲突,因托龚未生(名宝铨)转达,希望另设一班,蒙先生慨然允许。……每星期日清晨,我们前往受业,……先生讲段氏《说文解字注》、郝氏《尔雅义疏》等"。

⑮章太炎这几句话,见《民报》第六号(一九○六年八月)所载他的《演说录》:"近日办事的方法……第一要在感情,没有感情,凭你有百千万亿的拿坡仑、华盛顿,总是人各一心,不能团结……要成就这感情,有两件事是最要的,第一是用宗教发起信心,增进国民的道德;第二是用国粹激动种性,增进爱国的热肠。"

⑯袁世凯:汉族,字慰亭,号容庵,项城人,中国近代史上著名政治家、军事家,北洋新军的创始人。

⑰《中华民国解》发表于《民报》第十五号(一九○七年七月),后来收入《太炎文录·别录》卷一。

⑱投壶是古代士大夫宴饮时做的一种投掷游戏。也是一种礼仪。在战国汉代时期较为盛行,尤其是在唐朝,得到了发扬光大。一九二六年八月间,章太炎在南京任孙传芳设立的婚丧祭礼制会会长,孙传芳曾邀他参加投壶仪式,但章未去。

⑲章太炎在一九○六年五月出狱后,东渡日本,在旅日的革命者为他举行的欢迎会上说:"算来自戊戌年(1898年)以后,已有七次查拿,六次都拿不到,到第七次方才拿到;以前三次,或因别事株连,或是普拿新党,不专为我一人,后来四次,却都为逐满独立的事。"(载《民报》第六

号)至于"三入牢狱",据《太炎先生自定年谱》可考者为两次:一九〇三年五月因《苏报》案被捕,监禁三年,期满获释;一九一三年八月因反对袁世凯被软禁,袁死后始得自由。

⑳ "小人不欲成人之美"语出《论语·颜渊》:"君子成人之美,不成人之恶;小人反是。"

㉑ "蚍蜉撼大树,可笑不自量"语见韩愈诗《调张籍》。

㉒ 《章氏丛书》浙江图书馆木刻本于一九一九年刊行,共收著作十三种。其中无"诗录",诗即附于"文录"卷二之末。下文的《章氏丛书续编》,由章太炎的学生吴承仕、钱玄同等编校,一九三三年刊行,共收著作七种。

㉓ 《同门录》即同学姓名录。据《汉书·孟喜传》唐代颜师古注:"同门,同师学者也。"

阅读指要

鲁迅在诸多的老师中,最为敬重的有三位:一位是他的启蒙塾师寿镜吾先生;一位是他的日本老师藤野先生;还有一位就是他青年时期的老师章太炎先生。

关于寿先生,鲁迅在《从百草园到三味书屋》中说,他"极方正、质朴、博学"。他教学严,"有一条戒尺,但是不常用,也有罚跪的规则,但也不常用。"他常帮助有困难的学生,鲁迅父亲病重,亟需一种"三年以上陈仓米",鲁迅多方搜求未果便告知了寿先生。几天后寿先生自己背了米送到鲁迅家里,所以后来鲁迅无论求学南京,还是留学日本,或入京工作,只要回乡便不忘去看望寿先生。一九〇六年他奉母命从日本回乡完婚,仅在家十天,也要去寿先生家坐一坐。一九一二年进京工作后仍与其保持书信联系,一九一五年底寿夫人病逝,鲁迅又主动送挽帐致哀。鲁迅与他的日本老师藤野先生同样情深意厚,说"他是最使我感激,给我鼓励的一个"。到一九二六年,"他的照相

至今还挂在我北京寓居的东墙上，书桌对面。"一九三五年，日本友人增田涉翻译的《鲁迅选集》要定稿时，他回信说："一切随意，但希望能把《藤野先生》选录进去。"直到鲁迅逝世前，他还曾让增田涉打听藤野先生的下落。鲁迅认为："他对我的热心的希望，小而言，是为中国，就是希望中国有新医学；大而言之，是为学术，就是希望新的医学传到中国去。他的性格，在我的眼里和心里是伟大的。"

鲁迅对章太炎先生的感情要比前两位老师复杂些。章太炎因早年热心维新运动的反清革命，成为一个学者兼革命家，他一九〇六年流亡日本不久便主持《民报》，鲁迅常去报馆听他讲学。鲁迅不仅折服他渊博的学识及和蔼可亲的长者风度，更钦敬他的革命精神。后来，"五四"运动后，章先生慢慢落伍了，白话文运动多年后，他不再维护文言攻击白话，鲁迅素所敬重的老师"原是拉车的好身手，"现在却"拉车屁股向后"了，怎么办？是尊师还是重道？鲁迅选择了后者，写了《趋时和复古》等文章，对章先生进行了尖锐批评。然而，一九三六年六月，章太炎逝世后，国民党反动派把他打扮成"纯正先贤"宣布要进行"国葬"；也有一些报刊贬低他为"失修的尊神"，而早年革命家的章太炎被掩盖起来。于是，鲁迅不顾病重，于逝世前十天写下了著名的《关于章太炎先生二三事》为自己的老师鸣不平。在鲁迅眼里章太炎是一个有学问的革命家，鲁迅十分钦佩他反对清王朝的革命精神，可以说是"七被追捕，三入牢狱，而革命之志，终不屈挠"的革命家，他给了鲁迅很大的教导和鼓舞。

从鲁迅先生与他的三位老师之间的关系来看，鲁迅尊师，便尤其重道，这是他尊师的标准。

一件小事①

　　我从乡下跑进城里，一转眼已经六年了。其间耳闻目睹的所谓国家大事，算起来也很不少；但在我心里，都不留什么痕迹，倘要我寻出这些事的影响来说，便只是增长了我的坏脾气——老实说，便是教我一天比一天地看不起人。

　　但有一件小事，却于我有意义，将我从坏脾气里拖开，使我至今忘记不得。

　　这是民国六年的冬天，北风刮得正猛，我因为生计关系，不得不一早在路上走。一路几乎遇不见人，好不容易才雇定了一辆人力车，叫他拉到S门去。不一会，北风小了，路上浮尘早已刮净，剩下一条洁白的大道来，车夫也跑得更快。刚近S门，忽而车把上带着一个人，慢慢地倒了。

　　跌倒的是一个老女人，花白头发，衣服都很破烂。伊从马路边上突然向车前横截过来；车夫已经让开道，但伊的破棉背心没有上扣，微风吹着，向外展开，所以终于兜着车把。幸而车夫早有点停步，否则伊定要栽一个大斤斗，跌到头破血出了。

　　伊伏在地上；车夫便也立住脚。我料定这老女人并没有

伤,又没有别人看见,便很怪他多事,要是自己惹出是非,也误了我的路。

我便对他说,"没有什么的。走你的罢!"

车夫毫不理会,——或者并没有听到,——却放下车子,扶那老女人慢慢起来,搀着臂膊立定,问伊说:

"你怎么啦?"

"我摔坏了。"

我想,我眼见你慢慢倒地,怎么会摔坏呢,装腔作势罢了,这真可憎恶。车夫多事,也正是自讨苦吃,现在你自己想法去。

车夫听了这老女人的话,却毫不踌躇,搀着伊的臂膊,便一步一步地向前走。我有些诧异,忙看前面,是一所巡警分驻所,大风之后,外面也不见人。这车夫扶着那老女人,便正是向那大门走去。

我这时突然感到一种异样的感觉,觉得他满身灰尘的后影,刹时高大了,而且愈走愈大,须仰视才见。而且他对于我,渐渐的又几乎变成一种威压,甚而至于要榨出皮袍下面藏着的"小"来。

我的活力这时大约有些凝滞了,坐着没有动,直到看见分驻所里走出一个巡警,才下了车。

巡警走近我说:"你自己雇车罢,他不能拉你了。"

我没有思索地从外套袋里抓出一大把铜元,交给巡警,说,"请你给他……"

风全住了,路上还很静。我一路走着,几乎怕敢想到我自己。以前的事姑且搁起,这一大把铜元又是什么意思,奖他么?我还能裁判车夫么?我不能回答自己。

这事到了现在,还是时时记起。我因此也时时熬了苦痛,努力地要想到我自己。几年来的文治武力,在我早如幼

小时候所读过的"子曰诗云"②一般,背不上半句了。独有这一件小事,却总是浮在我眼前,有时反更分明,教我惭愧,催我自新,并增长我的勇气和希望。

一九二〇年七月③

【注释】

①本篇最初发表于一九一九年十二月一日北京《晨报·周年纪念增刊》。

②"子曰诗云":"子曰"即"夫子说";"诗云"即"《诗经》上说"。泛指儒家古籍。这里指旧时学塾的初级读物。

③据报刊发表的年月及《鲁迅日记》,本篇写作时间当在一九一九年十一月。

阅读指要

二十世纪上叶的旧中国,人力车夫作为下层社会的一部分饱受歧视和压迫,他们既无银子更无"面子",只能"坐在路边赤膊捉虱子""退到马路边沿饿肚子,或者幸而还能够咬侉饼"。鲁迅曾经指出:"北京有一班文人,顶看不起描写社会的文学家,他们想,小说里面连车夫的生活都可以写进去,岂不把小说应该写才子佳人一首诗生爱情的定律都打破了吗?"还有些大学教授认为,"如果诗歌描写车夫,就是下流诗歌。"但鲁迅却以人力车夫为主人公,写下了震撼人们心灵的《一件小事》。

发表于一九一九年底的这篇小说,让人们充分感受到一个"下等人"的高尚人格的力量。寒风中,车夫搀扶着老女人向巡警分驻所走去,"我这时突然感到一种异样的感觉,觉得他满身灰尘的后影,刹时高大了,而且愈走愈大,须仰视才见。而且他对于我,渐渐的又几乎变成一种威压,甚而至于要榨出皮袍下面藏着的'小'来。"这篇小说或许有虚构的成分,但它所揭示的人与人之间的关系却如此真实且

具有代表性，显示了鲁迅作品对当时社会的切入之深。而实际上，鲁迅和车夫之间，曾发生过不少寻常而感人的故事。

据鲁迅日记记载：一九一三年二月八日，"上午赴部，车夫误蹑地上所置橡皮水管，有似巡警者及常服者三数人突来乱击之，季世人性都如野狗，可叹！"鲁迅痛感世道不公，人性扭曲，弱肉强食，无理可讲，其激愤之情溢于言表。

二十世纪二十年代末，新兴的交通工具有轨电车和公共汽车开始在国内发展，很多人力车夫陷于无以谋生的困境。于是北京数千车夫组织暴动，上街捣毁电车，遭到当局的残酷镇压，许多车夫惨遭杀戮。鲁迅在一九二九年十一月八日给章廷谦的信中愤慨地说："近日之车夫大闹，其实便是失业者大闹，其流为土匪，只差时日矣。"

夏日的上海天气炎热，柏油马路上如火烤一般，人力车夫们嗓子焦渴，有时连话都说不出来。鲁迅和内山完造商定，在内山书店的门前设一茶桶，免费供给人力车夫等随时饮用。此事在鲁迅日记中亦有记载：一九三五年五月九日，"以茶叶一囊交内山君，为施茶之用。"

周晔（鲁迅的侄女）在《我的伯父鲁迅先生》中写了鲁迅晚年的另一件事：一个寒冷的黄昏，北风呼啸，周建人（周晔的父亲、鲁迅的兄弟）一家三口去鲁迅家串门。在离鲁迅家不远处，他们看到一个黄包车夫坐在地上呻吟。原来他光着脚拉车，不小心踩在了玻璃上，玻璃片插进了脚底，鲜血淋漓，伤痛难忍，无法回家。周建人问明情况，赶快跑到鲁迅家里，不一会儿，就同鲁迅一起拿了药和纱布出来。"他们把那个拉车的扶上车子，一个蹲着，一个半跪着，爸爸拿镊子给那个拉车的夹出碎玻璃片，伯父拿来硼酸水给他洗干净。他们又给他敷上药，扎好绷带。"鲁迅还送给那个素不相识的车夫一些钱，嘱咐他在家多休养几天，并且把余下的药和绷带给了他。

鲁迅与车夫的这些事，对鲁迅伟大的一生来说，只是平凡小事，但也足以反映出鲁迅对下层民众朴素而深沉的爱。

《一件小事》的特点是短小精悍，内容警策深邃。全文仅一千字左右，作品描写的是日常生活中的一件小事。在五四运动时期能有如此认识是很不寻常的，具有深远的社会意义。车夫的负责任和我的自私产生了强烈的对比，增加了我的渺小感，凸显出车夫的伟大。这种对比的妙处在于以间接而含蓄的笔墨突出劳动者的朴实无私。在表现形式上，本篇好似一篇速写画，又近于当代的"小小说"，清新可人而意味深长；情节真实可信，成为现代散文（也被认为是小说）中传颂最广的名篇之一。

复仇①

人的皮肤之厚,大概不到半分,鲜红的热血,就循着那后面,在比密密层层地爬在墙壁上的槐蚕②更其密的血管里奔流,散出温热。于是各以这温热互相蛊惑,煽动,牵引,拼命地希求偎倚,接吻,拥抱,以得生命的沉酣的大欢喜。

但倘若用一柄尖锐的利刃,只一击,穿透这桃红色的,菲薄的皮肤,将见那鲜红的热血激箭似的以所有温热直接灌溉杀戮者;其次,则给以冰冷的呼吸,示以淡白的嘴唇,使之人性茫然,得到生命的飞扬的极致的大欢喜;而其自身,则永远沉浸于生命的飞扬的极致的大欢喜中。

这样,所以,有他们俩裸着全身,捏着利刃,对立于广漠的旷野之上。

他们俩将要拥抱,将要杀戮……路人们从四面奔来,密密层层地,如槐蚕爬上墙壁,如马蚁要扛鲞头③。衣服都漂亮,手倒空的。然而从四面奔来,而且拼命地伸长颈子,要赏鉴这拥抱或杀戮。他们已经预觉着事后的自己的舌上的汗或血的鲜味。

然而他们俩对立着,在广漠的旷野之上,裸着全身,捏

着利刃,然而也不拥抱,也不杀戮,而且也不见有拥抱或杀戮之意。

他们俩这样地至于永久,圆活的身体,已将干枯,然而毫不见有拥抱或杀戮之意。

路人们于是乎无聊;觉得有无聊钻进他们的毛孔,觉得有无聊从他们自己的心中由毛孔钻出,爬满旷野,又钻进别人的毛孔中。他们于是觉得喉舌干燥,脖子也乏了;终至于面面相觑,慢慢走散;甚而至于居然觉得干枯到失了生趣。

于是只剩下广漠的旷野,而他们俩在其间裸着全身,捏着利刃,干枯地立着;以死人似的眼光,赏鉴这路人们的干枯,无血的大戮,而永远沉浸于生命的飞扬的极致的大欢喜中。

一九二四年十二月二十日

【注释】

①本篇最初发表于一九二四年十二月二十九日《语丝》周刊第七期。作者在《〈野草〉英文译本序》中说:"因为憎恶社会上旁观者之多,作《复仇》第一篇。"又在一九三四年五月十六日致郑振铎信中说:"不动笔诚然最好。我在《野草》中,曾记一男一女,持刀对立旷野中,无聊人竟随而往,以为必有事件,慰其无聊,而二人从此毫无动作,以致无聊人仍然无聊,至于老死,题曰《复仇》,亦是此意。但此亦不过愤激之谈,该二人或相爱,或相杀,还是照所欲而行的为是。"

②槐蚕一种生长在槐树上的蛾类的幼虫。

③鲞头即鱼头;江浙等地俗称干鱼、腊鱼为鲞。

阅读指要

"复仇"是鲁迅从早年至晚年，念兹在兹、一以贯之的一个思绪。几十年间在他心头萦绕不去，回环往复，多次谈及，遂成为其作品和思想的重要主题之一。

鲁迅揭示的中国国民的劣根性之一，即是"看客"心理："庸众"因"无聊"而将他人的一切举动"事件"化、"戏剧"化，从而"旁观"之、"赏鉴"之，以慰其无聊；他人特别是其中的所谓"独异个人"，因之被迫成为表演者，其庄严神圣的爱与死，都在无聊看客的围观中成为作秀。而被赏鉴者欲摆脱此一地位，则只有"毫无动作"，使路人"无戏可看"，以此向看客们"复仇"！这种令普通人感到匪夷所思的思绪，却是极其深刻的情思，它构成了独特的鲁迅式复仇哲学的丰富内涵。

本篇《复仇》正是以散文诗的形式，集中而深刻地表现了以"毫无动作"对"看客""复仇"这一主题。

需要说明的是，作者在文章中两次写到"永远沉浸于生命的飞扬的极致的大欢喜中"，都是指其达到生命力的"飞扬"，也就是价值凸显而引起的欣悦的情感；第一次是因爱人之"爱"与置爱人于"死"而达致，是"有血的大戮"所引发，第二次则因已身"干枯"的同时，"赏鉴""旁观者"的"干枯"而达致，是"无血的大戮"所引发。前者是自主的选择而得，后者却是被迫而无奈的选择而得。前者是"照所欲而行"的结果之一，后者却是以死亡为复仇手段的必然结果。

被看者"毫无动作"使旁观者"无戏可看"，固然实现了对看客的复仇，但代价却是自主选择爱或死之权利的丧失；然而如果"照所欲而行"呢？则固然可以自主选择爱或死之权利，却必然成为旁观者赏鉴的对象——也许这本是一个两难的选择。鲁迅于此当然是赞成那种彻底的、无情的、奇崛的复仇观的。

还有不应忽视的一点，鲁迅之所以如此歌咏复仇，其内在的意涵

不尽在于鼓吹向看客们"复仇",或者更将其看作是一种"疗救"!在《娜拉走后怎样》中,作者沉痛地说道:"群众,——尤其是中国的,——永远是戏剧的看客。""对于这样的群众没有法,只好使他们无戏可看倒是疗救。"着眼于"疗救",正一语道破了作者对"群众""衷悲疾视"(语见作者早期文言论文《摩罗诗力说》,谈及拜伦对待希腊人民的态度时而言)式的大爱!而作者清醒地知道,这将是一个漫长的过程,在改造这种国民性的途中,"正无需乎震骇一时的牺牲,不如深沉的韧性的战斗"!

　　本篇散文,其精巧的构思,象征性的人物,细腻而尖新的描写,复沓而有力的语句,铸成了强烈的感觉和思想的冲击力。这一成就也是《野草》中许多篇什的特点。

复仇（其二）①

因为他自以为神之子，以色列的王②，所以去钉十字架。

兵丁们给他穿上紫袍，戴上荆冠，庆贺他；又拿一根苇子打他的头，吐他，屈膝拜他；戏弄完了，就给他脱了紫袍，仍穿他自己的衣服。③看哪，他们打他的头，吐他，拜他……他不肯喝那用没药④调和的酒，要分明地玩味以色列人怎样对付他们的神之子，而且较永久地悲悯他们的前途，然而仇恨他们的现在。

四面都是敌意，可悲悯的，可咒诅的。

丁丁地响，钉尖从掌心穿透，他们要钉杀他们的神之子了，可悯的人们呵，使他痛得柔和。丁丁地响，钉尖从脚背穿透，钉碎了一块骨，痛楚也透到心髓中，然而他们自己钉杀着他们的神之子了，可咒诅的人们呵，这使他痛得舒服。十字架竖起来了；他悬在虚空中。

他没有喝那用没药调和的酒，要分明地玩味以色列人怎样对付他们的神之子，而且较永久地悲悯他们的前途，然而仇恨他们的现在。

路人都辱骂他，祭司长和文士也戏弄他，和他同钉的两个强盗也讥诮他。⑤看哪，和他同钉的……四面都是敌意，可悲悯的，可咒诅的。

他在手足的痛楚中，玩味着可怜的人们的钉杀神之子的悲哀和可咒诅的人们要钉杀神之子，而神之子就要被钉杀了的欢喜。突然间，碎骨的大痛楚透到心髓了，他即沉酣于大欢喜和大悲悯中。

他腹部波动了，悲悯和咒诅的痛楚的波。

遍地都黑暗了。

"以罗伊，以罗伊，拉马撒巴各大尼?!"（翻出来，就是：我的上帝，你为甚么离弃我?!）上帝离弃了他，他终于还是一个"人之子"；然而以色列人连"人之子"都钉杀了。

钉杀了"人之子"的人们的身上，比钉杀了"神之子"的尤其血污，血腥。

一九二四年十二月二十日

【注释】

①本篇最初发表于一九二四年十二月二十九日《语丝》周刊第七期。文中关于耶稣被钉十字架的事，是根据《新约全书》中的记载。

②以色列的王即犹太人的王。

③关于耶稣被钉十字架的情况，据《马可福音》第十五章载："将耶稣鞭打了，交给人钉十字架。……他们给他穿上紫袍，又用荆棘编作冠冕给他戴上，就庆贺他说，恭喜犹太人的王啊。又拿一根苇子，打他的头，吐唾沫在他脸上，屈膝拜他。戏弄完了，就给他脱了紫袍，仍穿上他自己的衣服，带他出去，要钉十字架。"

④没药：药名，一作末药，梵语音译。由没药树树皮中渗出的脂液凝结而成。有镇静、麻醉等作用。《马可福音》

第十五章有兵丁拿没药调和的酒给耶稣,耶稣不受的记载。

⑤据《马可福音》第十五章载:"他们又把两个强盗,和他同钉十字架,一个在右边,一个在左边。从那里经过的人辱骂他,摇着头说,咳,你这拆毁圣殿,三日又建造起来的,可以救自己从十字架上下来罢。祭司长和文士也是这样戏弄他,彼此说,他救了别人,不能救自己。以色列的王基督,现在可以从十字架上下来,叫我们看见,就信了。那和他同钉的人也是讥诮他。"祭司长,古犹太教管祭祀的人;文士,宣讲古犹太法律,兼记录和保管官方文件的人。他们同属上层统治阶级。

阅读指要

鲁迅的《复仇(其二)》作于一九二四年的年底,因为五四的退潮和兄弟的反目,他那时的心境颇为落寞,这样落寞的心境与《圣经》中耶稣受难的故事共鸣,就形成了这篇短文悲愤阴冷的色调。这篇短文对耶稣被钉上十字架的描写,采用了一种二元对立的结构:兵丁们的钉杀、路人的辱骂、祭司长和文士的戏弄和被同钉的两个强盗的讥诮,构成了四周无尽的敌意,而耶稣则是在这无尽的敌意中,也在手足的痛楚中,玩味着被钉杀的悲哀和就要被钉杀的欢喜。耶稣自以为是神之子,要拯救以色列,然而却受到以色列人的钉杀,这是他感到悲哀的原因;因为要拯救以色列而被以色列人钉杀,他于是对他们的现在怀着仇恨,然而能以自己的被钉杀来反证他们的血腥,却也体味到一种反抗的欢喜。所以他拒绝"喝那用没药调和的酒",他要以自己绝对的反抗企图唤醒他们,从而体认到自己对他们的将来所怀着的悲悯,然而钉杀在继续,敌意与蔑视也不断地增加,他终于在碎骨的大痛楚中,在遍地的黑暗中,喊出"我的上帝,你为甚么离弃我"的绝望,在这样的痛苦的喊声中,他由神之子而变成了人之子,肉体毁灭所带来的痛楚超过了精神的痛楚。这也许就是那些钉杀者、辱骂者以

及那些戏弄与讥诮者所希望的,但他们还是把他钉杀了。这样的钉杀在鲁迅看来是尤其的血污与血腥,然而不但从精神上而且从肉体上彻底地毁灭,却也正是他以及其他作为中国先知先觉的启蒙者所不得不面对的处境。在这样的处境下,自以为担负着唤醒民众的责任,却根本无法摆脱与要么残酷地充当杀人者,要么麻木地充当看客的民众之间的紧张关系,这或许构成了鲁迅以殉难的耶稣自况的前提,而所谓复仇者,则体现在受钉杀时对当权者的残酷与民众的麻木的玩味上,这种"较永久地悲悯他们的前途,然而仇恨他们的现在"的精神上的优越感,虽然在最后的肉体毁灭的痛楚中败落,但鲁迅在书写时所宣泄的愤怒情绪,却是复仇的另一种形式的实现。

《复仇》与《复仇(其二)》在思想上是统一的,但在艺术上却呈现出迥异的风采。《复仇》是一幅几乎静止,几乎无声的艺术画面。《复仇(其二)》却充满动感和声响,就连复仇的大悲悯和大诅咒,也是通过"他腹部波动了"的肢体形象和喊出"我的上帝,你为什么离弃我"的声音形象来表现的。

鲁迅希望用自己的笔去唤醒民众,他坚信自己的笔总有一天能划开那厚重的乌云。

故乡①

我冒着严寒,回到相隔二千余里,别了二十余年的故乡去。

时候既然是深冬;渐近故乡时,天气又阴晦了,冷风吹进船舱中,呜呜地响,从篷隙向外一望,苍黄的天底下,远近横着几个萧索的荒村,没有一些活气。我的心禁不住悲凉起来了。

啊!这不是我二十年来时时记得的故乡?

我所记得的故乡全不如此。我的故乡好得多了。但要我记起他的美丽,说出他的佳处来,却又没有影像,没有言辞了。仿佛也就如此。于是我自己解释说:故乡本也如此,——虽然没有进步,也未必有如我所感的悲凉,这只是我自己心情的改变罢了,因为我这次回乡,本没有什么好心绪。

我这次是专为了别他而来的。我们多年聚族而居的老屋,已经公同卖给别姓了,交屋的期限,只在本年,所以必须赶在正月初一以前,永别了熟识的老屋,而且远离了熟识的故乡,搬家到我在谋食的异地去。

第二日清早晨我到了我家的门口了。瓦楞上许多枯草的

断茎当风抖着,正在说明这老屋难免易主的原因。几房的本家大约已经搬走了,所以很寂静。我到了自家的房外,我的母亲早已迎着出来了,接着便飞出了八岁的侄儿宏儿。

我的母亲很高兴,但也藏着许多凄凉的神情,教我坐下,歇息,喝茶,且不谈搬家的事。宏儿没有见过我,远远地对面站着只是看。

但我们终于谈到搬家的事。我说外间的寓所已经租定了,又买了几件家具,此外须将家里所有的木器卖去,再去增添。母亲也说好,而且行李也略已齐集,木器不便搬运的,也小半卖去了,只是收不起钱来。

"你休息一两天,去拜望亲戚本家一回,我们便可以走了。"母亲说。

"是的。"

"还有闰土,他每到我家来时,总问起你,很想见你一回面。我已经将你到家的大约日期通知他,他也许就要来了。"

这时候,我的脑里忽然闪出一幅神异的图画来:深蓝的天空中挂着一轮金黄的圆月,下面是海边的沙地,都种着一望无际的碧绿的西瓜,其间有一个十一二岁的少年,项带银圈,手捏一柄钢叉,向一匹猹②尽力地刺去,那猹却将身一扭,反从他的胯下逃走了。

这少年便是闰土。我认识他时,也不过十多岁,离现在将有三十年了;那时我的父亲还在世,家景也好,我正是一个少爷。那一年,我家是一件大祭祀的值年③。这祭祀,说是三十多年才能轮到一回,所以很郑重;正月里供祖像,供品很多,祭器很讲究,拜的人也很多,祭器也很要防偷去。我家只有一个忙月(我们这里给人做工的分三种:整年给一定人家做工的叫长年;按日给人做工的叫短工;自己也种

地，只在过年过节以及收租时候来给一定人家做工的称忙月），忙不过来，他便对父亲说，可以叫他的儿子闰土来管祭器的。

我的父亲允许了；我也很高兴，因为我早听到闰土这名字，而且知道他和我仿佛年纪，闰月生的，五行缺土④，所以他的父亲叫他闰土。他是能装弶捉小鸟雀的。

我于是日日盼望新年，新年到，闰土也就到了。好容易到了年末，有一日，母亲告诉我，闰土来了，我便飞跑地去看。他正在厨房里，紫色的圆脸，头戴一顶小毡帽，颈上套一个明晃晃的银项圈，这可见他的父亲十分爱他，怕他死去，所以在神佛面前许下愿心，用圈子将他套住了。他见人很怕羞，只是不怕我，没有旁人的时候，便和我说话，于是不到半日，我们便熟识了。

我们那时候不知道谈些什么，只记得闰土很高兴，说是上城之后，见了许多没有见过的东西。

第二日，我便要他捕鸟。他说："这不能。须大雪下了才好。我们沙地上，下了雪，我扫出一块空地来，用短棒支起一个大竹匾，撒下秕谷，看鸟雀来吃时，我远远地将缚在棒上的绳子只一拉，那鸟雀就罩在竹匾下了。什么都有：稻鸡，角鸡，鹁鸪，蓝背……"

我于是又很盼望下雪。

闰土又对我说：

"现在太冷，你夏天到我们这里来。我们日里到海边捡贝壳去，红的绿的都有，鬼见怕也有，观音手⑤也有。晚上我和爹管西瓜去，你也去。"

"管贼吗？"

"不是。走路的人口渴了摘一个瓜吃，我们这里是不算偷的。要管的是獾猪，刺猬，猹。月亮底下，你听，啦啦的

响了,猹在咬瓜了。你便捏了胡叉,轻轻地走去……"

我那时并不知道这所谓猹的是怎么一件东西——便是现在也没有知道——只是无端地觉得状如小狗而很凶猛。

"他不咬人么?"

"有胡叉呢。走到了,看见猹了,你便刺。这畜生很伶俐,倒向你奔来,反从胯下窜了。他的皮毛是油一般的滑……"

我素不知道天下有这许多新鲜事:海边有如许五色的贝壳;西瓜有这样危险的经历,我先前单知道他在水果店里出卖罢了。

"我们沙地里,潮汛要来的时候,就有许多跳鱼儿只是跳,都有青蛙似的两个脚……"

啊!闰土的心里有无穷无尽的稀奇的事,都是我往常的朋友所不知道的。他们不知道一些事,闰土在海边时,他们都和我一样只看见院子里高墙上的四角的天空。

可惜正月过去了,闰土须回家里去,我急得大哭,他也躲到厨房里,哭着不肯出门,但终于被他父亲带走了。他后来还托他的父亲带给我一包贝壳和几支很好看的鸟毛,我也曾送他一两次东西,但从此没有再见面。

现在我的母亲提起了他,我这儿时的记忆,忽而全都闪电似的苏生过来,似乎看到了我的美丽的故乡了。我应声说:"这好极!他,——怎样?……"

"他?……他景况也很不如意……"母亲说着,便向房外看,"这些人又来了。说是买木器,顺手也就随便拿走的,我得去看看。"

母亲站起身,出去了。门外有几个女人的声音。我便招宏儿走近面前,和他闲话:问他可会写字,可愿意出门。

"我们坐火车去么?"

116 鲁迅散文中学生读本

"我们坐火车去。"

"船呢?"

"先坐船,……"

"哈!这模样了!胡子这么长了!"一种尖利的怪声突然大叫起来。

我吃了一吓,赶忙抬起头,却见一个凸颧骨,薄嘴唇,五十岁上下的女人站在我面前,两手搭在髀间,没有系裙,张着两脚,正像一个画图仪器里细脚伶仃的圆规。

我愕然了。

"不认识了么?我还抱过你咧!"

我愈加愕然了。幸而我的母亲也就进来,从旁说:

"他多年出门,统忘却了。你该记得罢,"便向着我说,"这是斜对门的杨二嫂,……开豆腐店的。"

哦,我记得了。我孩子时候,在斜对门的豆腐店里确乎终日坐着一个杨二嫂,人都叫伊"豆腐西施"⑥。但是擦着白粉,颧骨没有这么高,嘴唇也没有这么薄,而且终日坐着,我也从没有见过这圆规式的姿势。那时人说:因为伊,这豆腐店的买卖非常好。但这大约因为年龄的关系,我却并未蒙着一毫感化,所以竟完全忘却了。然而圆规很不平,显出鄙夷的神色,仿佛嗤笑法国人不知道拿破仑⑦,美国人不知道华盛顿⑧似的,冷笑说:"忘了?这真是贵人眼高……"

"哪有这事……我……"我惶恐着,站起来说。

"那么,我对你说。迅哥儿,你阔了,搬动又笨重,你还要什么这些破烂木器,让我拿去罢。我们小户人家,用得着。"

"我并没有阔哩。我须卖了这些,再去……"

"阿呀呀,你放了道台⑨了,还说不阔?你现在有三房姨太太;出门便是八抬的大轿,还说不阔?吓,什么都瞒不过我。"

我知道无话可说了,便闭了口,默默地站着。

"阿呀阿呀,真是愈有钱,便愈是一毫不肯放松,愈是一毫不肯放松,便愈有钱……"圆规一面愤愤地回转身,一面絮絮地说,慢慢向外走,顺便将我母亲的一副手套塞在裤腰里,出去了。

此后又有近处的本家和亲戚来访问我。我一面应酬,偷空便收拾些行李,这样的过了三四天。

一日是天气很冷的午后,我吃过午饭,坐着喝茶,觉得外面有人进来了,便回头去看。我看时,不由的非常出惊,慌忙站起身,迎着走去。

这来的便是闰土。虽然我一见便知道是闰土,但又不是我这记忆上的闰土了。他身材增加了一倍;先前的紫色的圆脸,已经变作灰黄,而且加上了很深的皱纹;眼睛也像他父亲一样,周围都肿得通红,这我知道,在海边种地的人,终日吹着海风,大抵是这样的。他头上是一顶破毡帽,身上只一件极薄的棉衣,浑身瑟索着;手里提着一个纸包和一支长烟管,那手也不是我所记得的红活圆实的手,却又粗又笨而且开裂,像是松树皮了。

我这时很兴奋,但不知道怎么说才好,只是说:

"阿!闰土哥,——你来了?……"

我接着便有许多话,想要连珠一般涌出:角鸡,跳鱼儿,贝壳,猹,……但又总觉得被什么挡着似的,单在脑里面回旋,吐不出口外去。

他站住了,脸上现出欢喜和凄凉的神情;动着嘴唇,却没有作声。他的态度终于恭敬起来了,分明地叫道:

"老爷!……"

我似乎打了一个寒噤;我就知道,我们之间已经隔了一层可悲的厚障壁了。我也说不出话。

他回过头去说,"水生,给老爷磕头。"便拖出躲在背

后的孩子来,这正是一个廿年前的闰土,只是黄瘦些,颈子上没有银圈罢了。"这是第五个孩子,没有见过世面,躲躲闪闪……"

母亲和宏儿下楼来了,他们大约也听到了声音。

"老太太。信是早收到了。我实在喜欢的了不得,知道老爷回来……"闰土说。

"阿,你怎的这样客气起来。你们先前不是哥弟称呼么?还是照旧:迅哥儿。"母亲高兴地说。

"阿呀,老太太真是……这成什么规矩。那时是孩子,不懂事……"闰土说着,又叫水生上来打拱,那孩子却害羞,紧紧地只贴在他背后。

"他就是水生?第五个?都是生人,怕生也难怪的;还是宏儿和他去走走。"母亲说。

宏儿听得这话,便来招水生,水生却松松爽爽同他一路出去了。母亲叫闰土坐,他迟疑了一回,终于就了坐,将长烟管靠在桌旁,递过纸包来,说:"冬天没有什么东西了。这一点干青豆倒是自家晒在那里的,请老爷……"

我问问他的景况。他只是摇头。

"非常难。第六个孩子也会帮忙了,却总是吃不够……又不太平……什么地方都要钱,没有规定……收成又坏。种出东西来,挑去卖,总要捐几回钱,折了本;不去卖,又只能烂掉……"

他只是摇头;脸上虽然刻着许多皱纹,却全然不动,仿佛石像一般。他大约只是觉得苦,却又形容不出,沉默了片时,便拿起烟管来默默地吸烟了。

母亲问他,知道他的家里事务忙,明天便得回去;又没有吃过午饭,便叫他自己到厨下炒饭吃去。

他出去了;母亲和我都叹息他的景况:多子,饥荒,苛

税,兵,匪,官,绅,都苦得他像一个木偶人了。母亲对我说,凡是不必搬走的东西,尽可以送他,可以听他自己去拣择。

下午,他拣好了几件东西:两条长桌,四个椅子,一副香炉和烛台,一杆抬秤。他又要所有的草灰(我们这里煮饭是烧稻草的,那灰,可以做沙地的肥料),待我们启程的时候,他用船来载去。

夜间,我们又谈些闲天,都是无关紧要的话;第二天早晨,他就领了水生回去了。

又过了九日,是我们启程的日期。闰土早晨便到了,水生没有同来,却只带着一个五岁的女儿管船只。我们终日很忙碌,再没有谈天的工夫。来客也不少,有送行的,有拿东西的,有送行兼拿东西的。待到傍晚我们上船的时候,这老屋里的所有破旧大小粗细东西,已经一扫而空了。

我们的船向前走,两岸的青山在黄昏中,都装成了深黛颜色,连着退向船后梢去。

宏儿和我靠着船窗,同看外面模糊的风景,他忽然问道:

"大伯!我们什么时候回来?"

"回来?你怎么还没有走就想回来了。"

"可是,水生约我到他家玩去咧……"他睁着大的黑眼睛,痴痴地想。

我和母亲也都有些惘然,于是又提起闰土来。母亲说,那豆腐西施的杨二嫂,自从我家收拾行李以来,本是每日必到的,前天伊在灰堆里,掏出十多个碗碟来,议论之后,便定说是闰土埋着的,他可以在运灰的时候,一齐搬回家里去;杨二嫂发现了这件事,自己很以为功,便拿了那狗气杀(这是我们这里养鸡的器具,木盘上面有着栅栏,内盛食料,鸡可以伸进颈子去啄,狗却不能,只能看着气死),飞也似

的跑了，亏伊装着这么高低的小脚，竟跑得这样快。

老屋离我愈远了；故乡的山水也都渐渐远离了我，但我却并不感到怎样的留恋。我只觉得我四面有看不见的高墙，将我隔成孤身，使我非常气闷；那西瓜地上的银项圈的小英雄的影像，我本来十分清楚，现在却忽地模糊了，又使我非常的悲哀。

母亲和宏儿都睡着了。

我躺着，听船底潺潺的水声，知道我在走我的路。我想：我竟与闰土隔绝到这地步了，但我们的后辈还是一气，宏儿不是正在想念水生么。我希望他们不再像我，又大家隔膜起来……然而我又不愿意他们因为要一气，都如我的辛苦展转而生活，也不愿意他们都如闰土的辛苦麻木而生活，也不愿意都如别人的辛苦恣睢⑩而生活。他们应该有新的生活，为我们所未经生活过的。

我想到希望，忽然害怕起来了。闰土要香炉和烛台的时候，我还暗地里笑他，以为他总是崇拜偶像，什么时候都不忘却。现在我所谓希望，不也是我自己手制的偶像么？只是他的愿望切近，我的愿望茫远罢了。

我在蒙胧中，眼前展开一片海边碧绿的沙地来，上面深蓝的天空中挂着一轮金黄的圆月。我想：希望是本无所谓有，无所谓无的。这正如地上的路；其实地上本没有路，走的人多了，也便成了路。

一九二一年一月

【注释】

①本篇最初发表于一九二一年五月《新青年》第九卷第一号。

②睢：作者在一九二九年五月四日致舒新城的信中说：

"'猹'字是我据乡下人所说的声音,生造出来的,读如'查'。……现在想起来,也许是獾罢。"

③大祭祀的值年:封建社会中的大家族,每年都有祭祀祖先的活动,费用从族中"祭产"收入支取,由各房按年轮流主持,轮到的称为"值年"。

④五行缺土:旧社会所谓算"八字"的迷信说法。即用天干(甲乙丙丁戊己庚辛壬癸)和地支(子丑寅卯辰巳午未申酉戌亥)相配,来记一个人出生的年、月、日、时,各得两字,合为"八字";又认为它们在五行(金、木、水、火、土)中各有所属,如甲乙寅卯属木,丙丁巳午属火等等,如八个字能包括五者,就是五行俱全。"五行缺土",就是这八个字中没有属土的字,需用土或土作偏旁的字取名等办法来弥补。

⑤鬼见怕和观音手,都是小贝壳的名称。旧时浙江沿海的人把这种小贝壳用线串在一起,戴在孩子的手腕或脚踝上,认为可以"避邪"。这类名称多是根据"避邪"的意思取的。

⑥西施:春秋时越国的美女,后来用以泛称一般美女。

⑦拿破仑:即拿破仑·波拿巴,法国资产阶级革命时期的军事家、政治家。一七九九年担任共和国执政。一八〇四年建立法兰西第一帝国,自称拿破仑一世。

⑧华盛顿:即乔治·华盛顿,美国政治家。他曾领导一七七五年至一七八三年美国反对英国殖民统治的独立战争,胜利后任美国第一任总统。

⑨道台:清朝官职道员的俗称,分总管一个区域行政职务的道员和专掌某一特定职务的道员。前者是省以下、府州以上的行政长官;后者掌管一省特定事务,如督粮道、兵备道等。辛亥革命后,北洋军阀政府也曾沿用此制,改称道尹。

⑩恣睢:放纵,放任。

阅读指要

鲁迅于一九一九年十二月回故乡绍兴接母亲到北平（今北京），目睹农村的破败和农民的凄苦，十分悲愤，一九二一年一月便以这次回家的经历为题材，写了这篇散文。

它深刻地概括了一九二一年前三十年内，特别是辛亥革命后十年间中国农村经济凋敝、农民生活日益贫困的历史，反映了那个时代的社会风貌。一九一九年十二月，鲁迅从北京回到故乡绍兴，与同族十多户人家共同卖掉新台门故宅，带着母亲、三弟及家属来到北京。这次回到乡间，幼年的伙伴、农民章闰水特地从海边渔村进城来探望鲁迅。章闰水年纪刚过三十，已是满脸皱纹，形容憔悴，讲述了"农村做人总是难，一点东西拿出去总是要捐三四回"的悲惨处境，引起了鲁迅深切的同情。后来，鲁迅将这次回乡的经历，艺术地再现于小说《故乡》之中，并以章闰水为原型，塑造了闰土这个深刻隽永的人物形象。

在鲁迅众多文章里，《故乡》的美学风格也是独树一帜的。作者对"故乡"的感情不仅仅是人与人之间一般的感情，同时还是带有个人色彩的特殊感情。在对"故乡"没有任何理性的思考之前，一个人就已经与它有了"剪不断，理还乱"的精神联系。童年、少年与"故乡"建立起的这种精神联系是一个人一生也不可能完全摆脱的。后来的印象不论多么强烈都只是在这样一个基础上发生的，而不可能完全摆脱开这种感情的藤蔓。具体到《故乡》这篇散文中来说，"我"对"故乡"现实的所有感受都是在少年时已经产生的感情关系的基础上发生的。"我"已经不可能忘掉少年闰土那可爱的形象，已经不可能完全忘掉少年时形成的那个美好故乡的回忆。此后的感受和印象是同少年时形成的这种印象叠加胶合在一起的。这就形成了多种情感的汇合、混合和化合。这样的感情不是单纯的，而是复杂的；不是色彩鲜明的，而是浑浊不清的。这样的感情是一种哭不出来也笑不出来的感情，不

是通过抒情的语言就可以表达清楚的。它要从心灵中一丝一丝地往外抽，慌不得也急不得。它需要时间，需要长度，需要让读者慢慢地咀嚼、慢慢地感受和体验。这种没有鲜明色彩而又复杂的情感，在我们的感受中就是忧郁。忧郁是一种说不清、道不明的情感和情绪，是一种不强烈又轻易摆脱不掉的悠长而又悠长的情感和情绪的状态。《故乡》表现出来的是一种忧郁的美，忧郁是悠长的，这种美也是悠长的。

"悠长"是《故乡》整篇散文谋篇布局的特点。可以说，该文所要突现的无非是"我"重回故乡的见闻和感受。但这种感受是无法脱离开原来对"故乡"的印象和感受的。文章一开始，并没有直接进入对现实"故乡"的描写，而是用较长的篇幅写了路上的感受和这次回故乡的缘由。回到"故乡"后仍然没有直接进入对故乡现实的刻画，而是由母亲的话引起儿时的回忆，用更长的篇幅记叙了儿时与少年闰土的交往。这些描写都表现出了一种不急不躁的作风和态度。作者并不急于进入现实见闻的描写，他一寸一寸地接近它，半步半步地接近它，而不是一步就跨入文章的中心。在这个过程中，作者酝酿的是一种情绪，一种基调，它渐渐使读者的心灵进入到"我"回"故乡"时的心境中去，因为只有这样，才会像"我"那样感受现实的见闻。离开"故乡"的描写同回"故乡"的过程的描写有着相同的特点。有人认为，《故乡》结尾时的议论是不必要的。其实，这结尾时的议论不仅仅是要表达某种思想认识，它更是一种抒情的必要。如果说开头部分给人以身未到"故乡"而心已到"故乡"的感觉，这里给人的则是身已离"故乡"而心尚未离"故乡"的感觉。整篇文章像一座弧形的桥梁，前边是一段长长的拱桥，中间是主桥，后边又是一段长长的拱桥，弧度很小，但桥身很长，给人产生的是悠长而又悠长的感觉。在这个过程中流动着的是越来越浓郁的忧郁的情绪。直到结尾，这种忧郁的情绪仍然是没有全部抒发罄尽的。鲁迅没有给读者一个确定无疑的结论，没有指明"故乡"的或悲或喜的固定前途。"故乡"的前途仍然是一个未知数，一个需要人自己去争取的未来。它把人们对"故乡"

的关心永久地留在了人们的心中，把对"故乡"现实的痛苦感受永久地留在了人们的心中。人们没有在结尾时找到自己心灵的安慰，它继续在人们的心灵感受中延长着，延长着，它给人的感觉是悠长而又悠长的，是一种没有尽头的忧郁情绪，一种没有端点的历史的期望。

　　这种忧郁的美感不仅表现在小说的谋篇布局上，还表现在它的语言特色上。文章开头和结尾的语言带有明显的抒情性，它们把中间的叙事置于了一个封闭的抒情语言的框架中，为其中的叙事谱上了忧郁的曲调。文章中唯一欢快的语调出现在对儿时回忆的描写中，但它接着就被对"故乡"现实描写的低沉空气驱散了，剩下的只是一种忧郁和感伤。在前后两段的描写中，句式是悠长的，虽有起伏，但造成的不是明快的基调。它们像飞不起来的阴湿的树叶，一片一片，粘连在一起，你压着我，我压着你，似断又连，都有一种悠长而又沉重的感觉。

　　忧郁是一种悠长的情绪，又是一种昏暗的、阴冷的、低沉的情绪。整个《故乡》的色调，也是昏暗的、阴冷的、低沉的。时候是"深冬"，天气是"严寒"的、"阴晦"的，刮着"冷风"，声音是"呜呜"的，看到的是"萧索的荒村"。即使结尾处那些议论性的语言，也带着昏暗的色彩、阴冷的气氛和低沉的调子。它不是痛苦的怨诉，也不是热情的呼唤；不是绝望的挣扎，也不是乐观的进取。一切都是朦胧的、模糊不清的。如果说红色是热情的，蓝色是平静的，绿色是清凉的，黑色是沉重的，灰色就是丰富的、复杂的。它是多种色调的混合体。它包含着所有色调，而又没有任何一种色调取得压倒的优势。忧郁就是这样一种复杂的情绪。忧郁是灰色的，《故乡》的主色调也是灰色的。

社戏①

我在倒数上去的二十年中,只看过两回中国戏,前十年是绝不看,因为没有看戏的意思和机会,那两回全在后十年,然而都没有看出什么来就走了。

第一回是民国元年我初到北京的时候,当时一个朋友对我说,北京戏最好,你不去见见世面么?我想,看戏是有味的,而况在北京呢。于是都兴致勃勃地跑到什么园,戏文已经开场了,在外面也早听到冬冬地响。我们挨进门,几个红的绿的在我的眼前一闪烁,便又看见戏台下满是许多头,再定神四面看,却见中间也还有几个空座,挤过去要坐时,又有人对我发议论,我因为耳朵已经喤喤地响着了,用了心,才听到他是说"有人,不行!"

我们退到后面,一个辫子很光的却来领我们到了侧面,指出一个地位来。这所谓地位者,原来是一条长凳,然而他那坐板比我的上腿要狭到四分之三,他的脚比我的下腿要长过三分之二。我先是没有爬上去的勇气,接着便联想到私刑拷打的刑具,不由地毛骨悚然地走出了。

走了许多路,忽听得我的朋友的声音道,"究竟怎的?"

我回过脸去,原来他也被我带出来了。他很诧异地说,"怎么总是走,不答应?"我说,"朋友,对不起,我耳朵只在冬冬喤喤地响,并没有听到你的话。"

后来我每一想到,便很以为奇怪,似乎这戏太不好,——否则便是我近来在戏台下不适于生存了。

第二回忘记了哪一年,总之是募集湖北水灾捐而谭叫天②还没有死。捐法是两元钱买一张戏票,可以到第一舞台去看戏,扮演的多是名角,其一就是小叫天。我买了一张票,本是对于劝募人聊以塞责的,然而似乎又有好事家乘机对我说了些叫天不可不看的大法要了。我于是忘了前几年的冬冬喤喤之灾,竟到第一舞台去了,但大约一半也因为重价购来的宝票,总得使用了才舒服。我打听得叫天出台是迟的,而第一舞台却是新式构造,用不着争座位,便放了心,延宕到九点钟才去,谁料照例,人都满了,连立足也难,我只得挤在远处的人丛中看一个老旦在台上唱。那老旦嘴边插着两个点火的纸捻子,旁边有一个鬼卒,我费尽思量,才疑心他或者是目连③的母亲,因为后来又出来了一个和尚。然而我又不知道那名角是谁,就去问挤小在我的左边的一位胖绅士。他很看不起似的斜瞥了我一眼,说道,"龚云甫④!"我深愧浅陋而且粗疏,脸上一热,同时脑里也制出了决不再问的定章,于是看小旦唱,看花旦唱,看老生唱,看不知什么角色唱,看一大班人乱打,看两三个人互打,从九点多到十点,从十点到十一点,从十一点到十一点半,从十一点半到十二点,——然而叫天竟还没有来。

我向来没有这样忍耐地等待过什么事物,而况这身边的胖绅士的吁吁的喘气,这台上的冬冬喤喤的敲打,红红绿绿的晃荡,加之以十二点,忽而使我醒悟到在这里不适于生存了。我同时便机械地拧转身子,用力往外只一挤,觉得背后

便已满满的,大约那弹性的胖绅士早在我的空处胖开了他的右半身了。我后无回路,自然挤而又挤,终于出了大门。街上除了专等看客的车辆之外,几乎没有什么行人了,大门口却还有十几个人昂着头看戏目,别有一堆人站着并不看什么,我想:他们大概是看散戏之后出来的女人们的,而叫天却还没有来……

然而夜气很清爽,真所谓"沁人心脾",我在北京遇着这样的好空气,仿佛这是第一遭了。

这一夜,就是我对于中国戏告了别的一夜,此后再没有想到他,即使偶而经过戏园,我们也漠不相关,精神上早已一在天之南一在地之北了。

但是前几天,我忽在无意之中看到一本日本文的书,可惜忘记了书名和著者,总之是关于中国戏的。其中有一篇,大意仿佛说,中国戏是大敲,大叫,大跳,使看客头昏脑眩,很不适于剧场,但若在野外散漫的所在,远远地看起来,也自有他的风致。我当时觉着这正是说了在我意中而未曾想到的话,因为我确记得在野外看过很好的戏,到北京以后的连进两回戏园去,也许还是受了那时的影响哩。可惜我不知道怎么一来,竟将书名忘却了。

至于我看好戏的时候,却实在已经是"远哉遥遥"的了,其时恐怕我还不过十一二岁。我们鲁镇的习惯,本来是凡有出嫁的女儿,倘自己还未当家,夏间便大抵回到母家去消夏。那时我的祖母虽然还康健,但母亲也已分担了些家务,所以夏期便不能多日地归省了,只得在扫墓完毕之后,抽空去住几天,这时我便每年跟了我的母亲住在外祖母的家里。那地方叫平桥村,是一个离海边不远,极偏僻的,临河的小村庄;住户不满三十家,都种田,打鱼,只有一家很小的杂货店。但在我是乐土:因为我在这里不但得到优待,又

可以免念"秩秩斯干幽幽南山"⑤了。

和我一同玩的是许多小朋友,因为有了远客,他们也都从父母那里得了减少工作的许可,伴我来游戏。在小村里,一家的客,几乎也就是公共的。我们年纪都相仿,但论起行辈来,却至少是叔子,有几个还是太公,因为他们合村都同姓,是本家。然而我们是朋友,即使偶而吵闹起来,打了太公,一村的老老少少,也决没有一个会想出"犯上"这两个字来,而他们也百分之九十九不识字。

我们每天的事情大概是掘蚯蚓,掘来穿在铜丝做的小钩上,伏在河沿上去钓虾。虾是水世界里的呆子,决不惮用了自己的两个钳捧着钩尖送到嘴里去的,所以不半天便可以钓到一大碗。这虾照例是归我吃的。其次便是一同去放牛,但或者因为高等动物了的缘故罢,黄牛、水牛都欺生,敢于欺侮我,因此我也总不敢走近身,只好远远地跟着,站着。这时候,小朋友们便不再原谅我会读"秩秩斯干",却全都嘲笑起来了。

至于我在那里所第一盼望的,却在到赵庄去看戏。赵庄是离平桥村五里的较大的村庄;平桥村太小,自己演不起戏,每年总付给赵庄多少钱,算作合做的。当时我并不想到他们为什么年年要演戏。现在想,那或者是春赛,是社戏⑥了。

就在我十一二岁时候的这一年,这日期也看看等到了。不料这一年真可惜,在早上就叫不到船。平桥村只有一只早出晚归的航船是大船,决没有留用的道理。其余的都是小船,不合用;央人到邻村去问,也没有,早都给别人定下了。外祖母很气恼,怪家里的人不早定,絮叨起来。母亲便宽慰伊,说我们鲁镇的戏比小村里的好得多,一年看几回,今天就算了。只有我急得要哭,母亲却竭力地嘱咐我,说万不能装模装样,怕又招外祖母生气,又不准和别人一同去,说是怕外祖母要担心。

总之,是完了。到下午,我的朋友都去了,戏已经开场了,我似乎听到锣鼓的声音,而且知道他们在戏台下买豆浆喝。

这一天我不钓虾,东西也少吃。母亲很为难,没有法子想。到晚饭时候,外祖母也终于觉察了,并且说我应当不高兴,他们太怠慢,是待客的礼数里从来没有的。吃饭之后,看过戏的少年们也都聚拢来了,高高兴兴地来讲戏。只有我不开口;他们都叹息而且表同情。忽然间,一个最聪明的双喜大悟似的提议了,他说,"大船?八叔的航船不是回来了么?"十几个别的少年也大悟,立刻撺掇起来,说可以坐了这航船和我一同去。我高兴了。然而外祖母又怕都是孩子,不可靠;母亲又说是若叫大人一同去,他们白天全有工作,要他熬夜,是不合情理的。在这迟疑之中,双喜可又看出底细来了,便又大声地说道,"我写包票!船又大;迅哥儿向来不乱跑;我们又都是识水性的!"

诚然!这十多个少年,委实没有一个不会凫水的,而且两三个还是弄潮的好手。

外祖母和母亲也相信,便不再驳回,都微笑了。我们立刻一哄地出了门。

我的很重的心忽而轻松了,身体也似乎舒展到说不出的大。一出门,便望见月下的平桥内泊着一只白篷的航船,大家跳下船,双喜拔前篙,阿发拔后篙,年幼的都陪我坐在舱中,较大的聚在船尾。母亲送出来吩咐"要小心"的时候,我们已经点开船,在桥石上一磕,退后几尺,即又上前出了桥。于是架起两支橹,一支两人,一里一换,有说笑的,有嚷的,夹着潺潺的船头激水的声音,在左右都是碧绿的豆麦田地的河流中,飞一般径向赵庄前进了。

两岸的豆麦和河底的水草所发散出来的清香,夹杂在水气中扑面地吹来;月色便朦胧在这水气里。淡黑的起伏的连山,仿佛是踊跃的铁的兽脊似的,都远远地向船尾跑去了,但我却还以为船慢。他们换了四回手,渐望见依稀的赵庄,而且似乎听到歌吹了,还有几点火,料想便是戏台,但或者也许是渔火。

那声音大概是横笛,宛转,悠扬,使我的心也沉静,然而又自失起来,觉得要和他弥散在含着豆麦蕴藻之香的夜气里。

那火接近了,果然是渔火;我才记得先前望见的也不是赵庄。那是正对船头的一丛松柏林,我去年也曾经去游玩过,还看见破的石马倒在地下,一个石羊蹲在草里呢。过了那林,船便弯进了叉港,于是赵庄便真在眼前了。

最惹眼的是屹立在庄外临河的空地上的一座戏台,模糊在远处的月夜中,和空间几乎分不出界限,我疑心画上见过的仙境,就在这里出现了。这时船走得更快,不多时,在台上显出人物来,红红绿绿地动,近台的河里一望乌黑的是看戏的人家的船篷。

"近台没有什么空了,我们远远地看罢。"阿发说。

这时船慢了,不久就到,果然近不得台旁,大家只能下了篙,比那正对戏台的神棚还要远。其实我们这白篷的航船,本也不愿意和乌篷的船在一处,而况并没有空地呢……

在停船的匆忙中,看见台上有一个黑的长胡子的背上插着四张旗,捏着长枪,和一群赤膊的人正打仗。双喜说,那就是有名的铁头老生,能连翻八十四个筋斗,他日里亲自数过的。

我们便都挤在船头上看打仗,但那铁头老生却又并不翻筋斗,只有几个赤膊的人翻,翻了一阵,都进去了,接着走出一个小旦来,咿咿呀呀地唱。双喜说,"晚上看客少,铁头老生也懈了,谁肯显本领给白地看呢?"我相信这话对,因为其时台下已经不很有人,乡下人为了明天的工作,熬不得夜,早都睡觉去了,疏疏朗朗地站着的不过是几十个本村和邻村的闲汉。乌篷船里的那些土财主的家眷固然在,然而他们也不在乎看戏,多半是专到戏台下来吃糕饼、水果和瓜子的。所以简直可以算白地。

然而我的意思却也并不在乎看翻筋斗。我最愿意看的是一个人蒙了白布,两手在头上捧着一支棒似的蛇头的蛇精,其次是套了黄布衣跳老虎。但是等了许多时都不见,小旦虽然进去了,立刻又出来了一个很老的小生。我有些疲倦了,托桂生买豆浆去。他去了一刻,回来说,"没有。卖豆浆的聋子也回去了。日里倒有,我还喝了两碗呢。现在去舀一瓢水来给你喝罢。"

我不喝水,支撑着仍然看,也说不出见了些什么,只觉得戏子的脸都渐渐地有些稀奇了,那五官渐不明显,似乎融成一片的再没有什么高低。年纪小的几个多打呵欠了,大的也各管自己谈话。忽而一个红衫的小丑被绑在台柱子上,给一个花白胡子的用马鞭打起来了,大家才又振作精神地笑着看。在这一夜里,我以为这实在要算是最好的一折。

然而老旦终于出台了。老旦本来是我所怕的东西,尤其是怕他坐下了唱。这时候,看见大家也都很扫兴,才知道他们的意见是和我一致的。那老旦当初还只是踱来踱去地唱,后来竟在中间的一把交椅上坐下了。我很担心;双喜他们却就破口喃喃地骂。我忍耐地等着,许多工夫,只见那老旦将手一抬,我以为就要站起来了,不料他却又慢慢地放下在原地方,仍旧唱。全船里几个人不住地吁气,其余的也打起呵欠来。双喜终于熬不住了,说道,怕他会唱到天明还不完,还是我们走的好罢。大家立刻都赞成,和开船时候一样

踊跃，三四人径奔船尾，拔了篙，点退几丈，回转船头，驾起橹，骂着老旦，又向那松柏林前进了。

月还没有落，仿佛看戏也并不很久似的，而一离赵庄，月光又显得格外的皎洁。回望戏台在灯火光中，却又如初来未到时候一般，又漂渺得像一座仙山楼阁，满被红霞罩着了。吹到耳边来的又是横笛，很悠扬；我疑心老旦已经进去了，但也不好意思说再回去看。

不多久，松柏林早在船后了，船行也并不慢，但周围的黑暗只是浓，可知已经到了深夜。他们一面议论着戏子，或骂，或笑，一面加紧地摇船。这一次船头的激水声更其响亮了，那航船，就像一条大白鱼背着一群孩子在浪花里蹿，连夜渔的几个老渔父，也停了艇子看着喝采起来。

离平桥村还有一里模样，船行却慢了，摇船的都说很疲乏，因为太用力，而且许久没有东西吃。这回想出来的是桂生，说是罗汉豆⑦正旺相，柴火又现成，我们可以偷一点来煮吃。大家都赞成，立刻近岸停了船；岸上的田里，乌油油的都是结实的罗汉豆。

"阿阿，阿发，这边是你家的，这边是老六一家的，我们偷哪一边的呢？"双喜先跳下去了，在岸上说。

我们也都跳上岸。阿发一面跳，一面说道，"且慢，让我来看一看罢。"他于是往来地摸了一回，直起身来说道，"偷我们的罢，我们的大得多呢。"一声答应，大家便散开在阿发家的豆田里，各摘了一大捧，抛入船舱中。双喜以为再多偷，倘给阿发的娘知道是要哭骂的，于是各人便到六一公公的田里又各偷了一大捧。

我们中间几个年长的仍然慢慢地摇着船，几个到后舱去生火，年幼的和我都剥豆。不久豆熟了，便任凭航船浮在水面上，都围起来用手撮着吃。吃完豆，又开船，一面洗器

具,豆荚豆壳全抛在河水里,什么痕迹也没有了。双喜所虑的是用了八公公船上的盐和柴,这老头子很细心,一定要知道,会骂的。然而大家议论之后,归结是不怕。他如果骂,我们便要他归还去年在岸边拾去的一枝枯桕树,而且当面叫他"八癞子"。

"都回来了!哪里会错。我原说过写包票的!"双喜在船头上忽而大声地说。

我向船头一望,前面已经是平桥。桥脚上站着一个人,却是我的母亲,双喜便是对伊说着话。我走出前舱去,船也就进了平桥了,停了船,我们纷纷都上岸。母亲颇有些生气,说是过了三更了,怎么回来得这样迟,但也就高兴了,笑着邀大家去吃炒米。

大家都说已经吃了点心,又渴睡,不如及早睡的好,各自回去了。

第二天,我向午才起来,并没有听到什么关系八公公盐柴事件的纠葛,下午仍然去钓虾。

"双喜,你们这班小鬼,昨天偷了我的豆了罢?又不肯好好地摘,踏坏了不少。"我抬头看时,是六一公公棹着小船,卖了豆回来了,船肚里还有剩下的一堆豆。

"是的。我们请客。我们当初还不要你的呢。你看,你把我的虾吓跑了!"双喜说。

六一公公看见我,便停了楫,笑道,"请客?——这是应该的。"于是对我说,"迅哥儿,昨天的戏可好么?"

我点一点头,说道,"好。"

"豆可中吃呢?"

我又点一点头,说道,"很好。"

不料六一公公竟非常感激起来,将大拇指一翘,得意的说道,"这真是大市镇里出来的读过书的人才识货!我的豆

种是粒粒挑选过的,乡下人不识好歹,还说我的豆比不上别人的呢。我今天也要送些给我们的姑奶奶尝尝去……"他于是打着楫子过去了。

待到母亲叫我回去吃晚饭的时候,桌上便有一大碗煮熟了的罗汉豆,就是六一公公送给母亲和我吃的。听说他还对母亲极口夸奖我,说"小小年纪便有见识,将来一定要中状元。姑奶奶,你的福气是可以写包票的了。"但我吃了豆,却并没有昨夜的豆那么好。

真的,一直到现在,我实在再没有吃到那夜似的好豆,——也不再看到那夜似的好戏了。

一九二二年十月

【注释】

①本篇最初发表于一九二二年十二月上海《小说月报》第十三卷第十二号。

②谭叫天:即谭鑫培,又称小叫天,当时的京剧演员,擅长老生戏。

③目连:释迦牟尼的弟子。据《盂兰盆经》说,目连的母亲因生前违犯佛教戒律,堕入地狱,他曾入地狱救母。《目连救母》一剧,旧时在民间很流行。

④龚云甫:当时的京剧演员,擅长老旦戏。

⑤"秩秩斯干幽幽南山":语见《诗经·小雅·斯干》。据汉代郑玄注:"秩秩,流行也;干,涧也;幽幽,深远也。"

⑥社戏:"社"原指土地神或土地庙。在绍兴,社是一种区域名称,社戏就是社中每年所演的"年规戏"。

⑦罗汉豆:即蚕豆。

阅读指要

  《社戏》是鲁迅先生的代表作品之一，作于一九二二年十月，作者少年时代在农村看社戏经久不忘，到了成年，在北京看的京戏却索然无味。作者在回忆对比中赞美了农民子女的优秀品质，给读者留下了质朴，温厚，可爱的农村小朋友的形象，农村是作者少年时代的乐土，可以不必读书，可以钓鱼放牛，可以看社戏，作者描摹出孩子的真实心理。同时，作品的心理描写也非常出色，如对看社戏雇不到船时的急切和有船时的轻松两种心情，刻画得真切动人。作品对人物的刻画，相当生动形象，展示了其个性：双喜热情、机灵、直率；阿发无私、能干；六一公公纯朴、大度，都只用寥寥几笔便勾画出了他们各自的特征。作者用抒情的笔语写自然山水景致，诸如豆麦和水草的清香，月色的朦胧，笛声的宛转悠扬，营造了一种恬静淡雅的夜景，给作品增添了魅力，作品还描写了淳厚的民风。演社戏看社戏的习俗风情都发出浓厚的乡土气息，民风的描述起了陪衬作用，使作品读来饶有情趣，亲切感人。

  鲁迅作品《社戏》在结构上分为两部分，前一部分主要写"我"在北京看过的两次戏，一次是在北京的戏院，戏院里嘈杂、拥挤、混乱的环境让"我"非常地厌恶。另一次是募集水捐，因为捐款的方式是买戏票，因此机缘巧合地又看了一次戏，但却遭遇尴尬，没有看完便离了场，两次看戏给"我"的感觉都是不好的。第二部分主要写了"我"在赵庄看戏的感受和经历，鲁迅在写这部分的文字中饱含着深情，表现了鲁迅对童年生活的美好回忆和深刻眷念。虽然主题是《社戏》但鲁迅并没有把描绘的重点放在社戏的本身，在文中的描绘也只有轻描淡写的几句罢了，但鲁迅却把"社戏"作为贯穿全文的线索和感情表达的线索，同样是看戏赵庄童年时看戏的心情同现在看戏的心情完全是不一样的。

  鲁迅把《社戏》描写的重点放在了去赵庄沿途的经历和偷"罗汉

豆"的场景上，鲁迅用散文化的笔调把河两岸的景色描绘得宁静优美，把戏台比作是"仙山楼阁"这使文章形成了强烈的反差和对比。从这里看对于"我"来说看戏其实是让我欣喜的一件事儿，但为什么会出现这样的反差呢？那是因为先前"我"看的两次戏是宣传封建礼教的旧戏，但周围的人依然看得津津有味，这当然会引起"我"的反感和不愉快，这里的戏完全就是封建统治者为维护自身的统治的宣传工具罢了。而童年记忆的戏"我"是把它作为民族文化艺术瑰宝的一部分来审视的，他服务于民间群众，且融入于最底层普通的群众中，因此它在"我"的心中是"好戏"。

《社戏》留给读者深刻印象的人物莫过于双喜和阿发的塑造，双喜聪明，具有很强的领导才能，因为他的帮助"我"才能去看社戏。我们从中可以看出双喜的热心和淳朴。在看戏时他的品评都是孩子气的天真、活泼可爱，他没有受到世俗的污染，也没有受到封建礼教的毒害，他在这里尽情地释放着自己的天性，坦诚地对别人，不像城里的孩子那样会拘束着自己。阿发的形象由偷"罗汉豆"这一场景得到了表现，在伙伴问偷谁家的"罗汉豆"时，他上岸"往来地摸了一回"便决定偷自家的，因为自家的"罗汉豆"长得大得多，从这一细节我们可以看出，阿发的真诚无私。阿发和双喜身上所具有的性格是鲁迅在文章中高度赞扬的。

在《社戏》中我们可以看到鲁迅在描写小伙伴们时，文字所透漏出的温纯与喜悦，鲁迅认为只有这些人们身上所具有的优秀品质得以发扬光大时，我们的民族、我们的社会才会真正地有希望。

好的故事

　　灯火渐渐地缩小了，在预告石油的已经不多；石油又不是老牌的，早熏得灯罩很昏暗，鞭爆的繁响在四近，烟草的烟雾在身边：是昏沉的夜。

　　我闭了眼睛，向后一仰，靠在椅背上；捏着《初学记》的手搁在膝髁上。

　　我在蒙眬中，看见一个好的故事。

　　这故事很美丽，幽雅，有趣。许多美的人和美的事，错综起来像一天云锦，而且万颗奔星似的飞动着，同时又展开去，以至于无穷。

　　我仿佛记得曾坐小船经过山阴道，两岸边的乌桕，新禾，野花，鸡，狗，丛树和枯树，茅屋，塔，伽蓝，农夫和村妇，村女，晒着的衣裳，和尚，蓑笠，天，云，竹，……都倒影在澄碧的小河中，随着每一打桨，各各夹带了闪烁的日光，并水里的萍藻游鱼，一同荡漾。诸影诸物：无不解散，而且摇动，扩大，互相融和；刚一融和，却又退缩，复近于原形。边缘都参差如夏云头，镶着日光，发出水银色焰。凡是我所经过的河，都是如此。

现在我所见的故事也如此。水中的青天的底子，一切事物统在上面交错，织成一篇，永是生动，永是展开，我看不见这一篇的结束。

河边枯柳树下的几株瘦削的一丈红，该是村女种的罢。大红花和斑红花，都在水里面浮动，忽而碎散，拉长了，缕缕的胭脂水，然而没有晕。茅屋，狗，塔，村女，云，……也都浮动着。大红花一朵朵全被拉长了，这时是泼剌奔迸的红锦带。

带织入狗中，狗织入白云中，白云织入村女中……在一瞬间，他们又退缩了。但斑红花影也已碎散，伸长，就要织进塔、村女、狗、茅屋、云里去了。

现在我所见的故事清楚起来了，美丽，幽雅，有趣，而且分明。青天上面，有无数美的人和美的事，我一一看见，一一知道。

我就要凝视他们……

我正要凝视他们时，骤然一惊，睁开眼，云锦也已皱蹙，凌乱，仿佛有谁掷一块大石下河水中，水波陡然起立，将整篇的影子撕成片片了。我无意识地赶忙捏住几乎坠地的《初学记》，眼前还剩着几点虹霓色的碎影。

我真爱这一篇好的故事，趁碎影还在，我要追回他，完成他，留下他。我抛了书，欠身伸手去取笔，——何尝有一丝碎影，只见昏暗的灯光，我不在小船里了。

但我总记得见过这一篇好的故事，在昏沉的夜……

一九二五年二月二十四日

这是一个昏暗的夜，便是作者所给读者创造的一个语言环境。这是一段比较直白的开头，营造了一个较阴郁的气氛，连灯所剩的油也

鲁迅散文中学生读本 139

不多了，灯罩昏暗。

然而，随着文章的发展，作者做了一个奇幻的梦，梦到了在恬静而和谐美好的村庄里平和的生活。在此章节，作者着力描写了许多景致，把河中的倒影也是刻化得淋漓尽致。之后，又从风景引向生活，表现了乡村祥和的生活，愉快的工作，人们安居乐业，让读者陶醉在如诗如画的意境中，品味美好。

就在这时，鲁迅的笔又把我们拉回现实。正如前文所讲，这只是一个故事，"眼前也只有几片霓红色的碎影"。一个转折，也使作为读者的心情从高峰跌落到了低谷，又回到了黑暗的屋子里，又在昏暗的灯下。

整篇文章从现实到虚幻，又返回现实，这也正是鲁迅之文的绝妙精辟之处。黑暗屋子好比当时黑暗的社会，因为作者写此文的年代处在一九二二年，正逢各国列强想把中国沦为一个半封建半殖民地的落后贫瘠的国家，而鲁迅并没有向他们低头，他用自己的笔描绘着当时那个阴暗的社会。

中间穿插的一段梦境般世界象征着鲁迅对光明的渴求，对光明的希望，盼望着中国人能够有如此美好的生活，过上幸福的日子，国家日益富强，人民安居乐业，社会秩序安定。作者鲁迅强烈地表达了这一渴望。

最终梦想的幻灭也是根据所处背景所描写的，写出了希望的渺茫，而所述的一切，不过是一个故事而已。

作者借此文表达了自己对幸福生活的渴望，对黑暗社会的强烈抨击与反抗，以及对还在混沌中的人们觉醒的呼吁。但其文未直白说之，而是借以巧妙的暗喻表之，堪称妙文。

父亲的病①

　　大约十多年前，S 城②中曾经盛传过一个名医的故事：
　　他出诊原来是一元四角，特拔十元，深夜加倍，出城又加倍。有一夜，一家城外人家的闺女生急病，来请他了，因为他其时已经阔得不耐烦，便非一百元不去。他们只得都依他。待去时，却只是草草地一看，说道"不要紧的"，开一张方，拿了一百元就走。那病家似乎很有钱，第二天又来请了。他一到门，只见主人笑面承迎，道，"昨晚服了先生的药，好得多了，所以再请你来复诊一回。"仍旧引到房里，老妈子便将病人的手拉出帐外来。他一按，冷冰冰的，也没有脉，于是点点头道，"唔，这病我明白了。"从从容容走到桌前，取了药方纸，提笔写道：——
　　"凭票付英洋壹③百元正。"下面是署名，画押。
　　"先生，这病看来很不轻了，用药怕还得重一点罢。"主人在背后说。
　　"可以，"他说。于是另开了一张方：
　　"凭票付英洋贰百元正。"下面仍是署名，画押。
　　这样，主人就收了药方，很客气地送他出来了。

我曾经和这名医周旋过两整年,因为他隔日一回,来诊我的父亲的病。那时虽然已经很有名,但还不至于阔得这样不耐烦;可是诊金却已经是一元四角。现在的都市上,诊金一次十元并不算奇,可是那时是一元四角已是巨款,很不容易张罗的了;又何况是隔日一次。他大概的确有些特别,据舆论说,用药就与众不同。我不知道药品,所觉得的,就是"药引"的难得,新方一换,就得忙一大场。先买药,再寻药引。"生姜"两片,竹叶十片去尖,他是不用的了。起码是芦根,须到河边去掘;一到经霜三年的甘蔗,便至少也得搜寻两三天。可是说也奇怪,大约后来总没有购求不到的。

据舆论说,神妙就在这地方。先前有一个病人,百药无效;待到遇见了什么叶天士④先生,只在旧方上加了一味药引:梧桐叶。只一服,便霍然而愈了。"医者,意也。"⑤其时是秋天,而梧桐先知秋气。其先百药不投,今以秋气动之,以气感气,所以……。我虽然并不了然,但也十分佩服,知道凡有灵药,一定是很不容易得到的,求仙的人,甚至于还要拼了性命,跑进深山里去采呢。

这样有两年,渐渐地熟识,几乎是朋友了。父亲的水肿是逐日利害,将要不能起床;我对于经霜三年的甘蔗之流也逐渐失了信仰,采办药引似乎再没有先前一般踊跃了。正在这时候,他有一天来诊,问过病状,便极其诚恳地说:——

"我所有的学问,都用尽了。这里还有一位陈莲河先生,本领比我高。我荐他来看一看,我可以写一封信。可是,病是不要紧的,不过经他的手,可以格外好得快……。"

这一天似乎大家都有些不欢,仍然由我恭敬地送他上轿。进来时,看见父亲的脸色很异样,和大家谈论,大意是说自己的病大概没有希望的了;他因为看了两年,毫无效验,脸又太熟了,未免有些难以为情,所以等到危急时候,

便荐一个生手自代,和自己完全脱了干系。但另外有什么法子呢?本城的名医,除他之外,实在也只有一个陈莲河⑥了。明天就请陈莲河。

陈莲河的诊金也是一元四角。但前回的名医的脸是圆而胖的,他却长而胖了:这一点颇不同。还有用药也不同。前回的名医是一个人还可以办的,这一回却是一个人有些办不妥帖了,因为他一张药方上,总兼有一种特别的丸散和一种奇特的药引。

芦根和经霜三年的甘蔗,他就从来没有用过。最平常的是"蟋蟀一对",旁注小字道:"要原配,即本在一窠中者。"似乎昆虫也要贞节,续弦或再醮,连做药资格也丧失了。但这差使在我并不为难,走进百草园,十对也容易得,将它们用线一缚,活活地掷入沸汤中完事。然而还有"平地木⑦十株"呢,这可谁也不知道是什么东西了,问药店,问乡下人,问卖草药的,问老年人,问读书人,问木匠,都只是摇摇头,临末才记起了那远房的叔祖,爱种一点花木的老人,跑去一问,他果然知道,是生在山中树下的一种小树,能结红子如小珊瑚珠的,普通都称为"老弗大"。

"踏破铁鞋无觅处,得来全不费功夫。"药引寻到了,然而还有一种特别的丸药:败鼓皮丸。这"败鼓皮丸"就是用打破的旧鼓皮做成;水肿一名鼓胀,一用打破的鼓皮自然就可以克伏他。清朝的刚毅因为憎恨"洋鬼子",预备打他们,练了些兵称作"虎神营⑧",取虎能食羊,神能伏鬼的意思,也就是这道理。可惜这一种神药,全城中只有一家出售的,离我家就有五里,但这却不像平地木那样,必须暗中摸索了,陈莲河先生开方之后,就恳切详细地给我们说明。

"我有一种丹,"有一回陈莲河先生说,"点在舌上,我想一定可以见效。因为舌乃心之灵苗……。价钱也并不贵,只要两块钱一盒……。"

我父亲沉思了一会,摇摇头。

"我这样用药还会不大见效,"有一回陈莲河先生又说,"我想,可以请人看一看,可有什么冤愆……。医能医病,不能医命,对不对?自然,这也许是前世的事……。"

我的父亲沉思了一会,摇摇头。

凡国手,都能够起死回生的,我们走过医生的门前,常可以看见这样的匾额。现在是让步一点了,连医生自己也说道:"西医长于外科,中医长于内科。"但是S城那时不但没有西医,并且谁也还没有想到天下有所谓西医,因此无论什么,都只能由轩辕岐伯⑨的嫡派门徒包办。轩辕时候是巫医不分的,所以直到现在,他的门徒就还见鬼,而且觉得"舌乃心之灵苗"。这就是中国人的"命",连名医也无从医治的。

不肯用灵丹点在舌头上,又想不出"冤愆"来,自然,单吃了一百多天的"败鼓皮丸"有什么用呢?依然打不破水肿,父亲终于躺在床上喘气了。还请一回陈莲河先生,这回是特拔,大洋十元。他仍旧泰然地开了一张方,但已停止败鼓皮丸不用,药引也不很神妙了,所以只消半天,药就煎好,灌下去,却从口角上回了出来。

从此我便不再和陈莲河先生周旋,只在街上有时看见他坐在三名轿夫的快轿里飞一般抬过;听说他现在还康健,一面行医,一面还做中医什么学报⑩,正在和只长于外科的西医奋斗哩。

中西的思想确乎有一点不同。听说中国的孝子们,一到将要"罪孽深重祸延父母"⑪的时候,就买几斤人参,煎汤灌下去,希望父母多喘几天气,即使半天也好。我的一位教医学的先生却教给我医生的职务道:可医的应该给他医治,

不可医的应该给他死得没有痛苦。——但这先生自然是西医。

父亲的喘气颇长久，连我也听得很吃力，然而谁也不能帮助他。我有时竟至于电光一闪似的想道："还是快一点喘完了罢……。"立刻觉得这思想就不该，就是犯了罪；但同时又觉得这思想实在是正当的，我很爱我的父亲。便是现在，也还是这样想。

早晨，住在一门里的衍太太进来了。她是一个精通礼节的妇人，说我们不应该空等着。于是给他换衣服；又将纸锭和一种什么《高王经》⑫烧成灰，用纸包了给他捏在拳头里……

"叫呀，你父亲要断气了。快叫呀！"衍太太⑬说。

"父亲！父亲！"我就叫起来。

"大声！他听不见。还不快叫？！"

"父亲！！！父亲！！！"

他已经平静下去的脸，忽然紧张了，将眼微微一睁，仿佛有一些苦痛。

"叫呀！快叫呀！"她催促说。

"父亲！！！"

"什么呢？……不要嚷。……不……。"他低低地说，又较急地喘着气，好一会，这才复了原状，平静下去了。

"父亲！！！"我还叫他，一直到他咽了气。

我现在还听到那时的自己的这声音，每听到时，就觉得这却是我对于父亲的最大的错处。

十月七日

【注释】

①文章最初发表于一九二六年十一月十日《莽原》半月刊第一卷第二十一期。

②S城：这里指绍兴城。

③英洋：即"鹰洋"，墨西哥银元，币面铸有鹰的图案。鸦片战争后曾大量流入我国。

④叶天士：名桂，号香岩，江苏吴县人。清乾隆时名医。他的门生曾搜集其药方编成《临证指南医案》十卷。

⑤"医者，意也。"：语出《后汉书·郭玉传》："医之为言，意也。腠理至微，随气用巧。"

⑥陈莲河：指何廉臣，当时绍兴的中医。

⑦平地木：即紫金牛，常绿小灌木，一种药用植物。

⑧"虎神营"：清末端郡王载漪（文中说是刚毅，似误记）创设和率领的皇室卫队。李希圣在《庚子国变记》中说："虎神营者，虎食羊而神治鬼，所以诅之也。"

⑨轩辕岐伯：指古代名医。轩辕，即黄帝，传说中的上古帝王；岐伯，传说中的上古名医。今所传著名医学古籍《黄帝内经》，是战国秦汉时医家托名黄帝与岐伯所作。

⑩中医什么学报：指《绍兴医药月报》。一九二四年春创刊，何廉臣任副编辑，在第一期上发表《本报宗旨之宣言》，宣扬"国粹"。

⑪"罪孽深重祸延父母"：旧时一些人在父母死后印发的讣闻中，常有"不孝男××、罪孽深重不自殒灭祸延显考（或显妣）……"等一类套话。

⑫《高王经》：即《高王观世音》。据《魏书·卢景裕传》："……有人负罪当死，梦沙门教讲经，觉时如所梦，默诵千遍，临刑刀折，主者以闻，赦之。此经遂行于世，号曰《高王观世音》。"旧俗在人死时，把《高王经》烧成灰，捏在死者手里，大概即源于这类故事，意思是死者到"阴间"如受刑时可减少痛苦。

⑬衍太太：作者从叔祖周子传的妻子。

阅读指要

《父亲的病》选自鲁迅的散文集《朝花夕拾》，最初发表于一九二六年十一月十日《莽原》半月刊第一卷第二十一期。

《父亲的病》以平和的语调，缓缓道来，叙的有些不是滋味。这煎熬在"滋味"中的是读者，更是笔者。鲁迅阅世颇深，有种种不忍见、不忍闻的事实，而自己又有一种理想的世界，蕴积既久，非一吐不快。可以说，当世当时，鲁迅是最大的清醒者，而往事的痛楚，就成为这位"清醒者"无尽的"煎熬"。

作者用讽刺的笔调写了庸医误人，以两个"名医"的药引一个比一个独特，表现了某些中医的故作高深，通过他们的相继借故辞去，体现出父亲的病一步步恶化，通过家庭的变故表达了对庸医误人的深切的痛恨，在感叹中让人体会人生的伤悲。

第一份"煎熬"——"我曾经和这名医周旋过两整年。"

十年前，鲁迅，十六岁，不是不懂，只是不太懂。他与"名医"周旋的两年，在十年后的他看来：荒唐、无知甚而可悲。我、我们大家忙活采办"药引"，我"恭敬地送他上轿"，我走进百草园找"原配的蟋蟀"，我为了父亲"问药店，问乡下人，问卖草药的，问老年人，问读书人，问木匠"，回念一想，只是被游戏了一场。医者"游戏"了生者，生者却"游戏"了病者。鲁迅是个批判家，批判的不只有别人，社会，亦有自己。

第二份"煎熬"——"我现在还听到那时自己的这声音，每听到时，就觉得这却是我对于父亲最大的错处。"

"父亲的喘气颇长久，连我也听得很吃力，然而谁也不能帮助他。我有时竟至于电光一闪似的想道，'还是快一点喘完了罢……。'立刻觉得这思想就不该，就是犯了罪；但同时又觉得这思想实在是正当的，我很爱我的父亲。便是现在，也还是这样想。"这是最真实也最真切的人性情感，有对于生命尊重的理智思考，以及深爱父亲不忍丢弃的情

感纠葛。这种矛盾直到现在也深埋在人的潜意识里。然而，在精通礼节的妇人衍太太"催促"下，我一遍遍念叨"父亲！父亲！"使得父亲"已经平静下去的脸，忽然紧张了，眼微微一睁，仿佛有一些痛苦。"这是非理智的做法，于活着的人是情感的慰藉，于死者却是痛苦。鲁迅明白这种痛，父亲想安静地走，呻吟道"什么呢？……不要嚷。……不……"焦急地喘着气，我却"还"叫他，一直到他咽了气。

最不忍回念的往事，鲁迅却将此一字一字地刻了下来。鲁迅学医的时候，伦理学成绩有八十三分。至此，我们可以想象，这份煎熬之深——伤口深处是浓浓的爱，而他只能用痛去疗伤。

第三份"煎熬"——"从此我便不再和陈莲河先生周旋，……正在和只长于外科的西医奋斗哩。"

古有言："药医不死病。"医术不是仙术，毕竟不是万能的。这是事实，更是科学。然而，科学定然不是每个人都懂得的，即便是事实也不是每个人都愿意接受的。在这"定然"与"即便"中，庸医便有了最好的温床。中医学在中国传统文化氛围中运行，不可避免渗入了封建文化思想。医道堕入巫道，除去人品之外，也是当时社会风气所致。药资之昂贵，行医之敷衍，思想之顽固，可见"名医"不在行医治病救人，旨在为利为己，有类于披着羊皮之狼，挂着羊头卖狗肉。鲁迅，视这样的温床，视这样"名医"之"奋斗"，愤懑之余也让学医的自己深陷煎熬。这是我们难以感同身受的。

在《写在〈坟〉后面》中，鲁迅写道："我的确时时解剖别人，然而更多的是更无情地解剖自己……"《论睁开了眼看》他痛斥"中国人的不敢正视各方面，用瞒和骗，造出奇妙的逃路来，而自以为正路……一天天满足着，即一天天堕落着……"。我们敬畏鲁迅先生的那份"清醒"，更愿意同担起他那份"煎熬"。

《二十四孝图》①

　　我总要上下四方寻求,得到一种最黑,最黑,最黑的咒文,先来诅咒一切反对白话,妨害白话者。即使人死了真有灵魂,因这最恶的心,应该堕入地狱,也将决不改悔,总要先来诅咒一切反对白话,妨害白话者。

　　自从所谓"文学革命"②以来,供给孩子的书籍,和欧、美、日本的一比较,虽然很可怜,但总算有图可说,只要能读下去,就可以懂得的了。可是一般别有心肠的人们,便竭力来阻遏它,要使孩子的世界中,没有一丝乐趣。北京现在常用"马虎子"这一句话来恐吓孩子们。或者说,那就是《开河记》③上所载的,给隋炀帝开河,蒸死小儿的麻叔谋;正确地写起来,须是"麻胡子"。那么,这麻叔谋乃是胡人④了。但无论他是什么人,他的吃小孩究竟也还有限,不过尽他的一生。妨害白话者的流毒却甚于洪水猛兽,非常广大,也非常长久,能使全中国化成一个麻胡,凡有孩子都死在他肚子里。

　　只要对于白话来加以谋害者,都应该灭亡!

　　这些话,绅士们自然难免要掩住耳朵的,因为就是所谓

"跳到半天空,骂得体无完肤,——还不肯罢休。"⑤而且文士们一定也要骂,以为大悖于"文格",亦即大损于"人格"。岂不是"言者心声也"⑥么?"文"和"人"当然是相关的,虽然人间世本来千奇百怪,教授们中也有"不尊敬"作者的人格而不能"不说他的小说好"⑦的特别种族。但这些我都不管,因为我幸而还没有爬上"象牙之塔"⑧去,正无须怎样小心。倘若无意中竟已撞上了,那就即刻跌下来罢。然而在跌下来的中途,当还未到地之前,还要说一遍:

只要对于白话来加以谋害者,都应该灭亡!

每看见小学生欢天喜地地看着一本粗拙的《儿童世界》⑨之类,另想到别国的儿童用书的精美,自然要觉得中国儿童的可怜。但回忆起我和我的同窗小友的童年,却不能不以为他幸福,给我们的永逝的韶光一个悲哀的吊唁。我们那时有什么可看呢,只要略有图画的本子,就要被塾师,就是当时的"引导青年的前辈"禁止,呵斥,甚而至于打手心。我的小同学因为专读"人之初性本善"⑩读得要枯燥而死了,只好偷偷地翻开第一页,看那题着"文星高照"四个字的恶鬼一般的魁星⑪像,来满足他幼稚的爱美的天性。昨天看这个,今天也看这个,然而他们的眼睛里还闪出苏醒和欢喜的光辉来。

在书塾以外,禁令可比较的宽了,但这是说自己的事,各人大概不一样。我能在大众面前,冠冕堂皇地阅看的,是《文昌帝君阴骘文图说》⑫和《玉历钞传》⑬,都画着冥冥之中赏善罚恶的故事,雷公电母站在云中,牛头马面布满地下,不但"跳到半天空"是触犯天条的,即使半语不合,一念偶差,也都得受相当的报应。这所报的也并非"睚眦之怨"⑭,因为那地方是鬼神为君,"公理"作宰,请酒下跪,全都无功,简直是无法可想。在中国的天地间,不但做人,便是做鬼,也艰难极了。然而究竟很有比阳间更好的处所:

无所谓"绅士",也没有"流言"。

阴间,倘要稳妥,是颂扬不得的。尤其是常常好弄笔墨的人,在现在的中国,流言的治下,而又大谈"言行一致"⑮的时候。前车可鉴,听说阿尔志跋绥夫⑯曾答一个少女的质问说,"惟有在人生的事实这本身中寻出欢喜者,可以活下去。倘若在那里什么也不见,他们其实倒不如死。"于是乎有一个叫作密哈罗夫的,寄信嘲骂他道,"……所以我完全诚实地劝你自杀来祸福你自己的生命,因为这第一是合于逻辑,第二是你的言语和行为不至于背驰。"

其实这论法就是谋杀,他就这样地在他的人生中寻出欢喜来。阿尔志跋绥夫只发了一大通牢骚,没有自杀。密哈罗夫先生后来不知道怎样,这一个欢喜失掉了,或者另外又寻到了"什么"了罢。诚然,"这些时候,勇敢,是安稳的;情热,是毫无危险的。"

然而,对于阴间,我终于已经颂扬过了,无法追改;虽有"言行不符"之嫌,但确没有受过阎王或小鬼的半文津贴,则差可以自解。总而言之,还是仍然写下去罢:

我所看的那些阴间的图画,都是家藏的老书,并非我所专有。我所收得的最先的画图本子,是一位长辈的赠品:《二十四孝图》⑰。这虽然不过薄薄的一本书,但是下图上说,鬼少人多,又为我一人所独有,使我高兴极了。那里面的故事,似乎是谁都知道的;便是不识字的人,例如阿长,也只要一看图画便能够滔滔地讲出这一段的事迹。但是,我于高兴之余,接着就是扫兴,因为我请人讲完了二十四个故事之后,才知道"孝"有如此之难,对于先前痴心妄想,想做孝子的计划,完全绝望了。

"人之初,性本善"么?这并非现在要加研究的问题。但我还依稀记得,我幼小时候实未尝蓄意忤逆,对于父母,

倒是极愿意孝顺的。不过年幼无知，只用了私见来解释"孝顺"的做法，以为无非是"听话"，"从命"，以及长大之后，给年老的父母好好地吃饭罢了。自从得了《孝子》这一本教科书以后，才知道并不然，而且还要难到几十几百倍。其中自然也有可以勉力仿效的，如"子路负米"[18]，"黄香扇枕"[19]之类的。"陆绩怀橘"[20]也并不难，只要有阔人请我吃饭。"鲁迅先生作宾客而怀橘乎？"我便跪答云，"吾母性之所爱，欲归以遗母。"阔人十分佩服，于是孝子就做稳了，也非常省事。"哭竹生笋"[21]就可疑，怕我的精诚未必会这样感动天地。但是哭不出笋来，还不过抛脸而已，到"卧冰求鲤"[22]，可就有性命之虞了。我乡的天气是温和的，严冬中，水面也只结一层薄冰，即使孩子的重量怎样小，躺上去，也一定哗喇一声，冰破落水，鲤鱼还不及游过来。自然，必须不顾性命，这才孝感神明，会有出乎意料之外的奇迹，但那时我还小，实在不明白这些。

其中最使我不解，甚至于发生反感的，是"老莱娱亲"[23]和"郭巨埋儿"[24]两件事。

我至今还记得，一个躺在父母跟前的老头子，一个抱在母亲手上的小孩子，是怎样地使我发生不同的感想呵。他们一手都拿着"摇咕咚"。这玩意儿确是可爱的，北京称为小鼓，盖即鼗也，朱熹[25]曰："鼗，小鼓，两旁有耳；持其柄而摇之，则旁耳还自击。"咕咚咕咚地响起来。然而这东西是不该拿在老莱子手里的，他应该扶一支拐杖。现在这模样，简直是装佯，侮辱了孩子。我没有再看第二回，一到这一页，便急速地翻过去了。

那时的《二十四孝图》，早已不知去向了，目下所有的只是一本日本小田海僊[26]所画的本子，叙老莱子事云："行年七十，言不称老，常著五色斑斓之衣，为婴儿戏于亲侧。

152 ■鲁迅散文中学生读本

又常取水上堂,诈跌仆地,作婴儿啼,以娱亲意。"大约旧本也差不多,而招我反感的便是"诈跌"。无论忤逆,无论孝顺,小孩子多不愿意"诈"作,听故事也不喜欢是谣言,这是凡有稍稍留心儿童心理的都知道的。

然而在较古的书上一查,却还不至于如此虚伪。师觉授㉗《孝子传》云,"老莱子……常衣斑斓之衣,为亲取饮,上堂脚跌,恐伤父母之心,僵仆为婴儿啼。"(《太平御览》㉘四百十三引)较之今说,似稍近于人情。不知怎地,后之君子却一定要改得他"诈"起来,心里才能舒服。邓伯道弃子救侄㉙,想来也不过"弃"而已矣,昏妄人也必须说他将儿子捆在树上,使他追不上来才肯歇手。正如将"肉麻当作有趣"一般,以不情为伦纪㉚,诬蔑了古人,教坏了后人。老莱子即是一例,道学先生㉛以为他白璧无瑕时,他却已在孩子的心中死掉了。

至于玩着"摇咕咚"的郭巨的儿子,却实在值得同情。他被抱在他母亲的臂膊上,高高兴兴地笑着;他的父亲却正在掘窟窿,要将他埋掉了。说明云,"汉郭巨家贫,有子三岁,母尝减食与之。巨谓妻曰,贫乏不能供母,子又分母之食。盍埋此子?"但是刘向㉜《孝子传》所说,却又有些不同:巨家是富的,他都给了两弟;孩子是才生的,并没有到三岁。结末又大略相像了,"及掘坑二尺,得黄金一釜,上云:天赐郭巨,官不得取,民不得夺!"

我最初实在替这孩子捏一把汗,待到掘出黄金一釜,这才觉得轻松。然而我已经不但自己不敢再想做孝子,并且怕我父亲去做孝子了。家景正在坏下去,常听到父母愁柴米;祖母又老了,倘使我的父亲竟学了郭巨,那么,该埋的不正是我么?如果一丝不走样,也掘出一釜黄金来,那自然是如天之福,但是,那时我虽然年纪小,似乎也明白天下未必有这样的巧事。

现在想起来，实在很觉得傻气。这是因为现在已经知道了这些老玩意，本来谁也不实行。整饬伦纪的文电是常有的，却很少见绅士赤条条地躺在冰上面，将军跳下汽车去负米。何况现在早长大了，看过几部古书，买过几本新书，什么《太平御览》咧，《古孝子传》㉝咧，《人口问题》咧，《节制生育》咧，《二十世纪是儿童的世界》咧，可以抵抗被埋的理由多得很。不过彼一时，此一时，彼时我委实有点害怕：掘好深坑，不见黄金，连"摇咕咚"一同埋下去，盖上土，踏得实实的，又有什么法子可想呢。我想，事情虽然未必实现，但我从此总怕听到我的父母愁穷，怕看见我的白发的祖母，总觉得她是和我不两立，至少，也是一个和我的生命有些妨碍的人。后来这印象日见其淡了，但总有一些留遗，一直到她去世——这大概是送给《二十四孝图》的儒者所万料不到的罢。

五月十日

【注释】

①本篇最初发表于一九二六年五月二十五日《莽原》半月刊第一卷第十期。

②"文学革命"："五四"时期反对旧文学、提倡新文学的运动。

③《开河记》：传奇小说，宋代人作。

④胡人：中国古代汉人称除了汉人以外部族的称呼，通常是指中国北方以及西方的游牧民族，主要包括匈奴、鲜卑、氐、羌、吐蕃、突厥、契丹、女真等部落，带有藐视的意义，指其为不文明、未开化的化外之民。

⑤"跳到半天空"等语，是陈西滢在一九二六年一月三

十日《晨报副刊》发表的《致志摩》中攻击鲁迅的话。

⑥"言者心声也":意思是说,语言和文章是人的思想的表现。

⑦不能"不说他的小说好":陈西滢在《现代评论》的《闲话》中说:"我不能因为我不尊敬鲁迅先生的人格,就不说他的小说好,我也不能因为佩服他的小说,就称赞他其余的文章。"

⑧"象牙之塔":后用以比喻脱离现实生活的艺术家的小天地。

⑨《儿童世界》:一种供高小程度儿童阅读的周刊,内容分诗歌、童话、故事、谜语、笑话和儿童创作等。

⑩"人之初性本善":旧时学塾通用的初级读物《三字经》的首二句。

⑪魁星:奎星的俗称,原是我国古代天文学中二十八宿之一。

⑫《文昌帝君阴骘文图说》:是宣传因果报应的画集。阴骘即阴德。

⑬《玉历钞传》:全称《玉历至宝钞传》,是一部宣传迷信的书。

⑭"睚眦之怨":意即小小的仇恨。

⑮大谈"言行一致":陈西滢曾说:"言行不相顾本没有多大稀罕,世界上多的是这样的人。讲革命的做官僚,讲言论自由的烧报馆。"

⑯阿尔志跋绥夫:俄国小说家。

⑰《二十四孝图》:是旧时宣扬封建孝道的通俗读物。

⑱"子路负米":子路,姓仲名由,春秋时鲁国下(在今山东泗水)人。孔丘的学生。

⑲"黄香扇枕":黄香,东汉安陆(今属湖北)人。九岁

丧母,《东观汉记》中说他对父亲"尽心供养……暑即扇床枕,寒即以身温席"。

⑳"陆绩怀橘":陆绩,三国时吴国吴县华亭(今上海市松江)人。

㉑"哭竹生笋":三国时吴国孟宗的故事。

㉒"卧冰求鲤":晋代王祥的故事。

㉓"老莱娱亲":老莱,传说是春秋时楚国人。《艺文类聚·人部》记有他七十岁时穿五色彩衣诈跌"娱亲"的故事。

㉔"郭巨埋儿":郭巨埋儿奉母的故事。

㉕朱熹:字元晦,徽州婺源(今属江西)人。

㉖小田海僊:日本江户幕府末期的文人画家。

㉗师觉授:南朝宋涅阳人。

㉘《太平御览》:类书名。宋太平兴国二年,李昉等奉敕撰。

㉙邓伯道弃子救侄:邓伯道,名攸,晋代平阳襄陵(今属山西)人。据《晋书·邓攸传》载,石勒攻晋的战乱中,他全家出外逃难,途中曾弃子救侄。

㉚伦纪:即伦常、纲纪,指封建道德规定的人与人之间应该遵守的相互关系准则。

㉛道学先生:指信奉和宣扬这种学说的人。

㉜刘向:字子政,西汉沛(今江苏沛县)人。

㉝《古孝子传》:清代茆泮林编,是从"类书"中辑录刘向、萧广济、王歆、王韶之、周景式、师觉授、宋躬、虞盘佑、郑辑等已散佚的《孝子传》成书,收笔记《梅瑞轩十种古逸书》中。

《二十四孝图》揭示的是封建孝道的虚伪和残酷。作品着重分析了"卧冰求鲤""老莱娱亲""郭巨埋儿"等孝道故事,指斥这类封建孝

道不顾儿童的性命，将"肉麻当作有趣"，"以不情为伦纪，诬蔑了古人，教坏了后人"。作品对当时反对白话文、提倡复古的倾向予以了尖锐的抨击。所谓《二十四孝图》是一本讲中国古代二十四个孝子故事的书，主要目的是宣扬封建的孝道。但其中的"老莱娱亲"和"郭巨埋儿""尝粪忧心"令人发指。郭巨虽有孝心，但杀儿之举，却有违人性，不合儒家"天地之性，人为贵"的人本观念。看似大孝，其实是残忍。古有为父母治病舍身的，也有割股肉以解父母想吃肉之念的，今有为父母治病献五脏的，极少有为父母去杀人的。为了节约粮食，就想把自己的亲生儿子杀了，一则有违老母爱孙之心，二则陷老母于不仁。所以后来有人把这种孝举，称为"愚孝"。随便一翻《二十四孝图》，这样的字眼映入眼帘："卖身葬父""埋儿奉母""哭竹生笋""刻木事亲""埋儿奉母"让人感到冷酷无情；"孝感动天""卧冰求鲤""哭竹生笋"迷信思想严重；"尝粪忧心"则让人恶心。

封建时代的信仰与理念并非都是要继承或抛弃的。但是孝乃百善之首，如何正确地进行理解才是最正确的。作为有五千年文明历史的中国，理当传承发扬！但这样的愚孝是可悲的，而捍卫这些的披着羊皮的卫道士们更是可耻的！

郁达夫是这样形容鲁迅的文字的："鲁迅的文体简练得像一把匕首，能以寸铁杀人，一刀见血，重要之点，抓住之后，只消三言两语就可以把主题道破。"是的，这个特点在《二十四孝图》这篇文章中表现得一览无遗。一开头，便以"寻咒"从侧面点出中心，接下来便诉说了一段他童年的一段故事。其实，鲁迅先生是话中有话啊，他借着说童年看《二十四孝图》的事情，其实反映了当时社会的黑暗——即对儿童的不重视。儿童都读不到他们应该读的书，而人们却熟视无睹，这难道不该引起我们的反思吗？

无常①

迎神赛会这一天出巡的神,如果是掌握生杀之权的,——不,这生杀之权四个字不大妥,凡是神,在中国仿佛都有些随意杀人的权柄似的,倒不如说是职掌人民的生死大事的罢,就如城隍②和东岳大帝③之类。那么,他的卤簿④中间就另有一群特别的角色:鬼卒、鬼王,还有活无常⑤。这些鬼物们,大概都是由粗人和乡下人扮演的。鬼卒和鬼王是红红绿绿的衣裳,赤着脚;蓝脸,上面又画些鱼鳞,也许是龙鳞或别的什么鳞罢,我不大清楚。鬼卒拿着钢叉,叉环振得琅琅地响,鬼王拿的是一块小小的虎头牌。据传说,鬼王是只用一只脚走路的;但他究竟是乡下人,虽然脸上已经画上些鱼鳞或者别的什么鳞,却仍然只得用了两只脚走路。所以看客对于他们不很敬畏,也不大留心,除了念佛老妪和她的孙子们为面面圆到起见,也照例给他们一个"不胜屏营待命之至"⑥的仪节。

至于我们——我相信:我和许多人——所最愿意看的,却在活无常。他不但活泼而诙谐,单是那浑身雪白这一点,在红红绿绿中就有"鹤立鸡群"之感。只要望见一顶白纸的

高帽子和他手里的破芭蕉扇的影子，大家就都有些紧张，而且高兴起来了。人民之于鬼物，惟独与他最为稔熟，也最为亲密，平时也常常可以遇见他。譬如城隍庙或东岳庙中，大殿后面就有一间暗室，叫作"阴司间"，在才可辨色的昏暗中，塑着各种鬼：吊死鬼、跌死鬼、虎伤鬼、科场鬼，……而一进门口所看见的长而白的东西就是他。我虽然也曾瞻仰过一回这"阴司间"，但那时胆子小，没有看明白。听说他一手还拿着铁索，因为他是勾摄生魂的使者。相传樊江⑦东岳庙的"阴司间"的构造，本来是极其特别的：门口是一块活板，人一进门，踏着活板的这一端，塑在那一端的他便扑过来，铁索正套在你脖子上。后来吓死了一个人，钉实了，所以在我幼小的时候，这就已不能动。

倘使要看个分明，那么，《玉历钞传》上就画着他的像，不过《玉历钞传》也有繁简不同的本子的，倘是繁本，就一定有。身上穿的是斩衰凶服⑧，腰间束的是草绳，脚穿草鞋，项挂纸锭⑨；手上是破芭蕉扇、铁索、算盘；肩膀是耸起的，头发却披下来；眉眼的外梢都向下，像一个"八"字。头上一顶长方帽，下大顶小，按比例一算，该有二尺来高罢；在正面，就是遗老遗少们所戴瓜皮小帽的缀一粒珠子或一块宝石的地方，直写着四个字道："一见有喜"。有一种本子上，却写的是"你也来了"。这四个字，是有时也见于包公殿⑩的匾额上的，至于他的帽上是何人所写，他自己还是阎罗王，我可没有研究出。

《玉历钞传》上还有一种和活无常相对的鬼物，装束也相仿，叫作"死有分"。这在迎神时候也有的，但名称却讹作死无常了，黑脸、黑衣，谁也不爱看。在"阴司间"里也有的，胸口靠着墙壁，阴森森地站着；那才真真是"碰壁"⑪。凡有进去烧香的人们，必须摩一摩他的脊梁，据说可以摆脱

了晦气；我小时也曾摩过这脊梁来，然而晦气似乎终于没有脱，——也许那时不摩，现在的晦气还要重罢，这一节也还是没有研究出。我也没有研究过小乘佛教⑫的经典，但据耳食之谈，则在印度的佛经里，焰摩天⑬是有的，牛首阿旁⑭也有的，都在地狱里做主任。至于勾摄生魂的使者的这无常先生，却似乎于古无征，耳所习闻的只有什么"人生无常"之类的话。大概这意思传到中国之后，人们便将他具体化了。这实在是我们中国人的创作。

然而人们一见他，为什么就都有些紧张，而且高兴起来呢？

凡有一处地方，如果出了文士学者或名流，他将笔头一扭，就很容易变成"模范县"⑮。我的故乡，在汉末虽曾经虞仲翔⑯先生揄扬过，但是那究竟太早了，后来到底免不了产生所谓"绍兴师爷"⑰，不过也并非男女老小全是"绍兴师爷"，别的"下等人"也不少。这些"下等人"，要他们发什么"我们现在走的是一条狭窄险阻的小路，左面是一个广漠无际的泥潭，右面也是一片广漠无际的浮砂，前面是遥遥茫茫荫在薄雾的里面的目的地"⑱那样热昏似的妙语，是办不到的，可是在无意中，看得住这"荫在薄雾的里面的目的地"的道路很明白：求婚，结婚，养孩子，死亡。但这自然是专就我的故乡而言，若是"模范县"里的人民，那当然又作别论。他们——敝同乡"下等人"——的许多，活着，苦着，被流言，被反噬，因了积久的经验，知道阳间维持"公理"的只有一个会⑲，而且这会的本身就是"遥遥茫茫"，于是乎势不得不发生对于阴间的神往。人是大抵自以为衔些冤抑的；活的"正人君子"们只能骗鸟⑳，若问愚民，他就可以不假思索地回答你：公正的裁判是在阴间！想到生的乐趣，生固然可以留恋；但想到生的苦趣，无常也不一定是恶客。无论贵贱，无论贫富，其实都是"一双空手见阎王"㉑，

有冤的得伸，有罪的就得罚。然而虽说是"下等人"，也何尝没有反省？自己做了一世人，又怎么样呢？未曾"跳到半天空"么？没有"放冷箭"㉒么？无常的手里就拿着大算盘，你摆尽臭架子也无益。对付别人要滴水不羼的公理，对自己总还不如虽在阴司里也还能够寻到一点私情。然而那又究竟是阴间，阎罗天子㉓、牛首阿旁，还有中国人自己想出来的马面㉔，都是并不兼差，真正主持公理的脚色，虽然他们并没有在报上发表过什么大文章。当还未做鬼之前，有时先不欺心的人们，遥想着将来，就又不能不想在整块的公理中，来寻一点情面的末屑，这时候，我们的活无常先生便见得可亲爱了，利中取大，害中取小，我们的古哲墨翟㉕先生谓之"小取"云。

在庙里泥塑的，在书上墨印的模样上，是看不出他那可爱来的。最好是去看戏。但看普通的戏也不行，必须看"大戏"或者"目连戏"㉖。目连戏的热闹，张岱㉗在《陶庵梦忆》上也曾夸张过，说是要连演两三天。在我幼小时候可已经不然了，也如大戏一样，始于黄昏，到次日的天明便完结。这都是敬神禳灾的演剧，全本里一定有一个恶人，次日的将近天明便是这恶人的收场的时候，"恶贯满盈"，阎王出票来勾摄了，于是乎这活的活无常便在戏台上出现。

我还记得自己坐在这一种戏台下的船上的情形，看客的心情和普通是两样的。平常愈夜深愈懒散，这时却愈起劲。他所戴的纸糊的高帽子，本来是挂在台角上的，这时预先拿进去了；一种特别乐器，也准备使劲地吹。这乐器好像喇叭，细而长，可有七八尺，大约是鬼物所爱听的罢，和鬼无关的时候就不用；吹起来，Nhatu, nhatu, nhatututuu 地响，所以我们叫它"目连嗐头"㉘。在许多人期待着恶人的没落的凝望中，他出来了，服饰比画上还简单，不拿铁索，也不带算盘,就是雪白的一条莽汉,粉面朱唇,眉黑如漆,蹙着,不知道是在笑还是在哭。但他一出台就须打一百零八个嚏,同时也放一百零八个屁,这才自述他的履历。可惜我记不清楚了,其中有一段大概是这样:——

"……

大王出了牌票,叫我去拿隔壁的癞子。

问了起来呢,原来是我堂房的阿侄。

生的是什么病?伤寒,还带痢疾。

看的是什么郎中?下方桥的陈念义㉙儿子。

开的是怎样的药方?附子、肉桂,外加牛膝。

第一煎吃下去,冷汗发出;

第二煎吃下去,两脚笔直。

我道阿嫂哭得悲伤,暂放他还阳半刻。

大王道我是得钱买放,就将我捆打四十!"

这叙述里的"子"字都读作入声。陈念义是越中的名医,俞仲华㉚曾将他写入《荡寇志》里,拟为神仙;可是一到他的令郎,似乎便不大高明了。Ia者"的"也;"儿"读若"倪",倒是古音罢;nga者,"我的"或"我们的"之意也。

他口里的阎罗天子仿佛也不大高明,竟会误解他的人格,——不,鬼格。但连"还阳半刻"都知道,究竟还不失其"聪明正直之谓神"㉛。不过这惩罚,却给了我们的活无常以不可磨灭的冤苦的印象,一提起,就使他更加蹙紧双眉,捏定破芭蕉扇,脸向着地,鸭子浮水似的跳舞起来。

Nhatu, nhatu, nhatu-nhatu-nhatu tu tuu! 目连嘻头也冤苦不堪似的吹着。他因此决定了:——

"难是弗放者个!

哪怕你,铜墙铁壁!

哪怕你,皇亲国戚!……"

"难"者,"今"也;"者个"者"的了"之意,词之决也。"虽有忮心,不怨飘瓦"㉜,他现在毫不留情了,然而这是受了阎罗老子的督责之故,不得已也。一切鬼众中,就是他有点人情;我们不变鬼则已,如果要变鬼,自然就只有他可以比较地相亲近。迎神时候的无常,可和演剧上的又有些不同了。他只有动作,没有言语,跟定了一个捧着一盘饭菜的小丑似的脚色走,他要去吃;他却不给他。另外还加添了两名角色,就是"正人君子"㉝之所谓"老婆儿女"㉞。凡"下等人",都有一种通病:常喜欢以己之所欲,施之于人。虽是对于鬼,也不肯给他孤寂,凡有鬼神,大概总要给他们一对一对地配起来。无常也不在例外。所以,一个是漂亮的女人,只是很有些村妇样,大家都称她无常嫂;这样看来,无常是和我们平辈的,无怪他不摆教授先生的架子。一个是小孩子,小高帽,小白衣;虽然小,两肩却已经耸起了,眉目的外梢也向下。这分明是无常少爷了,大家却叫他阿领㉟,对于他似乎都不很表敬意;猜起来,仿佛是无常嫂的前夫之子似的。但不知何以相貌又和无常有这么像?吁!鬼神之事,难言之矣,只得姑且置之弗论。至于无常何以没有亲儿女,到今年可很容易解释了;鬼神能前知,他怕儿女一多,爱说闲话的就要旁敲侧击地锻成他拿卢布,所以不但研究,还早已实行了"节育"了。

这捧着饭菜的一幕,就是"送无常"。因为他是勾魂使者,所以民间凡有一个人死掉之后,就得用酒饭恭送他。至于不给他吃,那是赛会时候的开玩笑,实际上并不然。但是,和无常开玩笑,是大家都有此意的,因为他爽直,爱发议论,有人情,——要寻真实的朋友,倒还是他妥当。

有人说,他是生人走阴,就是原是人,梦中却入冥去当差的,所以很有些人情。我还记得住在离我家不远的小屋里的一个男人,便自称是"走无常",门外常常燃着香烛。但我看他脸上的鬼气反而多。莫非入冥做了鬼,倒会增加人气的么?吁!鬼神之事,难言之矣,这也只得姑且置之弗论了。

六月二十三日

【注释】

①文章最初发表于一九二六年七月十日《莽原》半月刊第一卷第十三期。

②城隍:迷信传说中守护城邑的神。

③东岳大帝:道教所奉的泰山神。

④卤簿:古代帝王驾出时扈从的仪仗队。出行之目的不同,仪式亦各别。自汉以后亦用于后妃、太子、王公大臣。唐制四品以上皆给卤簿。

⑤无常:佛家语。原指世间一切事物都在变异灭坏的过程中;后引申为死的意思,也用作迷信传说中"勾魂使者"的名称。

⑥"不胜屏营待命之至":旧时官府对上级呈文结束处的套语;这里用作肃立敬畏的意思。

⑦樊江:绍兴县城东二十里的一个乡镇。

⑧斩衰凶服:封建丧制中规定的重孝丧服,用粗麻布裁制,不缝下边。

⑨纸锭:用锡箔糊制成银锭状的冥钱。迷信认为焚化给死者,可供其当钱用。

⑩包公殿:供奉宋代包拯的庙宇。旧时迷信传说,包拯死后做了阎罗十殿中第五殿的阎罗王,东岳庙或城隍庙中供有他的神像。

⑪"碰壁":在女师大学生反对校长杨荫榆的事件中,有教员阻挠学生,说"你们做事不要碰壁"。作者这里用这

个词含有讽刺的意思。

⑫小乘佛教：早期佛教的主要流派，注重修行持戒，自我解脱，自认为是佛教的正统派。

⑬焰摩天：佛教传说"欲界诸天"中的一天。佛经中又有"焰摩界"，即所谓轮回六道中的饿鬼道，它的主宰者是琰魔王，也就是阎罗王。这里所说的"焰摩天"，当是地狱的"焰摩界"。

⑭牛首阿旁：佛教中指地狱牛头、牛脚的鬼卒。

⑮"模范县"：这里是对陈西滢的讽刺。陈西滢是无锡人，他在《闲话》中曾说"无锡是中国的模范县"。

⑯虞仲翔：名翻，三国吴会稽余姚（今属浙江）人，经学家。

⑰"绍兴师爷"：清代官署中承办刑事判牍的幕僚叫"刑名师爷"。一般善于舞文弄法，往往能左右人的祸福；当时绍兴籍的幕僚较多，因有"绍兴师爷"之称。

⑱出自陈西滢的《致志摩》。

⑲一个会：指一九二五年十二月陈西滢等为压迫北京女师大学生和教育界进步人士而组织的"教育界公理维持会"。参看《华盖集·"公理"的把戏》。

⑳鸟：男子生殖器的俗称，常见于元明的戏曲、平话中。

㉑"一双空手见阎王"：语见《何典》："卖嘴郎中无好药，一双空手见阎王。"

㉒"放冷箭"：这也是陈西滢在《致志摩》中攻击作者的话："他没有一篇文章里不放几支冷箭。"

㉓阎罗天子：即阎罗王，小乘佛教中所称的地狱主宰。《法苑珠林》卷十二中说："阎罗王者，昔为毗沙国王，经与维陀如生王共战，兵力不敌，因立誓愿为地狱主。"

㉔马面：迷信传说地狱中人身马头的狱卒。

㉕墨翟：春秋战国之间的鲁国人，我国古代思想家，墨

家的创始人。著有《墨子》十五卷,其中有《大取》《小取》两篇。《大取》篇中说:"利之中取大,害之中取小也。害之中取小也,非取害也,取利也。"

㉖"大戏"或者"目连戏":都是绍兴的地方戏。

㉗张岱:字宗子,号陶庵,浙江山阴(今绍兴)人,明末文学家。

㉘"目连嗐头":嗐头,绍兴方言,即号筒。

㉙陈念义:清代嘉庆道光年间绍兴的名医,世业医,称为妙手,远近就医者不绝。

㉚俞仲华:名万春,浙江绍兴人。他著的《荡寇志》一名《结水浒传》,写梁山泊头领全部被宋王朝剿灭。

㉛"聪明正直之谓神":语见《左传》庄公三十二年。

㉜"虽有忮心,不怨飘瓦":语出《庄子·达生》:"虽有忮心者,不怨飘瓦。"用在这里的意思是说,心里虽有愤恨,却也不好怨谁了。

㉝"正人君子":这里的"正人君子"和下文的"教授先生",指当时现代评论派中的某些人。

㉞"老婆儿女":陈西滢在《闲话》中说:"家累日重,需要日多,才智之士,也没法可想,何况一般普通人。因此,依附军阀和依附洋人便成了许多人唯一的路径,就是有些志士,也常常未能免俗。……他们自己可以挨饿,老婆子女却不能不吃饭啊!就是那些直接或间接用苏俄金钱的人,也何尝不是如此。"

㉟阿领:妇女再嫁时领来的同前夫所生的孩子。

阅读指要

《无常》描述儿时在乡间迎神会和戏剧舞台上所见的"无常"形象,说明"无常"这个"鬼而人,理而情",爽直公正的形象受到民众的喜爱,是因为人间没有公正,恶人得不到恶报,而"公正的裁判是在阴间"。文章在夹叙夹议中,对打着"公理""正义"旗号的"正人君子"予以了辛辣的讽刺。

鲁迅在《朝花夕拾》中曾多次写到"无常"这种鬼怪。在《无常》中他比较详尽地记述了在庙会中见到的"无常"。

从中可以看出,人们在庙会上都比较喜欢白无常,而普遍讨厌黑无常,而从文字来看鲁迅也比较喜欢白无常。认为他"不但活泼而诙谐"。而且单单浑身雪白这一点就能在各色鬼怪中十分扎眼,很有"鹤立鸡群"之感。所以,我们可以知道在当时的庙会中白无常是个很出风头的角色。

整篇文章都洋溢着作者对活无常的敬佩及赞美之情,先写小时候对他的害怕,和现在对他的敬佩作对比,也拿阎罗王的昏庸和死无常的可怕与之作对比,突出活无常的善心。

《无常》——无常是个具有人情味的鬼,去勾魂的时候,看到母亲哭死去的儿子那么悲伤,决定放儿子"还阳半刻",结果被顶头上司阎罗王打了四十大棒。文章在回忆无常的时候,时不时加进几句对现实所谓正人君子的讽刺,虚幻的无常给予当时鲁迅寂寞悲凉的心些许的安慰。《无常》通过无常这个"鬼"和现实中的"人"对比,从无常也有老婆和孩子的事实中,作者既写出了无常富于人情味的特点,深刻地刻画出了现实生活中某些"人格"不如"鬼格"的人的丑恶面目,巧妙地讽刺了生活中那些虚伪的知识分子,入木三分。

琐记①

衍太太现在是早已经做了祖母,也许竟做了曾祖母了;那时却还年轻,只有一个儿子比我大三四岁。她对自己的儿子虽然狠,对别家的孩子却好的,无论闹出什么乱子来,也决不去告诉各人的父母,因此我们就最愿意在她家里或她家的四近玩。

举一个例说罢,冬天,水缸里结了薄冰的时候,我们大清早起一看见,便吃冰。有一回给沈四太太②看到了,大声说道:"莫吃呀,要肚子疼的呢!"这声音又给我母亲听到了,跑出来我们都挨了一顿骂,并且有大半天不准玩。我们推论祸首,认定是沈四太太,于是提起她就不用尊称了,给她另外起了一个绰号,叫作"肚子疼"。

衍太太却决不如此。假如她看见我们吃冰,一定和蔼地笑着说,"好,再吃一块。我记着,看谁吃得多。"

但我对于她也有不满足的地方。一回是很早的时候了,我还很小,偶然走进她家去,她正在和她的男人看书。我走近去,她便将书塞在我的眼前道,"你看,你知道这是什么?"我看那书上画着房屋,有两个人光着身子仿佛在打架,

但又不很像。正迟疑间,他们便大笑起来了。

这使我很不高兴,似乎受了一个极大的侮辱,不到那里去大约有十多天。一回是我已经十多岁了,和几个孩子比赛打旋子,看谁旋得多。她就从旁计着数,说道,"好,八十二个了!再旋一个,八十三!好,八十四!……"但正在旋着的阿祥,忽然跌倒了,阿祥的婶母也恰恰走进来。她便接着说道,"你看,不是跌了么?不听我的话。我叫你不要旋,不要旋……"

虽然如此,孩子们总还喜欢到她那里去。假如头上碰得肿了一大块的时候,去寻母亲去罢,好的是骂一通,再给擦一点药;坏的是没有药擦,还添几个栗凿和一通骂。衍太太却决不埋怨,立刻给你用烧酒调了水粉,搽在疙瘩上,说这不但止痛,将来还没有瘢痕。

父亲故去之后,我也还常到她家里去,不过已不是和孩子们玩耍了,却是和衍太太或她的男人谈闲天。我其实觉得很有许多东西要买,看的和吃的,只是没有钱。有一天谈到这里,她便说道,"母亲的钱,你拿来用就是了,还不就是你的么?"我说母亲没有钱,她就说可以拿首饰去变卖;我说没有首饰,她却道,"也许你没有留心。到大厨的抽屉里,角角落落去寻去,总可以寻出一点珠子这类东西……"

这些话我听去似乎很异样,便又不到她那里去了,但有时又真想去打开大厨,细细地寻一寻。大约此后不到一月,就听到一种流言,说我已经偷了家里的东西去变卖了,这实在使我觉得有如掉在冷水里。流言的来源,我是明白的,倘是现在,只要有地方发表,我总要骂出流言家的狐狸尾巴来,但那时太年轻,一遇流言,便连自己也仿佛觉得真是犯了罪,怕遇见人们的眼睛,怕受到母亲的爱抚。

好。那么,走罢!

但是，哪里去呢？S城人的脸早经看熟，如此而已，连心肝也似乎有些了然。总得寻别一类人们去，去寻为S城人所诟病的人们，无论其为畜生或魔鬼。那时为全城所笑骂的是一个开得不久的学校，叫作中西学堂③，汉文之外，又教些洋文和算学。然而已经成为众矢之的了；熟读圣贤书的秀才们，还集了《四书》④的句子，做一篇八股⑤来嘲诮它，这名文便即传遍了全城，人人当作有趣的话柄。我只记得那"起讲"的开头是：

——"徐子以告夷子曰：吾闻用夏变夷者，未闻变于夷者也。今也不然：鴃舌之音，闻其声，皆雅言也……"

以后可忘却了，大概也和现今的国粹保存大家的议论差不多。但我对于这中西学堂，却也不满足，因为那里面只教汉文、算学、英文和法文。功课较为别致的，还有杭州的求是书院⑥，然而学费贵。

无须学费的学校在南京，自然只好往南京去。第一个进去的学校⑦，目下不知道称为什么了，光复⑧以后，似乎有一时称为雷电学堂，很像《封神榜》⑨上"太极阵""混元阵"一类的名目。总之，一进仪凤门⑩，便可以看见它那二十丈高的桅杆和不知多高的烟通。功课也简单，一星期中，几乎四整天是英文："It is a cat.……Is it a rat?"⑪一整天是读汉文："君子曰，颍考叔可谓纯孝也已矣，爱其母，施及庄公。"⑫一整天是做汉文：《知己知彼百战百胜论》《颍考叔论》《云从龙风从虎论》《咬得菜根则百事可做论》。

初进去当然只能做三班生，卧室里是一桌一凳一床，床板只有两块。头二班学生就不同了，二桌二凳或三凳一床，床板多至三块。不但上讲堂时挟着一堆厚而且大的洋书，气昂昂地走着，决非只有一本"泼赖妈"⑬和四本《左传》⑭的三班生所敢正视；便是空着手，也一定将肘弯撑开，像一只

螃蟹，低一班的在后面总不能走出他之前。这一种螃蟹式的名公巨卿，现在都阔别得很久了，前四五年，竟在教育部的破脚躺椅上，发现了这姿势，然而这位老爷却并非雷电学堂出身的，可见螃蟹态度，在中国也颇普遍。

可爱的是桅杆。但并非如"东邻"的"支那通"⑮所说，因为它"挺然翘然"，又是什么的象征。乃是因为它高，乌鸦喜鹊，都只能停在它的半途的木盘上。人如果爬到顶，便可以近看狮子山，远眺莫愁湖，——但究竟是否真可以眺得那么远，我现在可委实有点记不清楚了。而且不危险，下面张着网，即使跌下来，也不过如一条小鱼落在网子里；况且自从张网以后，听说也还没有人曾经跌下来。

原先还有一个池，给学生学游泳的，这里面却淹死了两个年幼的学生。当我进去时，早填平了，不但填平，上面还造了一所小小的关帝庙。庙旁是一座焚化字纸的砖炉，炉口上方横写着四个大字道："敬惜字纸"。只可惜那两个淹死鬼失了池子，难讨替代⑯，总在左近徘徊，虽然已有"伏魔大帝关圣帝君"镇压着。办学的人大概是好心肠的，所以每年七月十五，总请一群和尚到雨天操场来放焰口⑰，一个红鼻而胖的大和尚戴上毗卢帽⑱，捏诀，念咒："回资罗，普弥耶吽，唵耶吽！唵！耶！吽！！！"⑲

我的前辈同学被关圣帝君镇压了一整年，就只在这时候得到一点好处，——虽然我并不深知是怎样的好处。所以当这些时，我每每想：做学生总得自己小心些。

总觉得不大合适，可是无法形容出这不合适来。现在是发现了大致相近的字眼了，"乌烟瘴气"，庶几乎其可也。只得走开。近来是单是走开也就不容易，"正人君子"者流会说你骂人骂到聘书，或者是发"名士"脾气⑳，给你几句正经的俏皮话。不过那时还不打紧，学生所得的津贴，第一

年不过二两银子,最初三个月的试习期内是零用五百文。于是毫无问题,去考矿路学堂㉑去了,也许是矿路学堂,已经有些记不真,文凭又不在手头,更无从查考。试验并不难,录取的。

这回不是 It is a cat 了,是 DerMann, DieWeib, Daskind。㉒汉文仍旧是"颍考叔可谓纯孝也已矣",但外加《小学集注》㉓。论文题目也小有不同,譬如《工欲善其事必先利其器论》,是先前没有做过的。

此外还有所谓格致㉔、地学、金石学……都非常新鲜。但是还得声明:后两项,就是现在之所谓地质学和矿物学,并非讲舆地㉕和钟鼎碑版㉖的。只是画铁轨横断面图却有些麻烦,平行线尤其讨厌。但第二年的总办是一个新党㉗,他坐在马车上的时候大抵看着《时务报》㉘,考汉文也自己出题目,和教员出得很不同。有一次是《华盛顿论》,汉文教员反而惴惴地来问我们道:"华盛顿㉙是什么东西呀?……"

看新书的风气便流行起来,我也知道了中国有一部书叫《天演论》㉚。星期日跑到城南去买了来,白纸石印的一厚本,价五百文正。翻开一看,是写得很好的字,开首便道:

"赫胥黎独处一室之中,在英伦之南,背山而面野,槛外诸境,历历如在机下。乃悬想二千年前,当罗马大将恺撒㉛未到时,此间有何景物?惟有天造草昧……"

哦,原来世界上竟还有一个赫胥黎坐在书房里那么想,而且想得那么新鲜?一口气读下去,"物竞""天择"也出来了,苏格拉底㉜、柏拉图㉝也出来了,斯多葛㉞也出来了。学堂里又设立了一个阅报处,《时务报》不待言,还有《译学汇编》㉟,那书面上的张廉卿㊱一流的四个字,就蓝得很可爱。

"你这孩子有点不对了,拿这篇文章去看去,抄下来去看去。"一位本家的老辈严肃地对我说,而且递过一张报纸

来。接来看时,"臣许应骙[37]跪奏……"那文章现在是一句也不记得了,总之是参康有为[38]变法的,也不记得可曾抄了没有。

仍然自己不觉得有什么"不对",一有闲空,就照例地吃侉饼、花生米、辣椒,看《天演论》。

但我们也曾经有过一个很不平安的时期。那是第二年,听说学校就要裁撤了。这也无怪,这学堂的设立,原是因为两江总督[39](大约是刘坤一[40]罢)听到青龙山的煤矿[41]出息好,所以开手的。待到开学时,煤矿那面却已将原先的技师辞退,换了一个不甚了然的人了。理由是:一、先前的技师薪水太贵;二、他们觉得开煤矿并不难。于是不到一年,就连煤在哪里也不甚了然起来,终于是所得的煤,只能供烧那两架抽水机之用,就是抽了水掘煤,掘出煤来抽水,结一笔出入两清的账。既然开矿无利,矿路学堂自然也就无须乎开了,但是不知怎的,却又并不裁撤。到第三年我们下矿洞去看的时候,情形实在颇凄凉,抽水机当然还在转动,矿洞里积水却有半尺深,上面也点滴而下,几个矿工便在这里面鬼一般工作着。

毕业,自然大家都盼望的,但一到毕业,却又有些爽然若失。爬了几次桅,不消说不配做半个水兵;听了几年讲,下了几回矿洞,就能掘出金、银、铜、铁、锡来么?实在连自己也茫无把握,没有做《工欲善其事必先利其器论》的那么容易。爬上天空二十丈和钻下地面二十丈,结果还是一无所能,学问是"上穷碧落下黄泉,两处茫茫皆不见"[42]了。所余的还只有一条路:到外国去。

留学的事,官僚也许可了,派定五名到日本去。其中的一个因为祖母哭得死去活来,不去了,只剩了四个。日本是同中国很两样的,我们应该如何准备呢?有一个前辈同学在，比我们早一年毕业，曾经游历过日本，应该知道些情形。跑去请教之后，他郑重地说："日本的袜是万不能穿的，要多带些中国袜。我看纸票也不好，你们带去的钱不如都换了他们的现银。"

四个人都说遵命。别人不知其详，我是将钱都在上海换了日本的银元，还带了十双中国袜——白袜。

后来呢？后来，要穿制服和皮鞋，中国袜完全无用；一元的银圆日本早已废置不用了，又赔钱换了半元的银圆和纸票。

【注释】

①文章最初发表于一九二六年十一月二十五日《莽原》半月刊第一卷第二十二期。

②沈四太太：周家的房客。

③中西学堂：全称"绍郡中西学堂"，绍兴徐树兰创办的一所私立学校，一八九七年（清光绪二十三年）成立。一八九九年秋改为绍兴府学堂。

④"四书"：即儒家经典《大学》《中庸》《论语》《孟子》。北宋时程颢、程颐特别推崇《礼记》中的《大学》《中庸》二篇；南宋朱熹又将这两篇和《论语》《孟子》合在一起，撰写《四书章句集注》，自此便有了"四书"这个名称。

⑤八股：是明、清在科举考试时所用的一种文体。

⑥求是书院：当时浙江的一所新式高等学校，创办于一八九七年（清光绪二十三年），是现浙大的原身。

⑦第一个进去的学校：指江南水师学堂，一九一三年改为海军军官学校，一九一五年又改为海军雷电学校。

⑧光复：指一九一一年的辛亥革命。

⑨《封神榜》：即《封神演义》，明代许仲琳（一说陆西星）编写的一部神魔小说。

⑩仪凤门：当时南京城北的一个城门。

⑪这是初级英语读本上的课文，意思是："这是一只猫。""这是只老鼠吗？"

⑫这段话出自《左传》隐公元年，原文是："君子曰，颍考叔，纯孝也。爱其母，施及庄公。"

⑬"泼赖妈"：英语 Primer 的音译，意即初级读本。

⑭《左传》：即《春秋左氏传》，相传为春秋时左丘明所撰，是一部用史实补充、解释《春秋》的书。

⑮"支那通"：支那，古代梵语对中国的译称。近代日本亦称中国为支那。支那通，指研究和通晓中国情况的日本人。这里是讽刺安冈秀夫。他在《从小说看来的支那民族性》一书中说"这好色的民族，便在寻求食物的原料时，也大概以所想象的性欲的效能为目的……笋和支那人的关系，也与虾正同。彼国人的嗜笋，可谓在日本人以上。虽然是可笑的话，也许是因为那挺然翘然的姿势，引起想象来的吧。"言语之间，颇有不敬成分，因此遭到了鲁迅先生的反对。他认为，江浙一带人民之所以喜欢吃笋，是因为这里产笋。

⑯讨替代：即找替死鬼。旧时迷信认为横死的人所变的"鬼"，必须设法使别人也以同样方式死亡，这样他才得投生，叫做"讨替代"。

⑰放焰口：旧俗于夏历七月十五日（中元节）晚上请和尚结盂兰盆会，诵经施食，称为放焰口。盂兰盆，梵语音译，"救倒悬"的意思；焰口，饿鬼名。

⑱毗卢帽：放焰口时，主座大和尚所戴的一种绣有毗卢佛像的帽子。

⑲这些是《瑜伽焰口施食要集》中咒文的梵语音译。

⑳发"名士"脾气：这是顾颉刚挖苦作者的话，当时他们同在厦门大学教书。

㉑矿路学堂：全称江南陆师学堂附设矿务铁路学堂。创办于一八九八年十月，一九〇二年一月停办。

㉒这是初级德语读本上的课文，意思是："男人，女人，孩子"。

㉓《小学集注》：六卷，宋代朱熹辑，明代陈选注，旧时学塾中所常用的一种初级读物。

㉔格致："格物致知"的简称。《礼记·大学》有"致知在格物，物格而后知至"的话。格，推究。清末曾用"格致"统称物理、化学等学科。

㉕舆地：这里指地理学。

㉖钟鼎碑版：指古代铜器、石刻；研究这些文物的形制、文字或图画的，叫金石学。

㉗新党：指清末戊戌变法前后主张或倾向维新的人；这里指当时矿务铁路学堂总办俞明震。

㉘《时务报》：旬刊，梁启超等主编，当时宣传变法维新的主要期刊之一。一八九六年八月创办于上海，一八九八年七月停刊。

㉙华盛顿：即乔治·华盛顿，美国政治家。曾领导一七七五年至一七八三年美国反对英国殖民统治的独立战争，胜利后，任美国第一任总统。

㉚《天演论》：英国赫胥黎著《进化论与伦理学及其他论文》中的前两篇，严复译述。

㉛恺撒：古罗马统帅，曾两次渡海侵入不列颠（英国）。

㉜苏格拉第：古希腊唯心主义哲学家。

㉝柏拉图：古希腊唯心主义哲学家，苏格拉底的弟子。

㉞斯多葛：指斯多葛派，约公元前四世纪产生于古希腊，中经传播演变，存在到公元二世纪的一个哲学派别。

㉟《译学汇编》：当为《译书汇编》，月刊，一九〇〇年

在日本创刊。它是我国留日学生最早出版的一种杂志,分期译载东西各国政治法律名著,后改名《政治学报》。

㊱张廉卿:名裕钊,湖北武昌人。清代古文家、书法家。

㊲许应骙:广东番禺人。清光绪年间曾任礼部尚书,当时反对维新运动的顽固分子之一。

㊳康有为:清末维新运动的领袖。主张变法维新,改君主专制制为民主立宪制。

㊴两江总督:总督,清代地方最高军政长官。两江总督在清初管辖江南和江西两省。一六六七年(清康熙六年)江南省分为江苏、安徽两省,仍与江西省并归两江总督管辖。

㊵刘坤一:湖南新宁人。一八七九年至一九〇一年间数任两江总督,是当时官僚中倾向维新的人物之一。

㊶青龙山的煤矿:在今南京官塘煤矿象山矿区。作者等当年所下的故洞即今象山矿区的古井。

㊷"上穷碧落下黄泉,两处茫茫皆不见":这两句诗出自唐代白居易《长恨歌》。

阅读指要

《琐记》是鲁迅先生的一篇散文,是《朝花夕拾》一书中第八篇文章,最初发表于一九二六年十一月二十五日《莽原》半月刊第一卷第二十二期。文中记叙了作者家道衰落后,饱受世人的冷眼而终于走上了与封建主义决绝的道路。《琐记》记叙鲁迅为了寻找"另一类的人们"而到南京求学的经过。作品描述了当时的江南水师学堂(后改名为雷电学校)和矿路学堂的种种弊端和求知的艰难,批评了洋务派办学的"乌烟瘴气"。作者记述了最初接触进化论的兴奋心情和不顾老辈反对,如饥似渴地阅读《天演论》的情景,表现出探求真理的强烈欲望。

本文鲁迅笔下的衍太太是个背后经常怂恿孩子们干不好的事,事后又充当"老好人"的一个角色。譬如,她怂恿孩子们冬天里去吃水

缸里结的冰,还和蔼地笑着说,"好,再吃一块。我记着,看谁吃得多。";她还鼓励孩子们比赛"打旋子",还从旁计着数,说道,"好,八十二个了!再旋一个,八十三!好,八十四!……"但当她看到孩子的大人出来时,马上就会变换口吻说道,"你看,不是跌倒了么?不听我的话。我叫你们不要旋,不要旋……"这些都淋漓尽致地表现出了衍太太虚伪自私的本性。

从百草园到三味书屋

我家的后面有一个很大的园,相传叫作百草园。现在是早已并屋子一起卖给朱文公的子孙了,连那最末次的相见也已经隔了七八年,其中似乎确凿只有一些野草;但那时却是我的乐园。

不必说碧绿的菜畦,光滑的石井栏,高大的皂荚树,紫红的桑葚;也不必说鸣蝉在树叶里长吟,肥胖的黄蜂伏在菜花上,轻捷的叫天子(云雀)忽然从草间直窜向云霄里去了。单是周围的短短的泥墙根一带,就有无限趣味。油蛉在这里低唱,蟋蟀们在这里弹琴。翻开断砖来,有时会遇见蜈蚣;还有斑蝥,倘若用手指按住它的脊梁,便会拍的一声,从后窍喷出一阵烟雾。何首乌藤和木莲藤缠络着,木莲有莲房一般的果实,何首乌有臃肿的根。有人说,何首乌根是有像人形的,吃了便可以成仙,我于是常常拔它起来,牵连不断地拔起来,也曾因此弄坏了泥墙,却从来没有见过有一块根像人样。如果不怕刺,还可以摘到覆盆子,像小珊瑚珠攒成的小球,又酸又甜,色味都比桑葚要好得远。

长的草里是不去的,因为相传这园里有一条很大的赤练蛇。

长妈妈曾经讲给我一个故事听：先前，有一个读书人住在古庙里用功，晚间，在院子里纳凉的时候，突然听到有人在叫他。答应着，四面看时，却见一个美女的脸露在墙头上，向他一笑，隐去了。他很高兴；但竟给那走来夜谈的老和尚识破了机关。说他脸上有些妖气，一定遇见"美女蛇"了；这是人首蛇身的怪物，能唤人名，倘一答应，夜间便要来吃这人的肉的。他自然吓得要死，而那老和尚却道无妨，给他一个小盒子，说只要放在枕边，便可高枕而卧。他虽然照样办，却总是睡不着，——当然睡不着的。到半夜，果然来了，沙沙沙！门外像是风雨声。他正抖作一团时，却听得豁的一声，一道金光从枕边飞出，外面便什么声音也没有了，那金光也就飞回来，敛在盒子里。后来呢？后来，老和尚说，这是飞蜈蚣，它能吸蛇的脑髓，美女蛇就被它治死了。

结末的教训是：所以倘有陌生的声音叫你的名字，你万不可答应他。

这故事很使我觉得做人之险，夏夜乘凉，往往有些担心，不敢去看墙上，而且极想得到一盒老和尚那样的飞蜈蚣。走到百草园的草丛旁边时，也常常这样想。但直到现在，总还没有得到，但也没有遇见过赤练蛇和美女蛇。叫我名字的陌生声音自然是常有的，然而都不是美女蛇。

冬天的百草园比较的无味；雪一下，可就两样了。拍雪人（将自己的全形印在雪上）和塑雪罗汉需要人们鉴赏，这是荒园，人迹罕至，所以不相宜，只好来捕鸟。薄薄的雪，是不行的；总须积雪盖了地面一两天，鸟雀们久已无处觅食的时候才好。扫开一块雪，露出地面，用一支短棒支起一面大的竹筛来，下面撒些秕谷，棒上系一条长绳，人远远地牵

着，看鸟雀下来啄食，走到竹筛底下的时候，将绳子一拉，便罩住了。但所得的是麻雀居多，也有白颊的"张飞鸟"，性子很躁，养不过夜的。

这是闰土的父亲所传授的方法，我却不大能用。明明见它们进去了，拉了绳，跑去一看，却什么都没有，费了半天力，捉住的不过三四只。闰土的父亲是小半天便能捕获几十只，装在叉袋里叫着撞着的。我曾经问他得失的缘由，他只静静地笑道："你太性急，来不及等它走到中间去。"

我不知道为什么家里的人要将我送进书塾里去了，而且还是全城中称为最严厉的书塾。也许是因为拔何首乌毁了泥墙罢，也许是因为将砖头抛到间壁的梁家去了罢，也许是因为站在石井栏上跳下来罢……都无从知道。总而言之：我将不能常到百草园了。Ade，我的蟋蟀们！Ade，我的覆盆子们和木莲们！

出门向东，不上半里，走过一道石桥，便是我先生的家了。从一扇黑油的竹门进去，第三间是书房。中间挂着一块匾道：三味书屋；匾下面是一幅画，画着一只很肥大的梅花鹿伏在古树下。没有孔子牌位，我们便对着那匾和鹿行礼。第一次算是拜孔子，第二次算是拜先生。

第二次行礼时，先生便和蔼地在一旁答礼。他是一个高而瘦的老人，须发都花白了，还戴着大眼镜。我对他很恭敬，因为我早听到，他是本城中极方正，质朴，博学的人。

不知从哪里听来的，东方朔也很渊博，他认识一种虫，名曰"怪哉"，冤气所化，用酒一浇，就消释了。我很想详细地知道这故事，但阿长是不知道的，因为她毕竟不渊博。现在得到机会了，可以问先生。

"先生，'怪哉'这虫，是怎么一回事？……"我上了生书，将要退下来的时候，赶忙问。

"不知道!"他似乎很不高兴,脸上还有怒色了。

我才知道做学生是不应该问这些事的,只要读书,因为他是渊博的宿儒,决不至于不知道,所谓不知道者,乃是不愿意说。年纪比我大的人,往往如此,我遇见过好几回了。

我就只读书,正午习字,晚上对课。先生最初这几天对我很严厉,后来却好起来了,不过给我读的书渐渐加多,对课也渐渐地加上字去,从三言到五言,终于到七言。

三味书屋后面也有一个园,虽然小,但在那里也可以爬上花坛去折蜡梅花,在地上或桂花树上寻蝉蜕。最好的工作是捉了苍蝇喂蚂蚁,静悄悄地没有声音。然而同窗们到园里的太多,太久,可就不行了,先生在书房里便大叫起来:

"人都到哪里去了!"

人们便一个一个陆续走回去;一同回去,也不行的。他有一条戒尺,但是不常用,也有罚跪的规则,但也不常用,普通总不过瞪几眼,大声道:"读书!"

于是大家放开喉咙读一阵书,真是人声鼎沸。有念"仁远乎哉我欲仁斯仁至矣"的,有念"笑人齿缺曰狗窦大开"的,有念"上九潜龙勿用"的,有念"厥土下上上错厥贡苞茅橘柚"的……先生自己也念书。后来,我们的声音便低下去,静下去了,只有他还大声朗读着:"铁如意,指挥倜傥,一坐皆惊呢;金叵罗,颠倒淋漓噫,千杯未醉嗬……"

我疑心这是极好的文章,因为读到这里,他总是微笑起来,而且将头仰起,摇着,向后面拗过去,拗过去。

先生读书入神的时候,于我们是很相宜的。有几个便用纸糊的盔甲套在指甲上做戏。我是画画儿,用一种叫作"荆川纸"的,蒙在小说的绣像上一个个描下来,像习字时候的影写一样。读的书多起来,画的画也多起来;书没有读成,画的成绩却不少了,最成片段的是《荡寇志》和《西游记》

的绣像,都有一大本。后来,因为要钱用,卖给了一个有钱的同窗了。他的父亲是开锡箔店的;听说现在自己已经做了店主,而且快要升到绅士的地位了,这东西早已没有了吧。

九月十八日

一九二七年,四十多岁的鲁迅把《莽原》上的《旧事重提》更名为《朝花夕拾》,在其上发表了此前他的十篇散文,把自己记忆中最美好的情景事物呈现给了他人。相比于他杂文的严峻凛然、锋芒毕露、泼辣犀利、意味深长等特点,这些散文却透露着玲珑剔透、情趣盎然、细腻生动、鲜美可口(鲁迅自语,见《朝花夕拾》小引)的感觉。而我最为欣赏的则是其中的《从百草园到三味书屋》。其中表现出的少年儿童对大自然的热爱,是迄今为止我所读过的文章里最为清晰和强烈的。

这是一篇回忆童年生活的优美散文。如果让我仅从文笔角度欣赏它的话,我想,最为重要的就是作者从字里行间体现出的真性情。文章非常清晰地抓住了事物的特点,具体、生动、真切地描写了自己所见的东西,即使在我们(当然,我指的是成人)看来,情趣了了,但在作者的生花妙笔下,却显得趣味盎然。这也充分体现了鲁迅从小热爱大自然、热爱自由生活、热爱探求知识的品性。

文章里,非常分明地表现了两个情绪,一是百草园的景物,童年无限的生活情趣;二是三味书屋里教条、枯燥、乏味的读书经历。

"其中似乎确凿只有一些野草"这一句是理论界争论比较多的,"似乎"和"确凿"两个词用在一起,好像是矛盾,而且也受到一些人的指摘。但我认为这恰恰体现出了鲁迅的语言功底非常好,运用得心应手、出神入化。这两个词精确地体现了鲁迅现时的特殊心境。这种心境无疑就是他对百草园的怀恋。百草园确实只有一些野草,所以说"确凿",但这个百草园只是童年的印象,还不能十分肯定它的现在,所以又用了"似乎",只有一些野草可能还不精准,但那的确是我的乐

园，这是十分确凿的。

文章的开始部分，就十分引人入胜：在百草园里，我们清晰地看到了菜畦、石井栏、皂荚树、桑葚、鸣蝉、黄蜂、菜花、叫天子、油蛉、蟋蟀、蜈蚣、斑蝥、何首乌、木莲、覆盆子这么多景物，而且不是像流水账一样毫无生气地罗列，是生动、细腻地展现在我们的眼前：碧绿的菜畦，光滑的石井栏，高大的皂荚树，紫红的桑葚，肥胖的黄蜂，轻捷的叫天子，油蛉在低唱，蟋蟀们弹琴……一个这么普通的园子，何以被鲁迅写得那么具有魅力和情趣呢？反思后顿悟，是以成人的平常眼光去看，它才如此平淡，而作者却以儿童的眼光，看出了它美好的景色和无穷的趣味。这更使我对这位民族斗士投以敬佩的目光，原来，鲁迅才是真的性情中人。

一年四季，春夏秋冬，对于儿时的作者来说，百草园都有无穷的乐趣。

至于三味书屋的描写，当然有它的动人之处。许多人说它批判了束缚儿童身心健康发展的封建教育体制。我倒宁肯相信，那仍然是作者对儿时的一种记忆，虽然，它不够美好。

常常想，这样一位"横眉冷对千夫指，俯首甘为孺子牛""寄意寒星荃不察，我以我血荐轩辕"的充满大无畏精神的斗士，能够写出如此充满情调、洋溢着诗情画意的美文，是我们的幸运，也是鲁迅本人的幸运。因为，这才是真正的——人。

关于中国的两三件事①

一、关于中国的火

希腊人所用的火,听说是在一直先前,普洛美修斯②从天上偷来的,但中国的却和它不同,是燧人氏③自家所发见——或者该说是发明罢。因为并非偷儿,所以拴在山上,给老雕去啄的灾难是免掉了,然而也没有普洛美修斯那样的被传扬,被崇拜。

中国也有火神④的。但那可不是燧人氏,而是随意放火的莫名其妙的东西。

自从燧人氏发见,或者发明了火以来,能够很有味地吃火锅,点起灯来,夜里也可以工作了,但是,真如先哲之所谓"有一利必有一弊"罢,同时也开始了火灾,故意点上火,烧掉那有巢氏⑤所发明的巢的了不起的人物也出现了。

和善的燧人氏是该被忘却的。即使伤了食,这回是属于神农氏⑥的领域了,所以那神农氏,至今还被人们所记得。至于火灾,虽然不知道那发明家究竟是什么人,但祖师总归是有的,于是没有法,只好漫称之曰火神,而献以敬畏。看

他的画像,是红面孔,红胡须,不过祭祀的时候,却须避去一切红色的东西,而代之以绿色。他大约像西班牙的牛一样,一看见红色,便会亢奋起来,做出一种可怕的行动的。⑦他因此受着崇祀。在中国,这样的恶神还很多。

然而,在人世间,倒似乎因了他们而热闹。赛会⑧也只有火神的,燧人氏的却没有。倘有火灾,则被灾的和邻近的没有被灾的人们,都要祭火神,以表感谢之意。被了灾还要来表感谢之意,虽然未免有些出于意外,但若不祭,据说是第二回还会烧,所以还是感谢了的安全。而且也不但对于火神,就是对于人,有时也一样的这么办,我想,大约也是礼仪的一种罢。

其实,放火,是很可怕的,然而比起烧饭来,却也许更有趣。外国的事情我不知道,若在中国,则无论查检怎样的历史,总寻不出烧饭和点灯的人们的列传来。在社会上,即使怎样地善于烧饭,善于点灯,也毫没有成为名人的希望。然而秦始皇⑨一烧书,至今还俨然做着名人,至于引为希特拉⑩烧书事件的先例。假使希特拉太太善于开电灯,烤面包罢,那么,要在历史上寻一点先例,恐怕可就难了。但是,幸而那样的事,是不会哄动一世的。

烧掉房子的事,据宋人的笔记说,是开始于蒙古人的。因为他们住着帐篷,不知道住房子,所以就一路地放火。⑪然而,这是诳话。

蒙古人中,懂得汉文的很少,所以不来更正的。其实,秦的末年就有着放火的名人项羽⑫在,一烧阿房宫,便天下闻名,至今还会在戏台上出现,连在日本也很有名。然而,在未烧以前的阿房宫里每天点灯的人们,又有谁知道他们的名姓呢?

现在是爆裂弹呀,烧夷弹呀之类的东西已经做出,加以

飞机也很进步,如果要做名人,就更加容易了。而且如果放火比先前放得大,那么,那人就也更加受尊敬,从远处看去,恰如救世主⑬一样,而那火光,便令人以为是光明。

二、关于中国的王道

在前年,曾经拜读过中里介山氏⑭的大作《给支那及支那国民的信》。只记得那里面说,周汉都有着侵略者的资质。而支那人都讴歌他,欢迎他了。连对于朔北的元和清,也加以讴歌了。只要那侵略,有着安定国家之力,保护民生之实,那便是支那人民所渴望的王道,于是对于支那人的执迷不悟之点,愤慨得非常。

那"信",在满洲出版的杂志上,是被译载了的,但因为未曾输入中国,所以像是回信的东西,至今一篇也没有见。只在去年的上海报上所载的胡适⑮博士的谈话里,有的说,"只有一个方法可以征服中国,即彻底停止侵略,反过来征服中国民族的心。"不消说,那不过是偶然的,但也有些令人觉得好像是对于那信的答复。

征服中国民族的心,这是胡适博士给中国之所谓王道所下的定义,然而我想,他自己恐怕也未必相信自己的话的罢。在中国,其实是彻底地未曾有过王道,"有历史癖和考据癖"的胡博士,该是不至于不知道的。

不错,中国也有过讴歌了元和清的人们,但那是感谢火神之类,并非连心也全被征服了的证据。如果给予一个暗示,说是倘不讴歌,便将更加虐待,那么,即使加以或一程度的虐待,也还可以使人们来讴歌。四五年前,我曾经加盟于一个要求自由的团体⑯,而那时的上海教育局长陈德征氏勃然大怒道,在三民主义的统治之下,还觉得不满么?那可连现在所给予着的一点自由也要收起了。而且,真的是收起

了的。

每当感到比先前更不自由的时候,我一面佩服着陈氏的精通王道的学识,一面有时也不免想,真该是讴歌三民主义的。然而,现在是已经太晚了。

在中国的王道,看去虽然好像是和霸道对立的东西,其实却是兄弟[17],这之前和之后,一定要有霸道跑来的。人民之所讴歌,就为了希望霸道的减轻,或者不更加重的缘故。汉的高祖[18],据历史家说,是龙种,但其实是无赖出身,说是侵略者,恐怕有些不对的。至于周的武王[19],则以征伐之名入中国,加以和殷似乎连民族也不同,用现代的话来说,那可是侵略者。然而那时的民众的声音,现在已经没有留存了。孔子和孟子[20]确曾大大地宣传过那王道,但先生们不但是周朝的臣民而已,并且周游列国,有所活动,所以恐怕是为了想做官也难说。说得好看一点,就是因为要"行道",倘做了官,于行道就较为便当,而要做官,则不如称赞周朝之为便当的。然而,看起别的记载来,却虽是那王道的祖师而且专家的周朝,当讨伐之初,也有伯夷和叔齐扣马而谏[21],非拖开不可;纣的军队也加反抗,非使他们的血流到漂杵[22]不可。接着是殷民又造了反,虽然特别称之曰"顽民"[23],从王道天下的人民中除开,但总之,似乎究竟有了一种什么破绽似的。好个王道,只消一个顽民,便将它弄得毫无根据了。

儒士和方士,是中国特产的名物。方士的最高理想是仙道,儒士的便是王道。但可惜的是这两件在中国终于都没有。据长久的历史上的事实所证明,则倘说先前曾有真的王道者,是妄言,说现在还有者,是新药。孟子生于周季,所以以谈霸道为羞[24],倘使生于今日,则跟着人类的智识范围的展开,怕要羞谈王道的罢。

三、关于中国的监狱

我想,人们是的确由事实而从新省悟,而事情又由此发生变化的。从宋朝到清朝的末年,许多年间,专以代圣贤立言的"制艺"㉕这一种烦难的文章取士,到得和法国打了败仗㉖,这才省悟了这方法的错误。于是派留学生到西洋,开设兵器制造局,作为那改正的手段。省悟到这还不够,是在和日本打了败仗之后㉗,这回是竭力开起学校来。于是学生们年年大闹了。从清朝倒掉,国民党掌握政权的时候起,才又省悟了这错误,作为那改正的手段的,是除了大造监狱之外,什么也没有了。

在中国,国粹式的监狱,是早已各处都有的,到清末,就也造了一点西洋式,即所谓文明式的监狱。那是为了示给旅行到此的外国人而建造,应该与为了和外国人好互相应酬,特地派出去,学些文明人的礼节的留学生,属于同一种类的。托了这福,犯人的待遇也还好,给洗澡,也给一定分量的饭吃,所以倒是颇为幸福的地方。但是,就在两三礼拜前,政府因为要行仁政了,还发过一个不准克扣囚粮的命令。从此以后,可更加幸福了。

至于旧式的监狱,则因为好像是取法于佛教的地狱的,所以不但禁锢犯人,此外还有给他吃苦的职掌。挤取金钱,使犯人的家属穷到透顶的职掌,有时也会兼带的。但大家都以为应该。如果有谁反对罢,那就等于替犯人说话,便要受恶党㉘的嫌疑。然而文明是出奇地进步了,所以去年也有了提倡每年该放犯人回家一趟,给以解决性欲的机会的,颇是人道主义气味之说的官吏。㉙其实,他也并非对于犯人的性欲,特别表着同情,不过因为总不愁竟会实行的,所以也就高声嚷一下,以见自己的作为官吏的存在。然而舆论颇为沸

腾了。有一位批评家,还以为这么一来,大家便要不怕牢监,高高兴兴地进去了,很为世道人心愤慨了一下。㉚受了所谓圣贤之教那么久,竟还没有那位官吏的圆滑,固然也令人觉得诚实可靠,然而他的意见,是以为对于犯人,非加虐待不可,却也因此可见了。

从别一条路想,监狱确也并非没有不像以"安全第一"为标语的人们的理想乡的地方。火灾极少,偷儿不来,土匪也一定不来抢。即使打仗,也决没有以监狱为目标,施行轰炸的傻子;即使革命,有释放囚犯的例,而加以屠戮的是没有的。当福建独立㉛之初,虽有说是释放犯人,而一到外面,和他们自己意见不同的人们倒反而失踪了的谣言,然而这样的例子,以前是未曾有过的。总而言之,似乎也并非很坏的处所。只要准带家眷,则即使不是现在似的大水,饥荒,战争,恐怖的时候,请求搬进去住的人们,也未必一定没有的。于是虐待就成为必不可少了。

牛兰㉜夫妇,作为赤化宣传者而关在南京的监狱里,也绝食了三四回了,可是什么效力也没有。这是因为他不知道中国的监狱的精神的缘故。有一位官员诧异地说过:他自己不吃,和别人有什么关系呢?岂但和仁政并无关系而已呢,省些食料,倒是于监狱有益的。甘地㉝的把戏,倘不挑选兴行场㉞,就毫无成效了。

然而,在这样的近于完美的监狱里,却还剩着一种缺点。至今为止,对于思想上的事,都没有很留心。为要弥补这缺点,是在近来新发明的叫作"反省院"的特种监狱里,施着教育。我还没有到那里面去反省过,所以并不知道详情,但要而言之,好像是将三民主义时时讲给犯人听,使他反省着自己的错误。听人说,此外还得做排击共产主义的论文。如果不肯做,或者不能做,那自然,非终身反省不可

了，而做得不够格，也还是非反省到死则不可。现在是进去的也有，出来的也有，因为听说还得添造反省院，可见还是进去的多了。考完放出的良民，偶尔也可以遇见，但仿佛大抵是萎靡不振，恐怕是在反省和毕业论文上，将力气使尽了罢。那前途，是在没有希望这一面的。

【注释】

①本篇最初发表于一九三四年三月号日本《改造》月刊。

②普洛美修斯通译普罗米修斯，希腊神话中的神。相传他从主神宙斯那里偷了火种给人类，受到宙斯的惩罚，被钉在高加索山的岩石上，让神鹰啄食他的肝脏。

③燧人氏：我国传说中最早钻木取火的人，远古三王之一。

④火神传说不一。一说指祝融，见罗泌《路史·前纪》卷八；一说指回禄，见《左传》昭公十八年及其注疏。

⑤有巢氏：我国传说中发明树上搭巢居住的人，远古三王之一。

⑥神农氏：我国传说中发明制作农具、教人耕种的人，远古三王之一。又传说他曾尝百草，发现药材，教人治病。

⑦西班牙以前有斗牛的风俗，斗牛士手持红布对牛撩拨，待牛以角向他触去，斗牛士即与之搏斗。

⑧赛会也称赛神，旧时的一种迷信习俗。用仪仗、鼓乐和杂戏等迎神出庙，周游街巷，以酬神祈福。

⑨秦始皇：姓嬴名政。战国时秦国国君。始皇三十四年，他采纳丞相李斯的建议，下令将秦以外的各国史书和民间所藏除农书和医书以外的古籍尽行焚毁。

⑩希特拉：通译希特勒，德国纳粹党头子，第二次世界

大战的祸首之一。一九三三年他担任内阁总理后，实行法西斯统治，烧毁进步书籍和一切所谓"非德国思想"的书籍。关于引秦始皇为希特勒焚书先例的论调，作者在《准风月谈·华德焚书异同论》中曾作过分析，可参看。

⑪宋代庄季裕《鸡肋编》卷中载："靖康之后，金虏侵凌中国，露居异俗，凡所经过，尽皆焚爇。"

⑫项羽：下相（今江苏宿迁）人，秦末农民起义领袖。秦亡后自立为西楚霸王，后为刘邦所败。据《史记·项羽本纪》载：他攻破咸阳后，"烧秦宫室，火三月不灭"。阿房宫，秦始皇时建筑的宫殿，遗址在今陕西西安市西阿房村。

⑬救世主：基督教徒对耶稣的称呼。《新约·马太福音》说基督所在之处，都有大光照耀。

⑭中里介山：日本通俗小说家，著有历史小说《大菩萨山卡》。他的《给支那和支那国民的一封信》，一九三一年（昭和六年）日本春阳堂出版。

⑮胡适：字适之，安徽绩溪人。早年留学美国，曾获美国哥伦比亚大学哲学博士学位，回国后任北京大学教授。他当时积极支持国民党政府的内外政策。这里所引的这段话，是他一九三三年三月十八日在北平对记者的谈话，载同年三月二十二日《申报·北平通讯》。下文的"有历史癖和考据癖"，是他在一九二○年七月所写的《〈水浒传〉考证》中的话："我最恨中国史家说的什么'作史笔法'，但我却有点'历史癖'；我又最恨人家咬文啮字的评文，但我却又有点'考据癖'！"

⑯指中国自由运动大同盟，中国共产党支持和领导下的革命群众团体，一九三○年二月成立于上海，它的宗旨是争取言论、出版、结社、集会等自由，反对国民党的反动统治。

⑰关于王道和霸道之说，《孟子·公孙丑》载有孟轲的话："以力假仁者霸，霸必有大国；以德行仁者王，王不待大……以力服人者，非心服也，力不赡也；以德服人者，中心悦而诚服也。"又《汉书·元帝纪》："汉家自有制度，本以霸王道杂之。"

⑱汉高祖：即刘邦，沛（今江苏沛县）人，秦末农民起义领袖，汉朝的建立者。

⑲周武王姓姬名发，殷末周族领袖。

⑳孔子：名丘，字仲尼，春秋末期鲁国人，儒家学派的创始者。孟子名轲，字子舆，战国时邹（今山东邹县东南）人，他继承并发扬了儒家学说，成为孔丘以后的又一儒家代表人物。

㉑伯夷和叔齐扣马而谏：据《史记·伯夷列传》载："伯夷、叔齐，孤竹君之二子也。……闻西伯昌善养老，盍往归焉。及至，西伯卒，武王载木主，号为文王，东伐纣。伯夷、叔齐叩马而谏曰：'父死不葬，爰及干戈，可谓孝乎？以臣弑君，可谓仁乎？'左右欲兵之。太公曰：'此义人也，扶而去之。'"

㉒血流漂杵：据《尚书·武成》载："甲子昧爽，受（纣）率其旅若林，会于牧野。罔有敌于我师，前徒倒戈，攻于后以北，血流漂杵。"

㉓"顽民"据《史记·殷本纪》载："周武王崩，武庚（商纣之子）与管叔、蔡叔作乱，成王命周公诛之。"又《尚书·多士》载："成周（今洛阳）既成，迁殷顽民。"据唐代孔颖达疏："顽民，谓殷之大夫、士从武庚叛者；以其无知，谓之顽民。"

㉔以谈霸道为羞：据《孟子·梁惠王》载："齐宣王问曰：'齐桓、晋文之事，可得闻乎？'孟子对曰：'仲尼之

徒，无道桓、文之事者，是以后世无传焉，臣未之闻也。'"据宋代朱熹《集注》："仲尼之门，五尺童子羞称五霸，为其先诈力而后仁义也。"

㉕"制艺"也称制义。科举考试时规定的文体。在明清两代指摘取"四书""五经"中文句命题、立论的八股文。

㉖指一八八四年至一八八五年的中法战争。战争的结果是清政府与法国签订了不平等的《中法新约》。

㉗指一八九四年至一八九五年的中日战争（即甲午战争）。清政府在战败后与日本签订了丧权辱国的《马关条约》。

㉘恶党这里是反语，当时国民党反动派曾用"匪党"等字眼诬称中国共产党。

㉙一九三三年四月四日《申报》"南京专电"称："司法界某要人谈……壮年犯之性欲问题，依照理论，人民犯罪，失去自由，而性欲不在剥夺之列，欧美文明国家，定有犯人假期……每年得请假返家五天或七天，解决其性欲。"

㉚一九三三年八月二十日出版的《十日谈》第二期载有郭明的《自由监狱》一文，其中说："最近司法当局复有关于囚犯性欲问题之讨论……本来，囚禁制度……是国家给予犯罪者一个自省而改过的机会……监狱痛苦尽人皆知，不法犯罪，乃自讨苦吃，百姓既有戒心，或者可以不敢犯法；对付小人，此亦天机一条也。"

㉛福建独立指一九三三年十一月在福建发生的政变。一九三二年一月二十八日在上海抗击进犯日军的十九路军，被蒋介石调往福建进行反共内战。该军广大官兵在中国共产党抗日主张的影响下，反对蒋介石投降日本的政策，不愿和红军作战。一九三三年十一月，十九路军将领联合国民党内一部分势力，在福建省成立"中华共和国人民革命政府"，并与红军成立抗日反蒋协定，但不久即在蒋介石的兵力压迫下

失败。

㉜牛兰（Naulen）即保罗·鲁埃格（Paul Ruegg），原籍波兰，"泛太平洋产业同盟"上海办事处秘书，共产国际派驻中国的工作人员。一九三一年六月十七日牛兰夫妇同在上海被国民党政府拘捕，送往南京监禁，次年七月一日以"危害民国"罪受审。牛兰不服，于七月二日起进行绝食斗争。宋庆龄、蔡元培等曾组织"牛兰夫妇营救委员会"营救。一九三七年日本侵占南京前夕出狱。

㉝甘地：印度民族独立运动的领袖。他主张"非暴力抵抗"，倡导对英国殖民政府"不合作运动"，曾屡遭监禁，在狱中多次以绝食表示反抗。

㉞兴行场：日语，戏场的意思。

这篇文章是鲁迅后期杂文中很有特色的一篇。文章共分三部分，既具有相对独立性，又贯穿一个中心命题：深刻揭露日本帝国主义和国民党反动派所鼓动的"王道"论的虚伪性。

第一部分"关于中国的火"和第三部分"关于中国的监狱"都是讲侵略者、剥削者所实施的霸王统治，但第一部分由神话而历史，由历史而现实，对文章第二部分起着铺垫作用；第三部分则重在现实，揭露国民党反动派施行暴政，将中国变为一座大监狱的罪行，这一部分对第二部分起着深化作用。

第二部分"关于中国的王道"，作者博采史料，在看似漫不经心的任意谈话中，深刻分析了中国历史上从未有过的"王道"的事实，指出统治者所鼓吹"王道"，不过是为了麻痹人民斗志的"新药"罢了，从而揭露了"王道"论的虚伪和反动。

第三部分紧扣题旨，前后照应，层层递进，在结构形式上，正好暗合文中所说的"在中国的王道，看去虽然好像是和霸道对立的东西，

其实却是兄弟,这之前和之后,一定有霸道跑来的",显示出作者构思之精巧。

大量运用曲笔,如象征、影射、反语、比喻以及夸张的手法,旁敲侧击,绵里藏针,使本文具有强烈的讽刺效果和极强的战斗力。

因太炎先生而想起的二三事①

　　写完题目,就有些踌躇,怕空话多于本文,就是俗语之所谓"雷声大,雨点小"。做了《关于太炎先生二三事》以后,好像还可以写一点闲文,但已经没有力气,只得停止了。第二天一觉醒来,日报已到,拉过来一看,不觉自己摩一下头顶,惊叹道:"二十五周年的双十节!原来中华民国,已过了一世纪的四分之一了,岂不快哉!"但这"快"是迅速的意思。后来乱翻增刊,偶看见新作家的憎恶老人的文章,便如兜顶浇半瓢冷水。自己心里想:老人这东西,恐怕也真为青年所不耐的。例如我罢,性情即日见乖张,二十五年而已,却偏喜欢说一世纪的四分之一,以形容其多,真不知忙着什么;而且这摩一下头顶的手势,也实在可以说是太落伍了。

　　这手势,每当惊喜或感动的时候,我也已经用了一世纪的四分之一,犹言"辫子究竟剪去了",原是胜利的表示。这种心情,和现在的青年也是不能相通的。假使都会上有一个拖着辫子的人,三十左右的壮年和二十上下的青年,看见了恐怕只以为珍奇,或者竟觉得有趣,但我却仍然要憎恨,

愤怒,因为自己是曾经因此吃苦的人,以剪辫为一大公案的缘故。我的爱护中华民国,焦唇敝舌,恐其衰微,大半正为了使我们得有剪辫的自由,假使当初为了保存古迹,留辫不剪,我大约是决不会这样爱它的。张勋来也好,段祺瑞来也好②,我真自愧远不及有些士君子的大度。

当我还是孩子时,那时的老人指教我说:剃头担上的旗竿,三百年前是挂头的。满人入关,下令拖辫,剃头人沿路拉人剃发,谁敢抗拒,便砍下头来挂在旗竿上,再去拉别的人。那时的剃发,先用水擦,再用刀刮,确是气闷的,但挂头故事却并不引起我的惊惧,因为即使我不高兴剃发,剃头人不但不来砍下我的脑袋,还从旗竿斗里摸出糖来,说剃完就可以吃,已经换了怀柔方略了。见惯者不怪,对辫子也不觉其丑,何况花样繁多,以姿态论,则辫子有松打,有紧打,辫线有三股,有散线,周围有看发(即今之"刘海"),看发有长短,长看发又可打成两条细辫子,环于顶搭之周围,顾影自怜,为美男子;以作用论,则打架时可拔,犯奸时可剪,做戏的可挂于铁竿,为父的可鞭其子女,变把戏的将头摇动,能飞舞如龙蛇,昨在路上,看见巡捕拿人,一手一个,以一捕二,倘在辛亥革命前,则一把辫子,至少十多个,为治民计,也极方便的。不幸的是所谓"海禁大开",士人渐读洋书,因知比较,纵使不被洋人称为"猪尾",而既不全剃,又不全留,剃掉一圈,留下一撮,打成尖辫,如慈菇芽,也未免自己觉得毫无道理,大可不必了。

我想,这是纵使生于民国的青年,一定也都知道的。清光绪中,曾有康有为者变过法,不成,作为反动,是义和团③起事,而八国联军遂入京,这年代很容易记,是恰在一千九百年,十九世纪的结末。于是满清官民,又要维新了,维新有老谱,照例是派官出洋去考察,和派学生出洋去留学。我

便是那时被两江总督派赴日本的人们之中的一个,自然,排满的学说和辫子的罪状和文字狱的大略,是早经知道了一些的,而最初在实际上感到不便的,却是那辫子。

凡留学生一到日本,急于寻求的大抵是新知识。除学习日文,准备进专门的学校之外,就赴会馆,跑书店,往集会,听讲演。我第一次所经历的是在一个忘了名目的会场上,看见一位头包白纱布,用无锡腔讲演排满的英勇的青年,不觉肃然起敬。但听下去,到得他说"我在这里骂老太婆,老太婆一定也在那里骂吴稚晖"④,听讲者一阵大笑的时候,就感到没趣,觉得留学生好像也不外乎嬉皮笑脸。"老太婆"者,指清朝的西太后⑤。吴稚晖在东京开会骂西太后,是眼前的事实无疑,但要说这时西太后也正在北京开会骂吴稚晖,我可不相信。讲演固然不妨夹着笑骂,但无聊的打诨,是非徒无益,而且有害的。不过吴先生这时却正在和公使蔡钧大战⑥,名驰学界,白纱布下面,就藏着名誉的伤痕。不久,就被递解回国,路经皇城外的河边时,他跳了下去,但立刻又被捞起,押送回去了。这就是后来太炎先生和他笔战时,文中之所谓"不投大壑而投阳沟,面目上露"⑦。其实是日本的御沟并不狭小,但当警官护送之际,却即使并未"面目上露",也一定要被捞起的。这笔战愈来愈凶,终至夹着毒詈,今年吴先生讥刺太炎先生受国民政府优遇时,还提起这件事,这是三十余年前的旧账,至今不忘,可见怨毒之深了。⑧但先生手定的《章氏丛书》内,却都不收录这些攻战的文章。先生力排清虏,而服膺于几个清儒,殆将希踪古贤,故不欲以此等文字自秽其著述——但由我看来,其实是吃亏,上当的,此种醇风,正使物能遁形,贻患千古。

剪掉辫子,也是当时一大事。太炎先生去发时,作《解辫发》,⑨有云——"……共和二千七百四十一年,秋七月,余年三十三矣。是时满洲政府不道，戕虐朝士，横挑强邻，戮使略贾，四维交攻。愤东胡之无状，汉族之不得职，陨涕涔涔曰：余年已立，而犹被戎狄之服，不违咫尺，弗能剪除，余之罪也。将荐绅束发，以复近古，日既不给，衣又不可得。于是曰，昔祁班孙，释隐玄，皆以明氏遗老，断发以殁。《春秋谷梁传》曰：'吴祝发'《汉书》《严助传》曰：'越劗发'，（晋灼曰：'劗，张揖以为古剪字也'）余故吴越间民，去之亦犹行古之道也。……"

　　文见于木刻初版和排印再版的《訄书》中，后经更定，改名《检论》时，也被删掉了。我的剪辫，却并非因为我是越人，越在古昔，"断发文身"⑩，今特效之，以见先民仪矩，也毫不含有革命性，归根结蒂，只为了不便：一不便于脱帽，二不便于体操，三盘在囟门上，令人很气闷。在事实上，无辫之徒，回国以后，默然留长，化为不二之臣者也多得很。而黄克强⑪在东京作师范学生时，就始终没有断发，也未尝大叫革命，所略显其楚人的反抗的蛮性者，惟因日本学监，诫学生不可赤膊，他却偏光着上身，手挟洋磁脸盆，从浴室经过大院子，摇摇摆摆地走入自修室去而已。

【注释】

　　①本篇最初印入一九三七年三月二十五日出版的《工作与学习丛刊》之二《原野》一书。系作者逝世前二日所作（未完稿），是他最后的一篇文章。

　　②张勋复辟，事前曾得到段祺瑞的默契。但复辟事起，遭到全国人民的一致反对，他便转而以拥护共和为名，起兵将张勋击败。

　　③义和团：清末我国北方农民、手工业者等武装反对帝国主义的群众组织。但他们采取落后迷信的组织方式和斗争

方法,提出"扶清灭洋"口号,盲目排外。一九〇〇年,在帝国主义的八国联军和清政府的联合镇压下失败。八国联军,一九〇〇年英、美、德、法、俄、日、意、奥八个帝国主义国家为镇压义和团运动,联合出兵进攻中国,于八月十四日占领北京。次年清政府和八个帝国主义国家签订了丧权辱国的《辛丑条约》。

④吴稚晖:留日学生。

⑤西太后即慈禧太后,满族,叶赫那拉氏,清朝咸丰帝的妃子,同治即位,被尊为慈禧太后,成为同治、光绪两朝的实际统治者。

⑥吴稚晖和公使蔡钧大战:一九〇二年(清光绪二十八年)八月间,我国自费留日学生九人,志愿入成城学校(相当于士官预备学校),由于清政府对陆军学生颇多顾忌,公使蔡钧坚决拒绝保送。于是有留日学生二十余人(吴稚晖在内)往公使馆代为交涉,蔡钧始终不允,发生冲突。后来蔡钧勾结日政府以妨害治安罪拘捕学生,遣送回国。

⑦章太炎在《民报》第十九号(一九〇八年二月)发表的《复吴敬恒书》中说:"为蔡钧所引渡,欲诈为自杀以就名,不投大壑而投阳沟,面目上露,犹欲以杀身成仁欺观听者,非足下之成事乎?"又在《民报》第二十二号(一九〇八年七月)发表的《再复吴敬恒书》中说:"足下本一洋奴资格,迩而执贽康门,特以势利相缘,……今日言革命,明日言无政府,外劈大阉,忘其雅素……善箝而口,勿令舐痈;善补而裤,勿令后穿,斯已矣。此亦足下所当自省者也。"(吴稚晖投河被救后,在他衣袋里发现的绝命书中有云:"孔曰成仁,孟曰取义;亡国之惨,将有如是!诸公努力,仆终不死!")

⑧吴稚晖在《东方杂志》第三十三卷第一号(一九三六

年一月一日）发表的《回忆蒋竹庄先生之回忆》，其中对于"献策"一事多方辩解，说是"本来尽有事实可以代明，然而章太炎吃了这番巡捕房官司，当然不比跳在阳沟里，他又能扯几句范蔚宗（按即《后汉书》的作者范晔）的格调，当然他的文集，可以寿世。他竟用一面之词，含血喷人。"在文末又说："从十三年（按即一九二四年）到今，我是在党（按指国民党）里走动，人家看了好像得意。他不愿意投青天白日的旗帜之下，好像失意……今后他也鼎鼎大名地在苏州讲学了。党里的报纸也盛赞他的读经主张了。说不定他也要投青天白日旗的下面来，做什么国史馆总裁了。"

⑨《解辫发》作于一九〇〇年（清光绪二十六年）。文中所说"共和二千七百四十一年"，指一九〇〇年。公元前八四一年周厉王被逐，由共伯和代行王政，号共和元年，这是我国历史上有正确纪年的开始。章太炎采用共和纪元，含有不承认清朝统治的意思。

⑩"断发文身"语出《史记·越王勾践世家》："越王勾践，……封于会稽，以奉守禹之祀，文（纹）身断发，披草莱而邑焉。"

⑪黄克强：名兴，字克强，湖南善化（今长沙）人，近代民主革命家。他曾留学日本，与孙中山同倡革命，民国成立后曾任陆军总长。

阅读指要

鲁迅和章太炎都是从辛亥革命一直走到抗日战争前夕的著名历史人物。他们两人的逝世，相隔仅有四个月又五天。在章氏已逝、鲁迅将逝之间，鲁迅先后写了《关于太炎先生二三事》和《因太炎先生而想起的二三事》。后一篇是未完稿，是鲁迅留下的最后文字。文中对章太炎的一生业绩，作出了自己的具有真知灼见的评价。这评价不仅不

同于当时"官绅"对章氏的估量，不同于某些太炎弟子对章氏的理解，而且还不同于章氏本人对自己的看法。

在文章中，鲁迅称老师为"有学问的革命家"。在鲁迅看来，"先生的业绩，留在革命史上的，实在比学术史上的还要大"。并说，在日本东京去听章氏讲学，"并非因为他是学者，却为了他是有学问的革命家，所以直到现在，先生的音容笑貌，还在目前，而所讲的《说文解字》，却一句不记得了"。鲁迅这么说，也只是彰明自己的立场与选择。

影的告别

人睡到不知道时候的时候,就会有影来告别,说出那些话——

有我所不乐意的在天堂里,我不愿去;有我所不乐意的在地狱里,我不愿去;

有我所不乐意的在你们将来的黄金世界里,我不愿去。

然而你就是我所不乐意的。

朋友,我不想跟随你了,我不愿住。

我不愿意!

呜乎呜乎,我不愿意,我不如彷徨于无地。

我不过一个影,要别你而沉没在黑暗里了。然而黑暗又会吞并我,然而光明又会使我消失。

然而我不愿彷徨于明暗之间,我不如在黑暗里沉没。

然而我终于彷徨于明暗之间,我不知道是黄昏还是黎明。我姑且举灰黑的手装作喝干一杯酒,我将在不知道时候的时候独自远行。

呜乎呜乎,倘若黄昏,黑夜自然会来沉没我,否则我要被白天消失,如果现是黎明。

朋友，时候近了。

我将向黑暗里彷徨于无地。

你还想我的赠品。我能献你甚么呢？无已，则仍是黑暗和虚空而已。但是，我愿意只是黑暗，或者会消失于你的白天；我愿意只是虚空，决不占你的心地。

我愿意这样，朋友——

我独自远行，不但没有你，并且再没有别的影在黑暗里。只有我被黑暗沉没，那世界全属于我自己。

一九二四年九月二十四日

时代造就伟人，别样的时代总能给人别般的思索！鲁迅时代，正是中华民族灾难深重、面临生死存亡严重威胁的半殖民地半封建的社会。统治者属于弱势的资产阶级政府，于是民主的思想到处开花。

这样的社会现实，这样的战争年代，需要一面镜子，照着自己，以清醒的头脑，解放的思想，坚定自我，面对现实，直面人生的惨淡，正视淋漓的鲜血，向着光明前行！而鲁迅《影的告别》一文，正是鲁迅从直面现实中获得深切感受，充满思想。他告诉了我们，虽生不逢时，但要活得有价值，有意义！在彷徨行走中，定位自我，正是自我思考认识和价值取向的生动诠释和理性展示。

影子，不言而喻，是徜徉于黑暗和光明之间的产物。"天堂里，我不愿意去，地狱里我不愿意去，黄金世界里，我也不愿去"，"呜乎呜乎，我不愿意，我不如彷徨于无地"。可见此时的鲁迅，已对生活彷徨开来，大千世界，竟找不到属于自己的位置，没有自己想去的地方，心灵得不到栖息和一丝的满足，现实就是这么残酷，历史也这么无情，命运甚至不能由着自己掌握，生活更是无奈，彷徨也达到无地的阶段！在彷徨中，却折射着影子独立不倚的精神光芒，又可以给人一种隐形的力量：影子是冷静的，更是理智的，正寻找新的前进中的出路。

"然而我不愿彷徨于明暗之间,我不如在黑暗里沉没"。因为黑暗会吞并它,光明会使它消失,所以,它宁愿"在黑暗里沉没"。是是非非,孰轻孰重,显然,鲁迅已经思考了其中的分量和程度,在"黑暗"和"光明"的双重压迫下,作出明智的选择。影子能正确审视自己,知道自己的力量是有限的。但是它立场坚定,是非明辨,以至刚强。或许,在"黑暗"里,它只能忍耐一时之痛去"沉没",而在沉没中积聚力量,影子相信自己,终究会在沉没中爆发的!

"我姑且举灰黑的手装作喝干一杯酒,我将在不知道时候的时候独自远行",这时,将影子的内涵,又上升到一个新的高度,射着影子独立不倚的精神光芒,要为光明而付出牺牲和努力:那就是战斗,那也正是前进道路的酝酿,它之所以要远行,因为黑夜给了它黑色的眼睛,它要用黑色的眼睛在黑暗中寻找光明!光明是可以在前进中寻求到的!

一步步彷徨,思想灵魂也就一步步升华前进着,"我愿意只是黑暗,或者会消失于你的白天;我愿意只是虚空,决不占你的心地"。革命年代,黑暗统治,影子也会消失,这是对自己的世界观、价值观和人生观解剖,走自己的路,有自己的人生价值取向,那是为争取和平、民主、自由的暂时消失。

总之,《影的告别》一文是由此及彼和层层递进深入开来,是鲁迅从现实生活出发,从精神文化的角度的分析(国民思想的麻木劣根性正是阻碍中国革命取得成功的最大根源),对探求和思索着中华民族过去的历史与未来的命运的深切思考。我们坚信,道路是曲折的,走过那道坎坷,那道黑暗,前途就是一片光明的,前行中的彷徨显得更有价值,对中国革命的前途是充满信心,充满期待的,因为那将是一片艳阳天!

希望①

我的心分外地寂寞。

然而我的心很平安:没有爱憎,没有哀乐,也没有颜色和声音。

我大概老了。我的头发已经苍白,不是很明白的事么?我的手颤抖着,不是很明白的事么?那么,我的魂灵的手一定也颤抖着,头发也一定苍白了。

然而这是许多年前的事了。

这以前,我的心也曾充满过血腥的歌声:血和铁,火焰和毒,恢复和报仇。而忽而这些都空虚了,但有时故意地填以没奈何的自欺的希望。希望,希望,用这希望的盾,抗拒那空虚中的暗夜的袭来,虽然盾后面也依然是空虚中的暗夜。

然而就是如此,陆续地耗尽了我的青春。②我早先岂不知我的青春已经逝去了?但以为身外的青春固在:星,月光,僵坠的蝴蝶,暗中的花,猫头鹰的不祥之言,杜鹃③的啼血,笑的渺茫,爱的翔舞……。虽然是悲凉漂渺的青春罢,然而究竟是青春。

然而现在何以如此寂寞?难道连身外的青春也都逝去,

世上的青年也多衰老了么?

我只得由我来肉薄这空虚中的暗夜了。我放下了希望之盾,我听到 Petǒfi Sándor④(1823—49)的"希望"之歌:

希望是甚么?是娼妓:她对谁都蛊惑,将一切都献给;待你牺牲了极多的宝贝——你的青春——她就弃掉你。

这伟大的抒情诗人,匈牙利的爱国者,为了祖国而死在可萨克⑤兵的矛尖上,已经七十五年了。悲哉死也,然而更可悲的是他的诗至今没有死。

但是,可惨的人生!桀骜英勇如 Petǒfi,也终于对了暗夜止步,回顾着茫茫的东方了。他说:绝望之为虚妄,正与希望相同。⑥倘使我还得偷生在不明不暗的这"虚妄"中,我就还要寻求那逝去的悲凉漂渺的青春,但不妨在我的身外。因为身外的青春倘一消灭,我身中的迟暮也即凋零了。

然而现在没有星和月光,没有僵坠的蝴蝶以至笑的渺茫,爱的翔舞。然而青年们很平安。

我只得由我来肉薄这空虚中的暗夜了,纵使寻不到身外的青春,也总得自己来一掷我身中的迟暮。但暗夜又在哪里呢?现在没有星,没有月光以至笑的渺茫和爱的翔舞;青年们很平安,而我的面前又竟至于并且没有真的暗夜。绝望之为虚妄,正与希望相同!

一九二五年一月一日

【注释】

①本篇最初发表于一九二五年一月十九日《语丝》周刊第十期。作者在《〈野草〉英文译本序》中说:"因为惊异于青年之消沉,作《希望》。"

②作者在《南腔北调集·〈自选集〉自序》中说:"见过

辛亥革命,见过二次革命,见过袁世凯称帝,张勋复辟,看来看去,就看得怀疑起来,于是失望,颓唐得很了。……不过我却又怀疑于自己的失望,因为我所见过的人们,事件,是有限得很的,这想头,就给了我提笔的力量。'绝望之为虚妄,正与希望相同。'"

③杜鹃:鸟名,亦名子规、杜宇,初夏时常昼夜啼叫。唐代陈藏器撰的《本草拾遗》说:"杜鹃鸟,小似鹞,鸣呼不已,出血声始止。"

④Petŏfi Sándor:裴多菲·山陀尔,匈牙利诗人、革命家。曾参加一八四八年至一八四九年间反抗奥地利的民族革命战争,在作战中英勇牺牲。他的主要作品有《勇敢的约翰》《民族之歌》等。这里引的《希望》一诗,作于一八四五年。

⑤可萨克:通译哥萨克,原为突厥语,意思是"自由的人"或"勇敢的人"。他们原是俄罗斯的一部分农奴和城市贫民,十五世纪后半叶和十六世纪前半叶,因不堪封建压迫,从俄国中部逃出,定居在俄国南部的库班河和顿河一带,自称为"哥萨克人"。他们善骑战,沙皇时代多入伍当兵。一八四九年沙皇俄国援助奥地利反动派,入侵匈牙利镇压革命,俄军中即有哥萨克部队。

⑥绝望之为虚妄,正与希望相同:这句话出自裴多菲一八四七年七月十七日致友人凯雷尼·弗里杰什的信:"……这个月的十三号,我从拜雷格萨斯起程,乘着那样恶劣的驽马,那是我整个旅程中从未碰见过的。当我一看到那些倒霉的驽马,我吃惊得头发都竖了起来……我内心充满了绝望,坐上了大车,……但是,我的朋友,绝望是那样地骗人,正如同希望一样。这些瘦弱的马驹用这样快的速度带我飞驰到萨特马尔来,甚至连那些靠燕麦和干草饲养的贵族老爷派头的马也要为之赞赏。我对你们说过,不要只凭外表作判断,

要是那样,你就不会获得真理。"(译自匈牙利文《裴多菲全集》)

《希望》写于一九二五年一月一日,当时正是段祺瑞把持中华民国政权,北京又处于中国近代史上的又一个黑暗时期。于是鲁迅在无声的呐喊,想以《希望》唤醒被麻痹的青年。

鲁迅一贯钟爱青年,他把民族振兴的希望和光明的未来寄托在青年身上,因此青年的每一句言语,每一个动作都牵系他的思想,影响着他的情感。然而开篇"我的心分外地寂寞,然而我的心很平静:没有爱憎,没有哀乐,也没有颜色和声音。"文字是苍白的,他的心如同文字般死寂,原来是他老了,头发苍白,手在颤抖,灵魂也有颤抖,于是他寄望于"身外的青春"——青年。那个时候五四运动退潮,大革命失败,整个社会一片悲惨阴霾之情,年轻人都感到很失望,感到所追求的事业的无望,于是开始沉迷于风花雪月及时享乐,鲁迅是多么的心痛啊!鲁迅正是对年轻人的这个情况有所感慨,引用了著名诗人裴多菲这么一句话"绝望之为虚妄,正与希望相同",告诫年轻人应该振作起来,用希望的眼睛面对这个世间,做出积极的事业,正如鲁迅在《野草》英文译本序》中说:"因为惊异于青年之消沉,作《希望》。"他否定了绝望,而因此获得了追求希望的信心与力量。也就获得了战胜绝望的法宝——反抗。他的反抗是那些犀利的文字,夹杂着嘲讽,但他更希望的是换来国人的觉醒。他明白即便是在黑夜的星和月亮,即便是在寒夜中被冻僵的蝴蝶,即便是暗夜中绽放的花朵,即便像猫头鹰号叫和杜鹃啼血一样,那也是希望!

读鲁迅,尤其是读他的散文诗,不免觉得有些荒凉,但是荒凉并不代表沉默与无奈,面对着荒凉,鲁迅是在唱那希望之歌,迎接胜利的曙光啊。那么,既然绝望和希望,同样的虚妄,那么,与其采取绝望的态度对待一切人生事物,又何不采取希望的积极态度,对待一切人生事物呢？我们现在读来这篇文章，同样地也受到了巨大的鼓舞。身处当今社会里，我们也必须学会肉薄，千万不可堕落，认定自己的方向，笑对困难，才能收获更多！

过客

时：或一日的黄昏。

地：或一处。

人：老翁——约七十岁，白头发，黑长袍。

女孩——约十岁，紫发，乌眼珠，白地黑方格长衫。

过客——约三四十岁，状态困顿倔强，眼光阴沉，黑须，乱发，黑色短衣裤皆破碎，赤足著破鞋，胁下挂一个口袋，支着等身的竹杖。

东，是几株杂树和瓦砾；西，是荒凉破败的丛葬；其间有一条似路非路的痕迹。一间小土屋向这痕迹开着一扇门；门侧有一段枯树根。

〔女孩正要将坐在树根上的老翁搀起。〕

翁——孩子。喂，孩子！怎么不动了呢？

孩——〔向东望着，〕有谁走来了，看一看罢。

翁——不用看他。扶我进去罢。太阳要下去了。

孩——我，——看一看。

翁——唉，你这孩子！天天看见天，看见土，看见风，还不够好看么？什么也不比这些好看。你偏是要看谁。太阳下

去时候出现的东西，不会给你什么好处的。……还是进去罢。

孩——可是，已经近来了。阿阿，是一个乞丐。

翁——乞丐？不见得罢。

〔过客从东面的杂树间跄踉走出，暂时踌躇之后，慢慢地走近老翁去。〕

客——老丈，你晚上好？

翁——阿，好！托福。你好？

客——老丈，我实在冒昧，我想在你那里讨一杯水喝。我走得渴极了。这地方又没有一个池塘，一个水洼。

翁——唔，可以可以。你请坐罢。〔向女孩，〕孩子，你拿水来，杯子要洗干净。

〔女孩默默地走进土屋去。〕

翁——客官，你请坐。你是怎么称呼的。

客——称呼？——我不知道。从我还能记得的时候起，我就只一个人，我不知道我本来叫什么。我一路走，有时人们也随便称呼我，各式各样，我也记不清楚了，况且相同的称呼也没有听到过第二回。

翁——阿阿。那么，你是从哪里来的呢？

客——〔略略迟疑，〕我不知道。从我还能记得的时候起，我就在这么走。

翁——对了。那么，我可以问你到哪里去么？

客——自然可以。——但是，我不知道。从我还能记得的时候起，我就在这么走，要走到一个地方去，这地方就在前面。我单记得走了许多路，现在来到这里了。我接着就要走向那边去，〔西指，〕前面！

〔女孩小心地捧出一个木杯来，递去。〕

客——〔接杯，〕多谢，姑娘。〔将水两口喝尽，还杯，〕多谢，姑娘。这真是少有的好意。我真不知道应该怎样感谢！

翁——不要这么感激。这于你是没有好处的。

客——是的，这于我没有好处。可是我现在很恢复了些力气了。我就要前去。老丈，你大约是久住在这里的，你可知道前面是怎么一个所在么？

翁——前面？前面，是坟。

客——〔诧异地，〕坟？

孩——不，不，不。那里有许多许多野百合，野蔷薇，我常常去玩，去看他们的。

客——〔西顾，仿佛微笑，〕不错。那些地方有许多许多野百合，野蔷薇，我也常常去玩过，去看过的。但是，那是坟。〔向老翁，〕老丈，走完了那坟地之后呢？

翁——走完之后？那我可不知道。我没有走过。

客——不知道？！

孩——我也不知道。

翁——我单知道南边；北边；东边，你的来路。那是我最熟悉的地方，也许倒是于你们最好的地方。你莫怪我多嘴，据我看来，你已经这么劳顿了，还不如回转去，因为你前去也料不定可能走完。

客——料不定可能走完？……〔沉思，忽然惊起〕那不行！我只得走。回到那里去，就没一处没有名目，没一处没有地主，没一处没有驱逐和牢笼，没一处没有皮面的笑容，没一处没有眶外的眼泪。我憎恶他们，我不回转去。

翁——那也不然。你也会遇见心底的眼泪，为你的悲哀。

客——不。我不愿看见他们心底的眼泪，不要他们为我的悲哀。

翁——那么，你，〔摇头，〕你只得走了。

客——是的，我只得走了。况且还有声音常在前面催促我，叫唤我，使我息不下。可恨的是我的脚早经走破了，有

许多伤,流了许多血。〔举起一足给老人看,〕因此,我的血不够了;我要喝些血。但血在哪里呢?可是我也不愿意喝无论谁的血。我只得喝些水,来补充我的血。一路上总有水,我倒也并不感到什么不足。只是我的力气太稀薄了,血里面太多了水的缘故罢。今天连一个小水洼也遇不到,也就是少走了路的缘故罢。

翁——那也未必。太阳下去了,我想,还不如休息一会的好罢,像我似的。

客——但是,那前面的声音叫我走。

翁——我知道。

客——你知道?你知道那声音么?

翁——是的。他似乎曾经也叫过我。

客——那也就是现在叫我的声音么?

翁——那我可不知道。他也就是叫过几声,我不理他,他也就不叫了,我也就记不清楚了。

客——唉唉,不理他……。〔沉思,忽然吃惊,倾听着,〕不行!我还是走的好。我息不下。可恨我的脚早经走破了。〔准备走路。〕

孩——给你!〔递给一片布,〕裹上你的伤去。

客——多谢,〔接取,〕姑娘。这真是……。这真是极少有的好意。这能使我可以走更多的路。〔就断砖坐下,要将布缠在踝上,〕但是,不行!〔竭力站起,〕姑娘,还了你罢,还是裹不下。况且这太多的好意,我没法感激。

翁——你不要这么感激,这于你没有好处。

客——是的,这于我没有什么好处。但在我,这布施是最上的东西了。你看,我全身上可有这样的。

翁——你不要当真就是。

客——是的。但是我不能。我怕我会这样:倘使我得到

了谁的布施，我就要像兀鹰看见死尸一样，在四近徘徊，祝愿她的灭亡，给我亲自看见；或者咒诅她以外的一切全都灭亡，连我自己，因为我就应该得到咒诅。但是我还没有这样的力量；即使有这力量，我也不愿意她有这样的境遇，因为她们大概总不愿意有这样的境遇。我想，这最稳当。〔向女孩，〕姑娘，你这布片太好，可是太小一点了，还了你罢。

孩——〔惊惧，退后，〕我不要了！你带走！

客——〔似笑，〕哦哦，……因为我拿过了？

孩——〔点头，指口袋，〕你装在那里，去玩玩。

客——〔颓唐地退后，〕但这背在身上，怎么走呢？……

翁——你息不下，也就背不动。——休息一会，就没有什么了。

客——对咧，休息……。〔但忽然惊醒，倾听。〕不，我不能！我还是走好。

翁——你总不愿意休息么？

客——我愿意休息。

翁——那么，你就休息一会罢。

客——但是，我不能……。

翁——你总还是觉得走好么？

客——是的。还是走好。

翁——那么，你还是走好罢。

客——〔将腰一伸，〕好，我告别了。我很感激你们。〔向着女孩，〕姑娘，这还你，请你收回去。

〔女孩惊惧，敛手，要躲进土屋里去。〕

翁——你带去罢。要是太重了，可以随时抛在坟地里面的。

孩——〔走向前，〕阿阿，那不行！

客——阿阿，那不行的。

翁——那么，你挂在野百合野蔷薇上就是了。

孩——〔拍手，〕哈哈！好！

翁——哦哦……

〔极暂时中，沉默。〕

翁——那么，再见了。祝你平安。〔站起，向女孩，〕孩子，扶我进去罢。你看，太阳早已下去了。〔转身向门。〕

客——多谢你们。祝你们平安。〔徘徊，沉思，忽然吃惊，〕然而我不能！我只得走。我还是走好罢……。〔即刻昂了头，奋然向西走去。〕

〔女孩扶老人走进土屋，随即关了门。过客向野地里跄踉地闯进去，夜色跟在他后面。〕

一九二五年三月二日

《过客》写的是一个赶路人经过一户人家的事。这个赶路人不是一个普通的赶路人，是鲁迅自己的生存状态的隐射。而那一户人家的一个老翁和一个小姑娘在生活中也有符号象征的意义。当我们仔细品味文中昏暗、阴沉、荒凉的背景，那个赶路者毫无目的地向远方疲惫地赶路，而且在路途中流血将尽的苍凉，我们对于这个疲惫者是否有一丝的尊敬和同情。

人世沧桑，人与人之间的相遇其实也是如过客一般的。所以，过客——即作者自己在大多数人心中是留不下什么影像的。所以，"别人随便称呼我"。而且走路的过程是每个人的生命状态，而且是唯一的生命状态。所以，他说"从我还能记得的时候起，我就在这么走"。而且，这种人生的走是没有方向和终点的。这更增加了人生的悲凉和无奈。

尤其留意的是，这条人生道路是孤独的。这种孤独是社会加之于他的，人与人之间的冷漠，隔着厚厚的障壁。不被人理解甚至是迫害和压抑。当人生的意义变成对黑暗的逃避时，这样的逃亡和向往是多

么的可怜而可贵。他是一路心灵的浪漫,一路对自由的渴望,同时又是品尝孤独和感知生命渐渐消尽的过程。但是,他不愿在那个人吃人的社会中被人吃或吃掉更弱的别人。所以这个行路者,宁愿自己的生命消失在赶路的半途中,也不愿意"喝别人的血"。这是一种怎样的哀痛和牺牲精神。佛教故事中有"割肉喂鹰"的故事。过客披着被误解和诅咒的伤痕,而奉献自己的鲜血给别人,却决不愿吞食别人的血以营养自己。其包含的精神和"割肉喂鹰"的普度精神是多么的相似!

但是,过客并没有享受到被礼拜的佛的地位,相反,他还是不得不前行,赶往自己也不知道的终点的目标,不能接受别人的帮助和馈赠,忍受别人的不理解和怀疑。但是他一直不停地走下去。

老者是一个普通人,有经验的过来人,他对人生的看法和过客一样是悲观的,知道路的前面是坟。但是,这个老者身上带着中国人普遍的弱点,不敢正视现实,不敢面对自己的理想。宁愿闭着眼睛听凭真实的声音呼唤而置若罔闻、熟视无睹。宁愿守在路途的中间不愿忍受前进的痛苦和艰难,退出了生命的征程而成为一个看客。他是善良的,他劝过客的方法是安于现状。殊不知安于现状的结果就是被淘汰。这个静止而安详的老翁在中国的社会中已经世故而麻木,这是多么可悲和郁愤啊!

生活在那个年代的鲁迅。面对血腥的事实,虽会"目瞪口呆",却让他在黑暗的重压下,爆发出惊人的力量。他敢于直面杀人的刽子手进行无情的口诛笔伐。在这艰苦的求索中,他也曾彷徨过,失落过,但终是在斗争着的。

死火

我梦见自己在冰山间奔驰。

这是高大的冰山,上接冰天,天上冻云弥漫,片片如鱼鳞模样。山麓有冰树林,枝叶都如松杉。一切冰冷,一切青白。

但我忽然坠在冰谷中。

上下四旁无不冰冷,青白。而一切青白冰上,却有红影无数,纠结如珊瑚网。我俯看脚下,有火焰在。

这是死火。有炎炎的形,但毫不摇动,全体冰结,像珊瑚枝;尖端还有凝固的黑烟,疑这才从火宅中出,所以枯焦。这样,映在冰的四壁,而且互相反映,化成无量数影,使这冰谷,成红珊瑚色。

哈哈!

当我幼小的时候,本就爱看快舰激起的浪花,洪炉喷出的烈焰。不但爱看,还想看清。可惜他们都息息变幻,永无定形。虽然凝视又凝视,总不留下怎样一定的迹象。

死的火焰,现在先得到了你了!

我拾起死火,正要细看,那冷气已使我的指头焦灼;但

是，我还熬着，将他塞入衣袋中间。冰谷四面，登时完全青白。我一面思索着走出冰谷的法子。

我的身上喷出一缕黑烟，上升如铁线蛇。冰谷四面，又登时满有红焰流动，如大火聚，将我包围。我低头一看，死火已经燃烧，烧穿了我的衣裳，流在冰地上了。

"唉，朋友！你用了你的温热，将我惊醒了。"他说。

我连忙和他招呼，问他名姓。

"我原先被人遗弃在冰谷中，"他答非所问地说，"遗弃我的早已灭亡，消尽了。我也被冰冻冻得要死。倘使你不给我温热，使我重行烧起，我不久就须灭亡。"

"你的醒来，使我欢喜。我正在想着走出冰谷的方法；我愿意携带你去，使你永不冰结，永得燃烧。"

"唉唉！那么，我将烧完！"

"你的烧完，使我惋惜。我便将你留下，仍在这里罢。"

"唉唉！那么，我将冻灭了！"

"那么，怎么办呢？"

"但你自己，又怎么办呢？"他反而问。

"我说过了：我要出这冰谷……"

"那我就不如烧完！"

他忽而跃起，如红彗星，并我都出冰谷口外。有大石车突然驰来，我终于碾死在车轮底下，但我还来得及看见那车坠入冰谷中。

"哈哈！你们是再也遇不着死火了！"我得意地笑着说，仿佛就愿意这样似的。

一九二五年四月二十三日

鲁迅的文章写得很生涩，生涩却不落俗套，每字每句都经过认真

地雕饰，给人一种耳目一新的感觉。读来更是令人振奋，有一种刚毅不屈的气势，这也许便是鲁迅骨子里的东西——那种挺起腰板做人的气概。这篇《死火》就很好地体现了上述特点。作者的语言深沉冷峻，每一次停顿都包含着作者深邃的思想，每一次断句都蕴藏着作者尖锐的目光，虽然生硬，却分外铿锵，犹如浩瀚无际的大海，广阔无垠的宇宙，给人一种很强烈的心的震撼。

作者所刻画的死火和"我"的形象，生动具体，给人留下很深的印象。尤其是死火的宁肯燃尽，也不愿熄灭殆尽，更是将整篇文章推向了高潮。死也要辉煌地死去，这就是作者所追求的，很好地符合了时代的特色。

结局则以"我"的死而画上了悲凉的句号，然而故事并没有就此结束，这是作者对青年一代的号召，用自己全部的力量，全部的能量去同罪恶势力斗争。从另一个角度来看，这又是另一个高潮。

通读全文，作者那深邃的情思，丰富的内涵展现得淋漓尽致。其中对人性的探讨，对人生的感悟，更是引起了读者深刻的思考。

死要付出全部的力量之后辉煌地死去，这是一个人的尊严。我想这可能便是作者所要表达的吧。

狗的驳诘①

我梦见自己在隘巷中行走,衣履破碎,像乞食者。

一条狗在背后叫起来了。

我傲慢地回顾,叱咤说:

"呔!住口!你这势利的狗!"

"嘻嘻!"他笑了,还接着说,"不敢,愧不如人呢。"

"什么!?"我气愤了,觉得这是一个极端的侮辱。

"我惭愧:我终于还不知道分别铜和银②;还不知道分别布和绸;还不知道分别官和民;还不知道分别主和奴;还不知道……"

我逃走了。

"且慢!我们再谈谈……"他在后面大声挽留。

我一径逃走,尽力地走,直到逃出梦境,躺在自己的床上。

一九二五年四月二十三日

【注释】

①本篇最初发表于一九二五年五月四日《语丝》周刊第二十五期。

②铜和银：这里指钱币。我国旧时曾通用铜币和银币。

阅读指要

文章从"我"在"隘巷"中与狗遭遇，并斥责狗的"势利"入笔，接着就进入主题，写狗的驳诘。这条狗未曾开口，先"嘻嘻"一笑。它对"人"的嘲弄、讥刺都在这"嘻嘻"的笑声中，十分传神地表露了出来。狗的驳诘极有层次。它先下论断，后摆论据。论断鲜明，论据充分，具有毋庸置疑的说服力。"不敢，愧不如人呢。"这是狗在受到"我"的指斥之后的反唇相讥，亦即是它所下的论断。意思是说自己在势利这一方面远不如人，实在惭愧。"不敢"二字，透露出对"人"的挖苦、嘲讽之意。旋即，狗便摆出一系列的论据，其势有如疾风骤雨，猛烈地向"我"袭来……狗诚然是势利的动物。但是，正如狗所表白的那样，它还不会根据铜与银，布与绸，官与民，主与奴的贵贱而分别采取不同态度。恰恰倒是社会上的某些"人"，在拥有万贯的财主，身居高位的显贵，奴仆成群的豪绅面前卑躬屈膝，摇尾乞怜，犹如一条献媚取宠的哈叭儿狗。而在衣不蔽体、食不果腹，无权无势的小民百姓前则又张牙舞爪，不可一世；其鱼肉人民的心毒手狠的程度，比起他们的主子来，往往有过之而无不及。由此可见，狗的"愧不如人"的论断，是富有说服力的。

"我逃走了"，表明了"我"对狗的驳诘无力还击。"且慢！我们再谈谈"，洋溢着狗的胜利的喜悦。这个意味深长的结尾，十分形象地肯定了狗的驳诘，表明了作者的鲜明倾向。

在现实生活中，人们通常指斥狗是势利的动物。本文巧妙地通过狗的"愧不如人"的反驳，指出狗虽势利，但那些知道根据铜银、布绸、官民、主奴的贵贱而分别采取不同态度的"人"，是比狗还更加势利的，从而对那些为反动阶级所豢养的走狗文人进行了辛辣的讽刺。

失掉的好的地狱①

我梦见自己躺在床上，在荒寒的野外，地狱的旁边。一切鬼魂们的叫唤无不低微，然有秩序，与火焰的怒吼，油的沸腾，钢叉的震颤相和鸣，造成醉心的大乐②，布告三界③：地下太平。

有一伟大的男子站在我面前，美丽，慈悲，遍身有大光辉，然而我知道他是魔鬼。

"一切都已完结，一切都已完结！可怜的鬼魂们将那好的地狱失掉了！"他悲愤地说，于是坐下，讲给我一个他所知道的故事——

"天地作蜂蜜色的时候，就是魔鬼战胜天神，掌握了主宰一切的大威权的时候。他收得天国，收得人间，也收得地狱。他于是亲临地狱，坐在中央，遍身发大光辉，照见一切鬼众。地狱原已废弛得很久了：剑树④消却光芒；沸油的边际早不腾涌；大火聚有时不过冒些青烟，远处还萌生曼陀罗花⑤，花极细小，惨白可怜。——那是不足为奇的，因为地上曾经大被焚烧，自然失了他的肥沃。

"鬼魂们在冷油温火里醒来，从魔鬼的光辉中看见地狱

小花,惨白可怜,被大蛊惑,倏忽间记起人世,默想至不知几多年,遂同时向着人间,发一声反狱的绝叫。

"人类便应声而起,仗义执言,与魔鬼战斗。战声遍满三界,远过雷霆。终于运大谋略,布大网罗,使魔鬼并且不得不从地狱出走。最后的胜利,是地狱门上也竖了人类的旌旗!

"当鬼魂们一齐欢呼时,人类的整饬地狱使者已临地狱,坐在中央,用了人类的威严,叱咤一切鬼众。

"当鬼魂们又发一声反狱的绝叫时,即已成为人类的叛徒,得到永劫沉沦的罚,迁入剑树林的中央。

"人类于是完全掌握了主宰地狱的大威权,那威棱且在魔鬼以上。人类于是整顿废弛,先给牛首阿旁⑥以最高的俸草;而且,添薪加火,磨砺刀山,使地狱全体改观,一洗先前颓废的气象。

"曼陀罗花立即焦枯了。油一样沸;刀一样铦;火一样热;鬼众一样呻吟,一样宛转,至于都不暇记起失掉的好地狱。这是人类的成功,是鬼魂的不幸⋯⋯。

"朋友,你在猜疑我了。是的,你是人!我且去寻野兽和恶鬼⋯⋯"

一九二五年六月十六日

【注释】

①本篇最初发表于一九二五年六月二十二日《语丝》周刊第三十二期。

②醉心的大乐:使人沉醉的音乐。这里的"大"和下文的"大威权""大火聚"等词语中的"大",都是模仿古代汉译佛经的语气。

③三界:这里指天国、人间、地狱。

④剑树：佛教宣扬的地狱酷刑。

⑤曼陀罗花，亦称"风茄儿"，茄科，一年生有毒草本。佛经说，曼陀罗花白色而有妙香，花大，见之者能适意，故也译作适意花。

⑥牛首阿旁：佛教传说中地狱里牛头人身的鬼卒。

鲁迅本篇文章最初发表于一九二五年六月二十二日《语丝》周刊第三十二期，后收进《野草》。一九二五年前后，鲁迅住在北方。当时北洋军阀为了争夺统治权，大动干戈，连年混战，时局动荡不安。特别是一九二四年下半年，直系军阀和奉系军阀之间爆发了战争，接着直系军阀发生内哄。

《失掉的好的地狱》即是揭露、抨击军阀黑暗统治的一篇檄文。鲁迅指出，当时军阀统治的中国如同黑暗的地狱一样，"必须废掉"。鲁迅说："称为神的和称为魔的战斗了，并非争夺天国，而在要得地狱的统治权。所以无论谁胜，地狱至今也还是照样的地狱。"老军阀虽然被赶下了台，新上台的军阀依然如故。论其统治，后者则是更凶狠、更残酷和更反动了。鲁迅清楚地看到统治者的这一反动本质。在本篇中深刻地指出："人类"是借助于"鬼众""反狱的绝叫"，才赶走了"魔鬼"的。但是不管他原来挂着什么招牌，打的什么旗号，其真正目的，不过是"争夺地狱的统治权"，只要他们一旦登上统治的宝座，就要一反常态，面目全非。至于人民，无论"魔鬼"战胜了"天神"，还是"人类"战胜了"魔鬼"，他们都只能是奴隶，甚至是"下于奴隶"的。诗篇中"人类"的上台自然是打着"人类"招牌的新军阀的"成功"，但却是人民的更大不幸；而"地狱"的暂时太平，又正是新上台的"人类"用了"火焰的怒吼，油的沸腾，钢叉的震颤相和鸣"的血腥统治和武力镇压所造成。鲁迅一针见血地指出了新军阀的反动本质，提醒人们对于那些以新的面貌出现的统治者不能抱有任何幻想，指出

由他们"整饬地狱使者"主宰的人间地狱必须"失掉"。这一精辟的论断,对于启发人们认识正在崛起的以蒋介石为头子的国民党右派势力是具有重要的现实意义的。

颓败线的颤动

我梦见自己在做梦。自身不知所在,眼前却有一间在深夜中禁闭的小屋的内部,但也看见屋上瓦松的茂密的森林。

板桌上的灯罩是新拭的,照得屋子里分外明亮。在光明中,在破榻上,在初不相识的披毛的强悍的肉块底下,有瘦弱渺小的身躯,为饥饿,苦痛,惊异,羞辱,欢欣而颤动。弛缓,然而尚且丰腴的皮肤光润了;青白的两颊泛出轻红,如铅上涂了胭脂水。

灯火也因惊惧而缩小了,东方已经发白。

然而空中还弥漫地摇动着饥饿,苦痛,惊异,羞辱,欢欣的波涛……。

"妈!"约略两岁的女孩被门的开合声惊醒,在草席围着的屋角的地上叫起来了。

"还早哩,再睡一会罢!"她惊惶地说。

"妈!我饿,肚子痛。我们今天能有什么吃的?"

"我们今天有吃的了。等一会有卖烧饼的来,妈就买给你。"她欣慰地更加紧捏着掌中的小银片,低微的声音悲凉地发抖,走近屋角去一看她的女儿,移开草席,抱起来放在

破榻上。

"还早哩，再睡一会罢。"她说着，同时抬起眼睛，无可告诉地一看破旧的屋顶以上的天空。

空中突然另起了一个很大的波涛，和先前的相撞击，回旋而成旋涡，将一切并我尽行淹没，口鼻都不能呼吸。

我呻吟着醒来，窗外满是如银的月色，离天明还很辽远似的。

我自身不知所在，眼前却有一间在深夜中禁闭的小屋的内部，我自己知道是在续着残梦。可是梦的年代隔了许多年了。屋的内外已经这样整齐；里面是青年的夫妻，一群小孩子，都怨恨鄙夷地对着一个垂老的女人。

"我们没有脸见人，就只因为你，"男人气忿地说。"你还以为养大了她，其实正是害苦了她，倒不如小时候饿死的好！"

"使我委屈一世的就是你！"女的说。

"还要带累了我！"男的说。

"还要带累他们哩！"女的说，指着孩子们。

最小的一个正玩着一片干芦叶，这时便向空中一挥，仿佛一柄钢刀，大声说道："杀！"

那垂老的女人口角正在痉挛，登时一怔，接着便都平静，不多时候，她冷静地，骨立的石像似的站起来了。她开开板门，迈步在深夜中走出，遗弃了背后一切的冷骂和毒笑。

她在深夜中尽走，一直走到无边的荒野；四面都是荒野，头上只有高天，并无一个虫鸟飞过。她赤身露体地，石像似的站在荒野的中央，于一刹那间照见过往的一切：饥饿，苦痛，惊异，羞辱，欢欣，于是发抖；害苦，委屈，带累，于是痉挛；杀，于是平静。……又于一刹那间将一切并

合：眷念与决绝，爱抚与复仇，养育与歼除，祝福与咒诅……。她于是举两手尽量向天，口唇间漏出人与兽的，非人间所有，所以无词的言语。

当她说出无词的言语时，她那伟大如石像，然而已经荒废的，颓败的身躯的全面都颤动了。这颤动点点如鱼鳞，每一鳞都起伏如沸水在烈火上；空中也即刻一同振颤，仿佛暴风雨中的荒海的波涛。

她于是抬起眼睛向着天空，并无词的言语也沉默尽绝，惟有颤动，辐射若太阳光，使空中的波涛立刻回旋，如遭飓风，汹涌奔腾于无边的荒野。

我梦魇了，自己却知道是因为将手搁在胸脯上了的缘故；我梦中还用尽平生之力，要将这十分沉重的手移开。

一九二五年六月二十九日

《颓败线的颤动》也许是《野草》中最震撼人心的篇章。这位老女人的遭遇所象征、展示的是精神界战士与他所生活的世界——现实人间的真实关系：带着极大的屈辱，竭诚奉献了一切，却被为之牺牲的年轻一代（甚至是天真的孩子），以至整个社会无情地抛弃和放逐。这样的命运对于鲁迅是具有格外严重的意义的，本身即构成了对他"肩住黑暗的闸门"，放年轻人"到光明地方去"的历史选择的质疑。

文中所反映的"战士"与现实世界的感情关系是极其复杂的：作为被遗弃的异端，当然要和这个社会"决绝"，并充满"复仇""歼除"与"咒诅"的欲念；但他又不能割断一切情感联系，仍然摆脱不了"眷念""爱抚""养育""祝福"之情。在这矛盾的纠缠的情感的背后，是他更为矛盾、尴尬的处境：不仅社会遗弃了他，他自己也拒绝了社会，在这个意义上，他已经"不在"这个社会体系之中，他不能、也不愿用这套体系中的任何语言来表达自己；但事实上他又生

活"在"这社会之中，无论在社会关系上，还是在情感关系上都与这个社会纠缠在一起，如果他一开口，就有可能仍然落入社会既有的经验、逻辑与言语中，这样就无法摆脱无以言说的困惑，从而陷入了"失语"状态。"她于是举两手尽量向天，口唇间漏出人与兽的，非人间所有，所以无词的言语。"这又是一个非常深刻的也是很带悲剧性的"无"的选择：不能（也拒绝）用现实人间社会的言语表达自己，而只能用"非人间所有，所以无词的言语"。一个真正独立的批判的知识分子，他的真正的声音是在沉默无言中呈现的。所谓"非人间的，所以无词的言语"，指的是尚未受到人间经验、逻辑所侵蚀过的言语，只能在没有被异化的"非人间"找到它的存在。

文章的最后几段是极其精彩的段落，它提供了一个非常的境界：拒绝了"人间"的一切，回到了"非人间"，这"沉默尽绝"的"无边的荒野"，其实是一个更真实的世界。在某种程度上，这正是鲁迅的内心世界，这个世界更具真实，就像《影的告别》中的"影"在无边的黑暗中，拥有了无限的丰富，无限的阔大，无限的自由。这一段文字，是最具有鲁迅特色的文字；而且坦白地说，在鲁迅所有的文字中，这是最让人动心动容的。

一个女人为了孩子的生存，做了暗娼，而孩子长大成家后，却把她当作家庭的一个耻辱，遭到了难以忍受的怨恨和鄙夷。女儿、女婿斥责她，连小孙子也举起干芦叶对她喊"杀"。

立论

我梦见自己正在小学校的讲台上预备作文,向教师请教立论的方法。

"难!"教师从眼镜圈外斜射出眼光来,看着我,说,我告诉你一件事——

"一家人家生了一个男孩,合家高兴透顶了。满月的时候,抱出来给客人看,——大概自然是想得一点好兆头。

"一个说:这孩子将来要发财的。他于是得到一番感谢。

"一个说:这孩子将来要做官的。他于是收回几句恭维。

"一个说:这孩子将来是要死的。他于是得到一顿大家合力的痛打。

"说要死的必然,说富贵的说谎。但说谎的得好报,说必然的遭打。你……"

"我愿意既不谎人,也不遭打。那么,老师!我得怎么说呢?"

"那么,你得说:啊呀!这孩子呵!你瞧!多么……。啊唷!哈哈!Hehe!he,he he he he!"

一九二五年七月

阅读指要

　　《立论》是《野草》中的第十七篇。

　　文章很短。作者以一个"梦"的形式，用近乎寓言的笔法深刻揭露了在当时现实环境中，真理被歪曲，黑白不分的丑恶现象。坚持真理时时碰壁，鼓吹逢迎却成为"时代骄子"。

　　鲁迅刻画人物时很喜欢刻画他的"眼睛"，这在我们中学语文课本中数见不鲜。在本文《立论》中，当面对学生的提问时，作者仍然紧紧抓住了这位老师的眼睛，用一"斜射"形象逼真地描绘了一位圆滑世故的先生的神态。

　　全文主要采用对话的形式，通过大量的富有讽刺意味的语言来刻画"类型"，进而传递出作者内心深处的愤愤之情。不同的人有不同的语言，语言是人物精神的外壳。"这孩子将来要发财的"，"这孩子将来要做官的"，这是出自于阿谀谄媚者之口；而直言者，敢讲真话的人说："这孩子将来是要死的。"作者精心设计富有人物性格的语言，并且在人物与人物的对话中，全无啰唆冗杂之感。

　　寓言的格局往往令人深思。说假话者得欢心，而讲真话者倒挨了斗。为了讨好主子，各人都在为其满月的儿子大唱"赞"词，主人听得眉开眼笑；可不知从何处传来了一声非奴才式的怪腔，是人终不能逃脱一死，这是一句大实话，是众人心中都清楚明白的真理，可大家却偏偏不愿意听。故事发展到此处，我们可以想象此时此刻作者创作时的心态：悲？愤？可作者并没有满腹牢骚，让文章在一片"骂"声中煞尾。文章的结尾是颇具艺术魅力的，既形象生动地刻画了人物，又深刻地揭示了文章主旨，不愧是大师手笔。

　　整篇文章语言质朴、凝练，全无华丽之色，但在质朴的文字中蕴含着一种愤愤不平的正气。大师的作品，收获肯定也是丰厚的。试看今日的现实，像《立论》中的语言，无不直逼我们的生活。从大家的笔中，我们可以学到许多有益的东西：作文如做人，发可发之真情，并且将此真情融注在字里行间，而非简单地情绪化。

聪明人和傻子和奴才

奴才总不过是寻人诉苦。只要这样，也只能这样。有一日，他遇到一个聪明人。

"先生！"他悲哀地说，眼泪联成一线，就从眼角上直流下来。"你知道的。我所过的简直不是人的生活。吃的是一天未必有一餐，这一餐又不过是高粱皮，连猪狗都不要吃的，尚且只有一小碗……"

"这实在令人同情。"聪明人也惨然说。

"可不是么！"他高兴了。"可是做工是昼夜无休息的：清早担水晚烧饭，上午跑街夜磨面，晴洗衣裳雨张伞，冬烧汽炉夏打扇。半夜要煨银耳，侍候主人要钱；头钱从来没分，有时还挨皮鞭……。"

"唉唉……"聪明人叹息着，眼圈有些发红，似乎要下泪。

"先生！我这样是敷衍不下去的。我总得另外想法子。可是什么法子呢？……"

"我想，你总会好起来……"

"是么？但愿如此。可是我对先生诉了冤苦，又得你的

同情和慰安，已经舒坦得不少了。可见天理没有灭绝……"

但是，不几日，他又不平起来了，仍然寻人去诉苦。

"先生！"他流着眼泪说，"你知道的。我住的简直比猪窠还不如。主人并不将我当人；他对他的叭儿狗还要好到几万倍……"

"混账！"那人大叫起来，使他吃惊了。那人是一个傻子。

"先生，我住的只是一间破小屋，又湿，又阴，满是臭虫，睡下去就咬得真可以。秽气冲着鼻子，四面又没有一个窗……。"

"你不会要你的主人开一个窗的么？"

"这怎么行？……"

"那么，你带我去看去！"

傻子跟奴才到他屋外，动手就砸那泥墙。

"先生！你干什么？"他大惊地说。

"我给你打开一个窗洞来。"

"这不行！主人要骂的！"

"管他呢！"他仍然砸。

"人来呀！强盗在毁咱们的屋子了！快来呀！迟一点可要打出窟窿来了！……"他哭嚷着，在地上团团地打滚。

一群奴才都出来，将傻子赶走。

听到了喊声，慢慢地最后出来的是主人。

"有强盗要来毁咱们的屋子，我首先叫喊起来，大家一同把他赶走了。"他恭敬而得胜地说。

"你不错。"主人这样夸奖他。

这一天就来了许多慰问的人，聪明人也在内。

"先生。这回因为我有功，主人夸奖了我了。你先前说我总会好起来，实在是有先见之明……。"他大有希望似的高兴地说。

"可不是么……"聪明人也代为高兴似的回答他。

一九二五年十二月二十六日

鲁迅在《野草》的《题辞》中说："我自爱我的野草，但我憎恨我以野草作装饰的地面。"这"地面"就是产生野草的社会。《野草之二十·聪明人和傻子和奴才》就写出了对这社会的几种人的不同态度。作者批判了维护旧社会的"聪明人"，讽喻了对这社会不满而实际又在维护这社会的"奴才"，歌颂了和旧社会作坚决斗争，要毁坏这旧社会的"傻子"。本文短小精悍，明白晓畅，寓意深刻，是《野草》中的一篇佳作。

聪明人象征着封建统治阶级的维护者，他表面上同情奴才的遭遇，其实是给他们以精神上的麻醉。傻子则象征着封建统治的坚决反抗者。奴才则是封建统治阶级的受害者，他象征着那些安于现状、愚昧无知、不知反抗的病态社会中的人们，如阿Q等。

《野草》里的象征艺术主要有四种类型：

一、借助于一些奇突的象征性形象的创造来完成，如《复仇》中全身裸露和看客永远对峙的青年男女，《颓败线的颤动》中垂老的女人，《这样的战士》中投枪的战士，都不是写实的，而有着怪诞、变形、夸张的特点。

二、借助于眼前自然景观的象征性描绘，如《秋夜》中枣树、花草、小青虫与星空的对立。《雪》中江南和朔方雪景的对衬，《好的故事》中那倒映在清澈河水中的山路上的美景，这些瑰丽的自然景观都是工笔结合着写意法绘出，带有象征寓意色彩。

三、借助于幻境，特别是梦境的象征性描写，《野草》中有七篇是专写梦境的，如《影的告别》《死火》《狗的驳诘》《失掉的好地狱》《墓碣文》《颓败线的颤动》《死后》，造境的奇诡、怪诞前无古人，有一种阴森神秘的气氛。如果纵观《野草》，从某种意义上说，鲁

迅是从《秋夜》入梦,至末篇《一觉》清醒,做了一个很长的"秋夜梦"。

四、借助于象征性的寓言故事的创造,如《立论》《聪明人和傻子和奴才》等,这些寓言幽默泼辣,意味隽永。

文中的"奴才"总是寻人诉苦,他抱怨"所过的简直不是人的生活。""做工是昼夜无休息的","住的简直比猪窠还不如"。他不平,他流泪。但是,当"聪明人"假惺惺地惨然、叹息,欺骗他说"你总会好起来……"的时候,"奴才"高兴了,说:"我对先生诉了冤苦,又得你的同情和安慰,已经舒坦得不少了。可见天理没有灭绝……。"假意的许诺和哄骗,使他又甘于自己被人驱使、奴役的地位了。但是,不几日,他又不平,又找人去诉苦。当"傻子"听了他的诉苦,大为愤怒,动手为他砸窗时,他大惊,哭嚷着,在地上团团地打滚。等到奴才们将"傻子"赶走,他又恭敬地向主人报功了。奴才只要这样,也只能这样。鲁迅在这里辛辣地嘲讽了这个十足的奴才。在半殖民地半封建的旧中国,产生了两种很坏的东西,即奴才和流氓。随着封建专制和帝国主义压迫的日益深重,中国的奴才性也日益发展,日益恶化。对此,鲁迅深恶痛绝。在这篇散文里,鲁迅对这种甘心供人驱使,对上献媚,甚至为虎作伥的"奴才哲学"作了无情的批判。

"聪明人"则是维护旧社会、欺骗奴才的伪君子。在几千年的封建社会里,反动统治者总是用种种欺骗手段麻痹人民,用封建、奴化思想毒害人民,要把人民整治成既供剥削阶级驱使,又不会造反的"服役的机器"。"聪明人"对"奴才"的"同情"和"慰安"就正是使奴才安于被剥削、被奴役的麻醉剂。他与"主人"是一丘之貉,面目可憎。

文中的"傻子"是一个坚定的反封建的战士。他嫉恶如仇,并且身体力行。当他听"奴才"诉苦以后,怒不可遏,"混账!""傻子"大叫起来。他动手砸那泥墙,要给"奴才"打个窗洞来,然而他的行为不为"奴才"所理解。他要救"奴才",反被"奴才"诬为"强盗"。在封建思想占统治地位的社会里,他这样的言行必然会被看作是傻子。

鲁迅在反封建的思想战士的立场上，对这与黑暗的旧势力作坚决斗争的改革者是热情赞美和歌颂的。

《聪明人和傻子和奴才》这篇散文采用象征手法，用形象和比喻，表现了作者鲜明的爱憎。在用比喻中，鲁迅很注意类型性，这就是他所说的"论时事不留面子，砭锢弊常取类型。"（《伪自由书·前记》）文中的"聪明人""傻子"和"奴才"就代表了对待旧社会抱不同态度的三种人，概括性很强。本文语言生动形象。通篇采用对话体，人物语言富有个性。通过人物的语言，表现人物的身份、地位和思想。如"傻子"为"奴才"打窗时，奴才大惊地说："先生！你干什么？""这不行！主人要骂的！""人来呀！强盗在毁咱们的屋子了！……"寥寥数语，将"奴才"的一副"奴才相"用其卑劣的心态表现得淋漓尽致。

淡淡的血痕中[1]
——纪念几个死者和生者和未生者

目前的造物主,还是一个怯弱者。

他暗暗地使天变地异,却不敢毁灭一个这地球;暗暗地使生物衰亡,却不敢长存一切尸体;暗暗地使人类流血,却不敢使血色永远鲜浓;暗暗地使人类受苦,却不敢使人类永远记得。

他专为他的同类——人类中的怯弱者——设想,用废墟荒坟来衬托华屋,用时光来冲淡苦痛和血痕;日日斟出一杯微甘的苦酒,不太少,不太多,以能微醉为度,递给人间,使饮者可以哭,可以歌,也如醒,也如醉,若有知,若无知,也欲死,也欲生。他必须使一切也欲生,他还没有灭尽人类的勇气。

几片废墟和几个荒坟散在地上,映以淡淡的血痕,人们都在其间咀嚼着人我的渺茫的悲苦。但是不肯吐弃,以为究竟胜于空虚,各各自称为"天之僇民"[2],以作咀嚼着人我的渺茫的悲苦的辩解,而且悚息着静待新的悲苦的到来。新的,这就使他们恐惧,而又渴欲相遇。

这都是造物主的良民。他就需要这样。

叛逆的猛士出于人间。他屹立着，洞见一切已改和现有的废墟和荒坟，记得一切深广和久远的苦痛，正视一切重叠淤积的凝血，深知一切已死，方生，将生和未生。他看透了造化的把戏。他将要起来使人类苏生，或者使人类灭尽，这些造物主的良民们。

造物主，怯弱者，羞惭了，于是伏藏。天地在猛士的眼中于是变色。

一九二六年四月八日

【注释】

①本篇最初发表于一九二六年四月十九日《语丝》周刊第七十五期。作者在《〈野草〉英文译本序》中说："段祺瑞政府枪击徒手民众后，作《淡淡的血痕中》。"

②"天之僇民"：语出《庄子·大宗师》。僇，原作戮，僇民，受刑戮的人、罪人。原语是孔子的自称，意为受人间世俗束缚的人。

《淡淡的血痕中》这篇文章，出自鲁迅著名的散文诗集《野草》。大家对举世闻名的"三·一八"惨案，我想，是不会陌生的。在一种愤怒的心境下，鲁迅于短短的几十天的时间里连续写下了《无花的蔷薇之二》《死地》《可惨与可笑》《记念刘和珍君》《空谈》《如此"讨赤"》等杂文和散文。到了四月八日，鲁迅在避难的居处又写了这篇充满战斗性的抒情散文《淡淡的血痕中》。

鲁迅开门见山就指出，"目前的造物主，还是一个怯弱者"。造物主也就是自然界，一直在暗暗地制造着灾难，制造着罪恶，给人类带来无尽的痛苦。同时又害怕人类遭受痛苦觉醒后起来斗争，于是又想着法子让饱受不幸的人类不断地淡忘这种灾难、罪恶、痛苦：

"他暗暗地使天变地异,却不敢毁灭一个这地球;暗暗地使生物衰亡,却不敢长存一切尸体;暗暗地使人类流血,却不敢使血色永远鲜浓;暗暗地使人类受苦,却不敢使人类永远记得。"

这一段文字的含义是深刻的。造物主可以暗暗地使天地发生自然的变化,却不敢毁灭这个充满不平和罪恶的世界;造物主暗暗地使生物逐渐走向衰老死亡,却不敢长存一切尸体以作为杀人者的证明;造物主暗暗地使统治者任意屠杀善良的人类而流血,却不敢使血色永远鲜浓以唤起人民反抗;造物主暗暗地使被压迫的人民受尽苦痛,却又用时间的流驶冲去人们的记忆,不敢使人们永远记得痛苦,而进行复仇的战斗。

鲁迅不仅指出了造物主不断地给人类制造灾难痛苦而又害怕人类起来反抗的怯弱劣性,而且进一步指出了造物主还造就了一部分麻木的庸人:

"他专为他的同类——人类中的怯弱者——设想,用废墟荒坟来衬托华屋,用时光来冲淡苦痛和血痕;日日斟出一杯微甘的苦酒,不太少,不太多,以能微醉为度,递给人间,使饮者可以哭,可以歌,也如醒,也如醉,若有知,若无知,也欲死,也欲生。他必须使一切也欲生;他还没有灭尽人类的勇气。"

这里的"人类中的怯弱者"当是那麻木的苟且偷生的人。这些人看见华屋的生活便将废墟和荒坟给忘记了,随着时光的流逝,也将过去的伤痛和血痕淡忘了,在一杯微甘的苦酒中生活着。他们可哭可歌、如醒如醉、若有知若无知、欲生又欲死。不问今年是何年,没有明确的人生目标,不明人生真正意义今生是来做什么的,他们糊里糊涂地生活着。

鲁迅先生的笔并没有就此而止。在先生看来,这些庸人已将自己的麻木发展到了明知心有苦痛心有莫大的不该背负的委屈却甘心隐忍这种苦痛酸辛的可怜可哀的地步了:

"几片废墟和几个荒坟散在地上,映以淡淡的血痕,人们都在其间

咀嚼着人我的渺茫的悲苦。但是不肯吐弃,以为究竟胜于空虚,各各自称为'天之僇民',以作咀嚼着人我的渺茫的悲苦的辩解,而且悚息着静待新的悲苦的到来。新的,这就使他们恐惧,而又渴欲相遇。"

鲁迅的笔是犀利的,对国民性的当争不争的劣性已揭示到了极点。明明心中有莫大的苦楚,可是却藏在心中不肯吐弃,不仅不吐,反而还作退一步想,自己是"天之僇民",应该隐忍才是。从来就没有想到做一回主人。以前,我们说,一个人善于隐忍,是一个优点,可是像这样忍,只能说十分可悲可哀罢了。如果所有的国民都是这样麻木地忍着话,这个民族断然是没有希望的。

面对压迫,面对流血,面对造物主无端地加在我们身上的伤痛,我们到底如何办?鲁迅从当时的现实中,从觉醒者的身上,看到民族的希望。他把目光转向了屹立于人间的与庸人完全不同的叛逆的猛士,作者在热情地讴歌:

"叛逆的猛士出于人间;他屹立着,洞见一切已改和现有的废墟和荒坟,记得一切深广和久远的苦痛,正视一切重叠淤积的凝血,深知一切已死,方生,将生和未生。他看透了造化的把戏:他将要起来使人类苏生,或者使人类灭尽,这些造物主的良民们。造物主,怯弱者,羞惭了,于是伏藏。天地在猛士的眼中于是变色。"

这段文字,具有一种鼓舞人心的力量。从这段文字里,我们看到的是燃烧的大火,是亮闪闪的长剑,是正气,是刚骨,是坚强,是人的希望。我们这个民族不能永远偏处于阴暗潮湿的角落里,我们每一个人都不需要伛偻,我们每一个人都必须挺直自己的腰身。我们不能将以前的痛楚完全淡忘而像乞儿那样麻木地讨生活!我们必须学会站立起来,正视一切深广和久远的苦痛,创造属于我们自己的新生活!

不论我们到了哪里,不论在什么时候,都不要忘了心中的痛!

狗·猫·鼠

从去年起，仿佛听得有人说我是仇猫的。那根据自然是在我的那一篇《兔和猫》；这是自画招供，当然无话可说，——但倒也毫不介意。一到今年，我可很有点担心了。我是常不免于弄弄笔墨的，写了下来，印了出去，对于有些人似乎总是搔着痒处的时候少，碰着痛处的时候多。万一不谨，甚而至于得罪了名人或名教授，或者更甚而至于得罪了"负有指导青年责任的前辈"之流，可就危险已极。为什么呢？因为这些大脚色是"不好惹"的。怎地"不好惹"呢？就是怕要浑身发热之后，做一封信登在报纸上，广告道："看哪！狗不是仇猫的么？鲁迅先生却自己承认是仇猫的，而他还说要打'落水狗'！"[1]这"逻辑"的奥义，即在用我的话，来证明我倒是狗，于是而凡有言说，全都根本推翻，即使我说二二得四，三三见九，也没有一字不错。这些既然都错，则绅士口头的二二得七，三三见千等等，自然就不错了。

我于是就间或留心着查考它们成仇的"动机"。这也并非敢妄学现下的学者以动机来褒贬作品的那些时髦，不过想给自己预先洗刷洗刷。据我想，这在动物心理学家，是用不着费什么力气的,可惜我没有这学问。后来,在覃哈特博士(Dr.O.Dahmhardt)的《自然史底国民童话》里,总算发现了那原因了。据说,是这么一回事:动物们因为要商议要事,开了一个会议,鸟、鱼、兽都齐集了,单是缺了象。大家议定,派伙计去迎接它,拈到了当这差使的阄的就是狗。"我怎么找到那象呢?我没有见过它,也和它不认识。"它问。"那容易,"大众说,"它是驼背的。"狗去了,遇见一只猫,立刻弓起脊梁来,它便招待,同行,将弓着脊梁的猫介绍给大家道:"象在这里!"但是大家都嗤笑它了。从此以后,狗和猫便成了仇家。

日尔曼人走出森林虽然还不很久,学术文艺却已经很可观,便是书籍的装潢,玩具的工致,也无不令人心爱。独有这一篇童话却实在不漂亮;结怨也结得没有意思。猫的弓起脊梁,并不是希图冒充,故意摆架子的,其咎却在狗的自己没眼力。然而原因也总可以算作一个原因。我的仇猫,是和这大大两样的。

其实人禽之辨,本不必这样严。在动物界,虽然并不如古人所幻想的那样舒适自由,可是噜苏做作的事总比人间少。它们适性任情,对就对,错就错,不说一句分辩话。虫蛆也许是不干净的,但它们并没有自命清高;鸷禽猛兽以较弱的动物为饵,不妨说是凶残的罢,但它们从来就没有竖过"公理""正义"的旗子,使牺牲者直到被吃的时候为止,还是一味佩服赞叹它们。人呢,能直立了,自然是一大进步;能说话了,自然又是一大进步;能写字作文了,自然又是一大进步。然而也就堕落,因为那时也开始了说空话。说空话尚无不可,甚至于连自己也不知道说着违心之论,则对于只能嗥叫的动物,实在免不得"颜厚有忸怩"。假使真有一位一视同仁的造物主,高高在上,那么,对于人类的这些

小聪明,也许倒以为多事,正如我们在万生园里,看见猴子翻筋斗,母象请安,虽然往往破颜一笑,但同时也觉得不舒服,甚至于感到悲哀,以为这些多余的聪明,倒不如没有的好罢。然而,既经为人,便也只好"党同伐异",学着人们的说话,随俗来谈一谈,——辩一辩了。

现在说起我仇猫的原因来,自己觉得是理由充足,而且光明正大的。一、它的性情就和别的猛兽不同,凡捕食雀、鼠,总不肯一口咬死,定要尽情玩弄,放走,又捉住,捉住,又放走,直待自己玩厌了,这才吃下去,颇与人们的幸灾乐祸,慢慢地折磨弱者的坏脾气相同。二、它不是和狮虎同族的么?可是有这么一副媚态!但这也许是限于天分之故罢,假使它的身材比现在大十倍,那就真不知道它所取的是怎么一种态度。然而,这些口实,仿佛又是现在提起笔来的时候添出来的,虽然也像是当时涌上心来的理由。要说得可靠一点,或者倒不如说不过因为它们配合时候的嗥叫,手续竟有这么繁重,闹得别人心烦,尤其是夜间要看书,睡觉的时候。当这些时候,我便要用长竹竿去攻击它们。狗们在大道上配合时,常有闲汉拿了木棍痛打;我曾见大勃吕该尔(P.Bruegel d.A)的一张铜版画 *Allegorie der Wollust* 上,也画着这回事,可见这样的举动,是中外古今一致的。自从那执拗的奥国学者弗罗特(S.Freud)提倡了精神分析说——psychoanalysis,听说章士钊先生是译作"心解"的,虽然简古,可是实在难解得很——以来,我们的名人名教授也颇有隐隐约约,捡来应用的了,这些事便不免又要归宿到性欲上去。打狗的事我不管,至于我的打猫,却只因为它们嚷嚷,此外并无恶意,我自信我的嫉妒心还没有这么博大,当现下"动辄获咎"之秋,这是不可不预先声明的。例如人们当配合之前,也很有些手续,新的是写情书,少则一束,多则一捆；旧的是什么"问名""纳采"，磕头作揖，去年海昌蒋氏在北京举行婚礼，拜来拜去，就十足拜了三天，还印有一本红面子的《婚礼节文》，《序论》里大发议论道："平心论之，既名为礼，当必繁重。专图简易，何用礼为？……然则世之有志于礼者，可以兴矣！不可退居于礼所不下之庶人矣！"然而我毫不生气，这是因为无须我到场；因此也可见我的仇猫，理由实在简简单单，只为了它们在我的耳朵边尽嚷的缘故。人们的各种礼式，局外人可以不见不闻，我就满不管，但如果当我正要看书或睡觉的时候，有人来勒令朗诵情书，奉陪作揖，那是为自卫起见，还要用长竹竿来抵御的。还有，平素不大交往的人，忽而寄给我一个红帖子，上面印着"为舍妹出阁"，"小儿完姻"，"敬请观礼"或"阖第光临"这些含有"阴险的暗示"的句子，使我不花钱便总觉得有些过意不去的，我也不十分高兴。

但是，这都是近时的话。再一回忆，我的仇猫却远在能够说出这些理由之前，也许是还在十岁上下的时候了。至今还分明记得，那原因是极其简单的：只因为它吃老鼠，——吃了我饲养着的可爱的小小的隐鼠。

听说西洋是不很喜欢黑猫的，不知道可确；但 Edgar Allan Poe 的小说里的黑猫，却实在有点骇人。日本的猫善于成精，传说中的"猫婆"，那食人的惨酷确是更可怕。中国古时候虽然曾有"猫鬼"，近来却很少听到猫的兴妖作怪，似乎古法已经失传，老实起来了。只是我在童年，总觉得它有点妖气，没有什么好感。那是一个我的幼时的夏夜，我躺在一株大桂树下的小板桌上乘凉，祖母摇着芭蕉扇坐在桌旁，给我猜谜，讲故事。忽然，桂树上沙沙地有趾爪的爬搔声，一对闪闪的眼睛在暗中随声而下，使我吃惊，也将祖母讲着的话打断，另讲猫的故事了——

"你知道么？猫是老虎的先生。"她说。"小孩子怎么会知道呢，猫是老虎的师父。老虎本来是什么也不会的，就投到猫的门下来。猫就教给它扑的方法，捉的方法，吃的方法，像自己的捉老鼠一样。这些教完了；老虎想，本领都学到了，谁也比不过它了，只有老师的猫还比自己强，要是杀掉猫，自己便是最强的角色了。它打定主意，就上前去扑猫。猫是早知道它的来意的，一跳，便上了树，老虎却只能眼睁睁地在树下蹲着。它还没有将一切本领传授完，还没有教给它上树。"

这是侥幸的，我想，幸而老虎很性急，否则从桂树上就会爬下一匹老虎来。然而究竟很怕人，我要进屋子里睡觉去了。夜色更加黯然；桂叶瑟瑟地作响，微风也吹动了，想来草席定已微凉，躺着也不至于烦得翻来覆去了。

几百年的老屋中的豆油灯的微光下，是老鼠跳梁的世界，飘忽地走着，吱吱地叫着，那态度往往比"名人名教授"还轩昂。猫是饲养着的，然而吃饭不管事。祖母她们虽然常恨鼠子们啮破了箱柜，偷吃了东西，我却以为这也算不得什么大罪，也和我不相干，况且这类坏事大概是大个子的老鼠做的，决不能诬陷到我所爱的小鼠身上去。这类小鼠大抵在地上走动，只有拇指那么大，也不很畏惧人，我们那里叫它"隐鼠"，与专住在屋上的伟大者是两种。我的床前就贴着两张花纸，一是"八戒招赘"，满纸长嘴大耳，我以为不甚雅观；别的一张"老鼠成亲"却可爱，自新郎、新妇以至傧相、宾客、执事，没有一个不是尖腮细腿，像煞读书人的，但穿的都是红衫绿裤。我想，能举办这样大仪式的，一定只有我所喜欢的那些隐鼠。现在是粗俗了，在路上遇见人类的迎娶仪仗，也不过当作性交的广告看，不甚留心；但那时的想看"老鼠成亲"的仪式，却极其神往，即使像海昌蒋氏似的连拜三夜，怕也未必会看得心烦。正月十四的夜，是我不肯轻易便睡，等候它们的仪仗从床下出来的夜。然而仍然只看见几个光着身子的隐鼠在地面游行，不像正在办着喜事。直到我熬不住了，快快睡去，一睁眼却已经天明，到了灯节了。

也许鼠族的婚仪，不但不分请帖，来收罗贺礼，虽是真的"观礼"，也绝对不欢迎的罢，我想，这是它们向来的习惯，无法抗议的。

老鼠的大敌其实并不是猫。春后，你听到它"咋！咋咋咋咋！"地叫着，大家称为"老鼠数铜钱"的，便知道它的可怕的屠伯已经光临了。这声音是表现绝望的惊恐的，虽然遇见猫，还不至于这样叫。猫自然也可怕，但老鼠只要窜进一个小洞去，它也就奈何不得，逃命的机会还很多。独有那可怕的屠伯——蛇，身体是细长的，圆径和鼠子差不多，凡鼠子能到的地方，它也能到，追逐的时间也格外长，而且万难幸免，当"数钱"的时候，大概是已经没有第二步办法的了。

有一回，我就听得一间空屋里有着这种"数钱"的声音，推门进去，一条蛇伏在横梁上，看地上，躺着一只隐鼠，口角流血，但两胁还是一起一落的。取来给躺在一个纸盒子里，大半天，竟醒过来了，渐渐地能够饮食，行走，到第二日，似乎就复了原，但是不逃走。放在地上，也时时跑到人面前来，而且缘腿而上，一直爬到膝髁。给放在饭桌上，便捡吃些菜渣，舔舔碗沿；放在我的书桌上，则从容地游行，看见砚台便舔吃了研着的墨汁。这使我非常惊喜了。我听父亲说过的，中国有一种墨猴，只有拇指一般大，全身的毛是漆黑而且发亮的。它睡在笔筒里，一听到磨墨，便跳出来，等着，等到人写完字，套上笔，就舔尽了砚上的余墨，仍旧跳进笔筒里去了。我就极愿意有这样的一个墨猴，

可是得不到；问哪里有，哪里买的呢，谁也不知道。"慰情聊胜无"，这隐鼠总可以算是我的墨猴了罢，虽然它舔吃墨汁，并不一定肯等到我写完字。

现在已经记不分明，这样地大约有一两月；有一天，我忽然感到寂寞了，真所谓"若有所失"。我的隐鼠，是常在眼前游行的，或桌上，或地上。而这一日却大半天没有见，大家吃午饭了，也不见它走出来，平时，是一定出现的。我再等着，再等它一半天，然而仍然没有见。

长妈妈，一个一向带领着我的女工，也许是以为我等得太苦了罢，轻轻地来告诉我一句话。这即刻使我愤怒而且悲哀，决心和猫们为敌。她说：隐鼠是昨天晚上被猫吃去了！

当我失掉了所爱的，心中有着空虚时，我要充填以报仇的恶念！

我的报仇，就从家里饲养着的一匹花猫起手，逐渐推广，至于凡所遇见的诸猫。最先不过是追赶，袭击；后来却愈加巧妙了，能飞石击中它们的头，或诱入空屋里面，打得它垂头丧气。这作战继续得颇长久，此后似乎猫都不来近我了。但对于它们纵使怎样战胜，大约也算不得一个英雄；况且中国毕生和猫打仗的人也未必多，所以一切韬略、战绩，还是全部省略了罢。

但许多天之后，也许是已经经过了大半年，我竟偶然得到一个意外的消息：那隐鼠其实并非被猫所害，倒是它缘着长妈妈的腿要爬上去，被她一脚踏死了。

这确是先前所没有料想到的。现在我已经记不清当时是怎样一个感想，但和猫的感情却终于没有融和；到了北京，还因为它伤害了兔的儿女们，便旧隙夹新嫌，使出更辣的辣手。"仇猫"的话柄，也从此传扬开来。然而在现在，这些早已是过去的事了，我已经改变态度，对猫颇为客气，倘其

万不得已，则赶走而已，决不打伤它们，更何况杀害。这是我近几年的进步。经验既多，一旦大悟，知道猫的偷鱼肉，拖小鸡，深夜大叫，人们自然十之九是憎恶的，而这憎恶是在猫身上。假如我出而为人们驱除这憎恶，打伤或杀害了它，它便立刻变为可怜，那憎恶倒移在我身上了。所以，目下的办法，是凡遇猫们捣乱，至于有人讨厌时，我便站出去，在门口大声叱曰："嘘！滚！"小小平静，即回书房，这样，就长保着御侮保家的资格。其实这方法，中国的官兵就常在实做的，他们总不肯扫清土匪或扑灭敌人，因为这么一来，就要不被重视，甚至于因失其用处而被裁汰。我想，如果能将这方法推广应用，我大概也总可望成为所谓"指导青年"的"前辈"的罢，但现下也还未决心实践，正在研究而且推敲。

一九二六年二月二十一日

【注释】

①这是陈源《致志摩》一文中的话。本文以及《朝花夕拾》中的其他篇章都多处引用陈源文章中的语句讥讽陈源。

阅读指要

《狗·猫·鼠》是鲁迅先生的散文名篇，取自散文集《朝花夕拾》。这篇文章主要通过对猫和鼠的一些秉性，行为的描写来比喻某些人。鲁迅先生在文中阐述他仇猫——即不喜欢猫的原因。其实这些原因与一类人的行为，性格很相像，例如写猫捕食到比自己弱小的动物就尽情玩弄，直到玩厌了，才吃掉，就像某些人，抓住了别人的弱点或不足之处，就想尽办法慢慢地折磨别人，好像如果不折磨够，就不甘心一样，如果别人犯了什么错，受到批评，说不定那种人就会在某个角落里偷偷地奸笑。

要理解鲁迅在这里对猫所采取的态度就必须了解当时在新文化和新文学运动中的一场斗争围绕着"五卅"惨案和"三·一八"事件现代评论派曾经为帝国主义和封建军阀辩护并且百般诬蔑人民群众的革命斗争。以鲁迅为代表的坚持反帝反封建的革命派同他们作了长期的鏖战，无情地揭露其作为帝国主义和封建军阀的奴才的阴险而丑恶的面目。

由此便可以清楚地知道鲁迅此文决非一般地描写狗、猫和鼠的散文，而是充满着革命的战斗精神的篇章。重点是在活画出帝国主义和封建军阀的奴才，那一幅可憎的猫像，即猫的嘴脸和猫的灵魂。

《野草》题辞

　　当我沉默着的时候,我觉得充实;我将开口,同时感到空虚。①

　　过去的生命已经死亡。我对于这死亡有大欢喜②,因为我借此知道它曾经存活。死亡的生命已经朽腐。我对于这朽腐有大欢喜,因为我借此知道它还非空虚。

　　生命的泥委弃在地面上,不生乔木,只生野草,这是我的罪过。

　　野草,根本不深,花叶不美,然而吸取露,吸取水,吸取陈死人③的血和肉,各各夺取它的生存。当生存时,还是将遭践踏,将遭删刈,直至于死亡而朽腐。

　　但我坦然,欣然。我将大笑,我将歌唱。

　　我自爱我的野草,但我憎恶这以野草作装饰的地面④。

　　地火在地下运行,奔突;熔岩一旦喷出,将烧尽一切野草,以及乔木,于是并且无可朽腐。

　　但我坦然,欣然。我将大笑,我将歌唱。

　　天地有如此静穆,我不能大笑而且歌唱。天地即不如此静穆,我或者也将不能。我以这一丛野草,在明与暗,生与

死,过去与未来之际,献于友与仇,人与兽,爱者与不爱者之前作证。

　　为我自己,为友与仇,人与兽,爱者与不爱者,我希望这野草的死亡和朽腐,火速到来。要不然,我先就未曾生存,这实在比死亡与朽腐更其不幸。

　　去罢,野草,连着我的题辞!

一九二七年四月二十六日
鲁迅记于广州之白云楼⑤上

【注释】

　　①一九二七年九月二十三日,作者在广州作的《怎么写》(后收入《三闲集》)一文中,曾描绘过他的这种心情:"我靠了石栏远眺,听得自己的心音,四远还仿佛有无量悲哀,苦恼,零落,死灭,都杂入这寂静中,使它变成药酒,加色,加味,加香。这时,我曾经想要写,但是不能写,无从写。这也就是我所谓'当我沉默着的时候,我觉得充实,我将开口,同时感到空虚。'"

　　②大欢喜:佛家语,指达到目的而感到极度满足的一种境界。

　　③陈死人:指死去很久的人。见《古诗十九首·驱车上东门》:"驱车上东门,遥望郭北墓。……下有陈死人,杳杳即长暮。……"

　　④地面:比喻黑暗的旧社会。作者曾说,《野草》中的作品"大半是废弛的地狱边沿的惨白色小花"。

　　⑤白云楼:在广州东堤白云路。据《鲁迅日记》,一九二七年三月二十九日,作者由中山大学"移居白云路白云楼二十六号二楼"。

阅读指要

鲁迅的散文诗集《野草》凝聚着他在五四新文化运动退潮以后思想上处于彷徨时期对人生、对人的存在价值、对中国文化的特征和社会发展的深沉思考。在生命最痛苦的时候，五四运动高潮后的回落、"新青年"阵营的裂变、统治阶层的专横和欺压……一系列社会的矛盾让鲁迅陷入消沉抑郁的海洋、感受心灵苦闷的煎熬。黯淡的情绪和痛苦的情愫孕育了《野草》的诞生。这部作品是鲁迅以其独特的个性和方式同痛苦作"绝望的抗战"而催生的小花，是他灵魂深处流淌出来的心泉所化成的艺术瑰宝，是一部"心灵斗争的记录"。鲁迅以他不可模仿的艺术才华，将自己微妙的感觉、情绪，难以言传的心理、意识，复杂万端的心态与情感，愤激与焦躁，感伤和痛苦，苦闷与彷徨，探索与追求，溶入这丛野草之中，从而把内心的痛苦转入《野草》，这是他建立在精神死亡之海上的墓志铭。他的一生就是这样以绍兴人那一碗黄酒垫底的生命底气，以来自尼采权力意志哲学的那一派野力，绝望、反抗绝望、坚持绝望。这种绝望的坚持尤其坚忍。鲁迅既感觉到了生命的虚无，又要在为虚无的压迫下致力于求索一个民族，一个文明的新生之路。这是一个极大的悖论。更痛苦的是鲁迅在求索民族新生之路上又是这样四处碰壁。这样的鲁迅我们可以把他描写成一位举着盾牌的战士，盾牌的后方是生命的虚无，盾牌的前方是出路的虚无。战士要搏击的是双向的虚无。这种战斗就尤其惨烈。这样的鲁迅才是一个够味的鲁迅。这样的鲁迅才配称中国在二十世纪的精神高峰。

鲁迅毫不讳言现实在他看来乃是实有的黑暗与虚无，却又认为，不是没有可能从反抗中得救。他一面揭示生存的荒诞与生命的幽暗，一面依然抱着充沛的人文主义激情，这是他高出许多存在主义者的地方。他说，他的哲学都包括在《野草》里面。《野草》的低沉阴郁、桀骜不驯，体现出彷徨于传统与现代之间的作者孤愤苍凉的心情，是作者真实的灵魂袒露；是追寻生命意义却感到死亡的悲怆时的焦虑；

是独自与黑暗搏斗的直面真相的勇气,是在无路之处走出路来的反抗绝望的生命哲学。哲理性,即思与诗的结合,是《野草》的一大特点。它通过大量的象征,画面切割,即时场景的设置去表现,也有直接诉诸一种箴言式的话语的。而象征,又往往经由梦境的创造进行。读者可以在梦幻中思考它精确而又众多的歧义,摸索它同现实的对应性联系,探测作者的灵魂的深度。《野草》的语言风格也很有特色。激越、明快、泼辣、温润,它都具有;但是更多的是深沉悲抑,迂回曲折,神秘幽深。作者表现的主要是一种悲剧性情绪,它源自生命深处,许多奇幻的想象,其实都是由此派生而来,因此,最富含热情的语言也都留有寒冷的气息,恰如冰的火,火的冰。《野草》的语言,正是那青白背景上的无数张开而又纠结在一起的红艳的珊瑚枝。作为一部灵魂之书,《野草》开辟的境界,在中国的精神史和文学史上,堪称"前无古人,后无来者"。散文诗《野草》被许多评论者认为是中国20世纪文学的巅峰之作。

《朝花夕拾》小引

我常想在纷扰中寻出一点闲静来,然而委实不容易。目前是这么离奇,心里是这么芜杂。一个人做到只剩了回忆的时候,生涯大概总要算是无聊了罢,但有时竟会连回忆也没有。中国的做文章有轨范,世事也仍然是螺旋。前几天我离开中山大学的时候,便想起四个月以前的离开厦门大学;听到飞机在头上鸣叫,竟记得了一年前在北京城上日日旋绕的飞机。我那时还做了一篇短文,叫做《一觉》。现在是,连这"一觉"也没有了。

广州的天气热得真早,夕阳从西窗射入,逼得人只能勉强穿一件单衣。书桌上的一盆"水横枝",是我先前没有见过的:就是一段树,只要浸在水中,枝叶便青葱得可爱。看看绿叶,编编旧稿,总算也在做一点事。做着这等事,真是虽生之日,犹死之年,很可以驱除炎热的。

前天,已将《野草》编定了;这回便轮到陆续载在《莽原》上的《旧事重提》,我还替它改了一个名称:《朝花夕拾》。带露折花,色香自然要好得多,但是我不能够。便是现在心目中的离奇和芜杂,我也还不能使他即刻幻化,转成

离奇和芜杂的文章。或者,他日仰看流云时,会在我的眼前一闪烁罢。

我有一时,曾经屡次忆起儿时在故乡所吃的蔬果:菱角、罗汉豆、茭白、香瓜。凡这些,都是极其鲜美可口的;都曾是使我思乡的蛊惑。后来,我在久别之后尝到了,也不过如此;惟独在记忆上,还有旧来的意味存留。他们也许要哄骗我一生,使我时时反顾。

这十篇就是从记忆中抄出来的,与实际内容或有些不同,然而我现在只记得是这样。文体大概很杂乱,因为是或作或辍,经了九个月之多。环境也不一:前两篇写于北京寓所的东壁下;中三篇是流离中所作,地方是医院和木匠房;后五篇却在厦门大学的图书馆的楼上,已经是被学者们挤出集团之后了。

一九二七年五月一日,鲁迅于广州白云楼记

在这段"小引"中,我们隐约可以感到,鲁迅当时的心境并不好,纷扰芜杂,甚至带着强烈的虚无与悲观。创作《朝花夕拾》时,鲁迅已是文坛举足轻重的作家。一九二六年"三·一八"惨案后,鲁迅写了《记念刘和珍君》等文,愤怒声讨反动政府的无耻行径,遭到反动政府的迫害,不得不过起颠沛流离的生活。同年九月鲁迅接受了厦门大学的聘请,南下教书,但他在厦门大学只待了四个多月,因为他发现厦门大学的空气和北京一样,也是污浊的。这正是"离奇和芜杂"的产生原因。

如果说,《野草》是鲁迅在"绝望中抗争"的心灵记录,是鲁迅生命哲学的表现;那么,《朝花夕拾》则是一种"在绝望中寻求"的心灵追忆,是"从记忆中抄出来的""回忆文"。也许,越是在绝望的时候,人对往事的回忆越会显得深情绵长。在《朝花夕拾》中,鲁迅

搜寻着自己成长史中细微而温暖的记忆：在夏天的星空和大桂树底下，祖母摇着芭蕉扇坐在桌旁，给他讲故事和猜谜语；百草园中的花草虫鸟；一字不识的长妈妈给少年的鲁迅带来了至爱的插图本《山海经》；那些《山海经》上记载的神话故事；童年的天地"百草园"；藤野先生的高尚人格；范爱农率直而深厚的友情；甚至于那题着"文星高照"四个字的魁星像所带来的对图像和色彩的满足……

鲁迅先生有着较为美好的童年生活，前七篇作品，记述鲁迅儿童时期在故乡的生活片段，展现了当时的人情世态和社会风貌，是了解少年鲁迅的可贵篇章。后面的《琐记》《藤野先生》《范爱农》三篇，记述鲁迅离开家乡到南京、日本求学和回国后的一段经历，留下了青年鲁迅在追求真理的人生道路上沉重的脚印。

《朝花夕拾》的文化内涵极其丰富，它反映和折射了那个时代思想、教育、文学、艺术、民风民俗、礼仪制度、伦理道德、宗教信仰等方方面面，具有中国近代文化百科全书的风格。作为唯一的一部以自我经历为内容的回忆性散文集，虽然不能理解为鲁迅的"自传"，却为后人提供了研究鲁迅的第一手资料。《朝花夕拾》还有个特点，是将对往事的追忆和对现实的批判错综交融在一起。对野蛮的封建伦理，愚弱的国民精神，陈旧的教育模式，荒唐的陋规恶习，骗人的庸医医道等进行尖锐的、毫不留情的否定和批判，即使在《小引》和《后记》中也是如此。

《后记》主要讲的是与《二十四孝图》相关的内容和"无常"画像的有关问题。如果说正文仅是对"老莱娱亲"和"郭巨埋儿"故事的反感，《后记》则补充批判中国文化中那股消极封建的观念是如何在童年时期就扼杀人的天性，那帮"御用文人画匠"如何附庸忠孝做出画虎类猫的事……本来，鲁迅只是想找几张旧画像来做插图，可在不同版本的画像比较评判中，鲁迅忍不住用他那如椽大笔讽刺起来……可以说，《后记》既是对"插图"的解释说明，也是对前文的补充交待。

一九三一年初,一位名叫增田涉的日本文学青年来到中国上海,向鲁迅表示想了解中国和中国文学。鲁迅就送了他一本薄薄的书,并向他指出:"要了解中国,先看看这本书。"这本书,就是鲁迅先生于一九二六年创作的带有回忆色彩的叙事散文集《朝花夕拾》。

《朝花夕拾》是中华民族的时代记忆。鲁迅历经沧桑后隐去了惯常的愤怒和绝望,诉求于自己的体验和抒情,他从一个孩子的视线出发,又融入了成人的理性思维,使得《朝花夕拾》百味俱生。今天,我们重读鲁迅的作品,依然可以感受到其中的温情和残酷、个人和社会、现代和传统、快乐和痛苦交织纠缠在一起的繁复情感。也许,这本书永远也读不完,因为它常读常新。

秋夜①

  在我的后园,可以看见墙外有两株树,一株是枣树,还有一株也是枣树。

  这上面的夜的天空,奇怪而高,我生平没有见过这样奇怪而高的天空。他仿佛要离开人间而去,使人们仰面不再看见。然而现在却非常之蓝,闪闪地睒②着几十个星星的眼,冷眼。他的口角上现出微笑,似乎自以为大有深意,而将繁霜洒在我的园里的野花草上。

  我不知道那些花草真叫什么名字,人们叫他们什么名字。我记得有一种开过极细小的粉红花,现在还开着,但是更极细小了,她在冷的夜气中,瑟缩地做梦,梦见春的到来,梦见秋的到来,梦见瘦的诗人将眼泪擦在她最末的花瓣上,告诉她秋虽然来,冬虽然来,而此后接着还是春,蝴蝶乱飞,蜜蜂都唱起春词来了。她于是一笑,虽然颜色冻得红惨惨地,仍然瑟缩着。

  枣树,他们简直落尽了叶子。先前,还有一两个孩子来打他们别人打剩的枣子,现在是一个也不剩了,连叶子也落尽了。他知道小粉红花的梦,秋后要有春;他也知道落叶的

梦，春后还是秋。他简直落尽叶子，单剩干子，然而脱了当初满树是果实和叶子时候的弧形，欠伸得很舒服。但是，有几枝还低亚③着，护定他从打枣的竿梢所得的皮伤，而最直最长的几枝，却已默默地铁似的直刺着奇怪而高的天空，使天空闪闪地鬼眨眼；直刺着天空中圆满的月亮，使月亮窘得发白。

鬼眨眼的天空越加非常之蓝，不安了，仿佛想离去人间，避开枣树，只将月亮剩下。然而月亮也暗暗地躲到东边去了④。而一无所有的干子，却仍然默默地铁似的直刺着奇怪而高的天空，一意要制他的死命，不管他各式各样地眨着许多蛊惑的眼睛。

哇的一声，夜游的恶鸟⑤飞过了。

我忽而听到夜半的笑声，吃吃⑥地，似乎不愿意惊动睡着的人，然而四围的空气都应和着笑。夜半，没有别的人，我即刻听出这声音就在我嘴里，我也即刻被这笑声所驱逐，回进自己的房。灯火的带子也即刻被我旋高了。

后窗的玻璃上丁丁地响，还有许多小飞虫乱撞。不多久，几个进来了，许是从窗纸的破孔进来的。他们一进来，又在玻璃的灯罩上撞得丁丁地响。一个从上面撞进去了，他于是遇到火，而且我以为这火是真的。两三个却休息在灯的纸罩上喘气。那罩是昨晚新换的罩，雪白的纸，折出波浪纹的叠痕，一角还画出一枝猩红色的栀子。

猩红的栀子⑦开花时，枣树又要做小粉红花的梦，青葱地弯成弧形了……我又听到夜半的笑声；我赶紧砍断我的心绪，看那老在白纸罩上的小青虫，头大尾小，向日葵子似的，只有半粒小麦那么大，遍身的颜色苍翠得可爱，可怜。

我打一个呵欠，点起一支纸烟，喷出烟来，对着灯默默地敬奠这些苍翠精致的英雄们。

一九二四年九月十五日

【注释】

① 《秋夜》最初发表于一九二四年十二月一日《语丝》周刊第三期,题作《野草之一·秋夜》。

② 䀹:眼睛一合一张,义同眨。

③ 低亚:低垂。亚,通"压"。

④ 然而月亮也暗暗地躲到东边去了:这是写作者在深夜里一瞬间的感觉,并不是真的月亮东移。

⑤ 夜游的恶鸟:即猫头鹰之类的夜间活动捕食的鸟。由于叫声凄厉,给人一种不祥的恐怖感,迷信者认为是不吉祥之鸟,其实这些鸟类是树木的益鸟。

⑥ 吃吃:状笑声。

⑦ 栀子:一种常绿灌木,夏季开花,极香,一般为白色或淡黄色,红栀子花是极罕见的品种。

鲁迅写本文的时候,正是"《新青年》团体散掉了,有的高升,有的退隐,有的前进"的时候,他"又经历了一回同一战阵中的伙伴还是会这么变化",感到苦闷、孤独,仿佛"在沙漠中走来走去"(《〈自选集〉自序》)。在北洋军阀统治下的北京,笼罩在一片黑暗之中。但是鲁迅并未消沉下去,而是继续以笔为武器,同黑暗的社会作顽强的斗争。

这是一篇含蓄隽永的散文,通过描写肃杀、寒冷的秋夜中的各种景物,表现了作者当时孤独、苦闷、激愤的心境,体现了作者与恶势力进行不妥协斗争的精神。文章描写的是秋夜里一些有特征、有象征意义的事物,景物描写背后贯穿的是深沉含蓄的情感线索;在行文上,则以"我"的视点游动为转移。

写后园:"……墙外有两株树,一株是枣树,还有一株也是枣树。"为什么反复点明枣树?历来有争议。大概是为了表明枣树在作者

心目中的地位，表明作者在各种景物中突出枣树的形象。另外，作者还有可能是为了表现一点语言的谐趣。此数语可视为本文文眼，就像"这几天心里颇不宁静"是《荷塘月色》中的文眼一样，因为它们是写"我"的孤愤心境的起点，是理解本文写景意蕴和作者思想感情的关键。

写夜空：它奇怪而高，非常之蓝，其特点是：高远，冷漠，险恶。它象征着黑暗势力，或者象征着黑暗社会。

写小粉红花：它是无名花，开得极细小，冻得红惨惨的，可还做着春天的梦。其特点是：弱小，受害，纯真，盲目乐观。它象征着社会上心地单纯而善良的受压迫的弱势人群。

写枣树、夜空和月亮：枣树比小粉红花看得、想得更远；它光秃秃的，带着皮伤，但仍不顾一切地直刺着天空和月亮。其特点是：清醒，沉着，孤独，嫉恶如仇，坚强不屈。它象征着宁愿粉身碎骨也要与黑暗社会斗争到底的斗士。夜空的形象在这里有所变化，"不安了"，"避开枣树"，暴露了色厉内荏的另一面。月亮也被枣树刺得"窘得发白"，"也暗暗地躲到东边去了"，原先它像夜空一样嚣张，现在比夜空还要脆弱。

写夜游的恶鸟：它发出怪异可怖的声音，扰乱夜的安宁。其特点是：恐怖、孤立。它象征着什么，历来有争议；比较多的看法是象征着破坏黑暗统治秩序的孤独斗士。

以上是后园的景物描写，接下来便是室内景物描写。主要描写了小青虫。它在玻璃窗户上乱撞，投奔光亮，落入火中。其特点是：弱小，莽撞，可爱，可怜。它象征着投奔光明却无谓地牺牲了的幼稚的人们。

另外，全文还描写了时隐时现、贯穿全篇的"我"。这是一个线索人物，一个孤独而愤懑的探索者的形象。从表面看，处处写景，却处处有"我"，处处在描写"我"眼中的景，表达"我"的观感。

在"我"的眼里，枣树是他印象最深的景物，"一株是枣树，还有一株也是枣树",感觉如此单调,隐约反映他内心的孤独;夜的天空阴冷、阴险、阴毒,同时又虚张声势,色厉内荏,"我"在向读者暗示夜空是加害于生灵的恶势力的总代表,他对它带着厌恶和仇恨的感情;在"我"的眼里,小粉红花在死亡临近的时刻,还"瑟缩地做梦","我"对她的同情与怜爱隐然可感;枣树不顾自身的伤痛和危险,矢志不渝地与制造黑暗与寒冷的夜空搏斗,并最终取得胜利,"我"对他怀有敬意,有人说它是作者人格的外化,乃"知音"之论;小青虫追求光明,却不慎自投灯火,"我"对它既怜悯、同情,又赞叹。

至于"我"的外在形象,于开篇即已出现,在观察室外景物时隐隐现出一个怀着沉重而愤懑的心情的孤独者形象;转身到室内后,心情始有松快,到最后,"我打一个呵欠,点起一支纸烟,喷出烟来,对着灯默默地敬奠这些苍翠精致的英雄们",已经不再讳言"敬奠",表明态度。在昏暗的灯光的背景中,一个孤独的思想者形象跃然纸上。

本文写景状物采用了拟人的手法,赋予事物以人的形貌、行为、性格气质、思想感情,但也不违背事物自身逻辑。写小粉红花,"瑟缩地做梦","梦见瘦的诗人将眼泪擦在她最末的花瓣上";写枣树,光秃的枝丫"欠伸得很舒服",对强大的夜空和月亮要一意地制其死命,同时对弱小的小粉红花有心灵感应,知道她在做什么梦;写小青虫,"在灯的纸罩上喘气",这与其说是写"我"的观察,不如说是写想象。这些景物是"我"呈现幻觉的状态下看见的,但都紧扣了景物和各自特征,例如"口角上现出微笑",天空怎么有"口角"?初读不明所指,细味之却仿佛看到月亮(疑是下弦月)的模样。

本文写秋夜的景物,看似很散,难以把握,但由于有感情的线索,散乱的景物就有机地组成一体了。在行文上也有巧妙的过渡衔接。第一段点明枣树,第二段便描写枣树上面的夜空;第二段末说夜空将繁霜洒在野花草上,便有了第三段对小粉红花的描写。写夜游的恶鸟是从室外向室内的过渡。先写回到室内旋亮灯火,于是有了扑灯的小青

虫；写小青虫，便有了"敬奠"之情。这种过渡转接，自然、畅达而紧凑。总的说来，作者表达思想感情非常含蓄，但细加琢磨，线索、层次还是清晰的。

雪

暖国的雨,向来没有变过冰冷的坚硬的灿烂的雪花。博识的人们觉得他单调,他自己也以为不幸否耶?江南的雪,可是滋润美艳之至了;那是还在隐约着的青春的消息,是极壮健的处子的皮肤。雪野中有血红的宝珠山茶,白中隐青的单瓣梅花,深黄的磬口的蜡梅花;雪下面还有冷绿的杂草。蝴蝶确乎没有;蜜蜂是否来采山茶花和梅花的蜜,我可记不真切了。但我的眼前仿佛看见冬花开在雪野中,有许多蜜蜂们忙碌地飞着,也听得他们嗡嗡地闹着。

孩子们呵着冻得通红,像紫芽姜一般的小手,七八个一齐来塑雪罗汉。因为不成功,谁的父亲也来帮忙了。罗汉就塑得比孩子们高得多,虽然不过是上小下大的一堆,终于分不清是壶卢还是罗汉;然而很洁白,很明艳,以自身的滋润相粘结,整个地闪闪地生光。孩子们用龙眼核给他做眼珠,又从谁的母亲的脂粉奁中偷得胭脂来涂在嘴唇上。这回确是一个大阿罗汉了。他也就目光灼灼地嘴唇通红地坐在雪地里。

第二天还有几个孩子来访问他;对了他拍手,点头,嘻

笑。但他终于独自坐着了。晴天又来消释他的皮肤，寒夜又使他结一层冰，化作不透明的水晶模样；连续的晴天又使他成为不知道算什么，而嘴上的胭脂也褪尽了。

但是，朔方的雪花在纷飞之后，却永远如粉，如沙，他们决不粘连，撒在屋上，地上，枯草上，就是这样。屋上的雪是早已就有消化了的，因为屋里居人的火的温热。别的，在晴天之下，旋风忽来，便蓬勃地奋飞，在日光中灿灿地生光，如包藏火焰的大雾，旋转而且升腾，弥漫太空；使太空旋转而且升腾地闪烁。

在无边的旷野上，在凛冽的天宇下，闪闪地旋转升腾着的是雨的精魂……

是的，那是孤独的雪，是死掉的雨，是雨的精魂。

一九二五年一月十八日

这是鲁迅先生在《野草》中的一篇文章。先生用诗一般的语言，描写了冬天的唯美画面，这在先生的作品中是难得的。呈现在读者面前的就是这样一幅山水画：在白雪皑皑的冬天，一个稍显破旧的老房子独坐旷野，黑褐色的墙上朝上推开了一扇木质窗户。朝窗户内看去，沿窗台摆放了一张四方桌，桌前搁置的是一方端砚、一架毛笔，在桌子的另一边摊放着一叠毛边稿纸。桌旁坐着一中年留须男子，身着蓝布棉袄，一手扶在桌上，一手却搭在窗台上，正扭头朝窗外注视。如果你能看清他的表情，则会发现他时而木然，时而眉头紧蹙，似乎在思索什么事情。窗外雪花纷纷飞扬，甚至有一两片飘落在中年男子的手上，但丝毫不见他动弹一下，仿若他就是一尊雕像般。他在思索什么？他仿佛看到在不远处有一群永远也不怕冻着的孩子们正在嘻闹，他们正在堆着一个雪人。然而，这孩童的嘻闹声却并没让他感到半点生趣，反而让那个世界更显得安静。

先生在文章开头是以南方的雨开头，来衬托北方的冰雪之坚硬。谈的是雪，却用雨作铺垫，用雨的绵软、单调来衬托冰雪的坚硬、冰冷和有力。作者对雨的温软无力表示出哀伤之情，"他自己也以为不幸否？"随后，他在文章中却勾画出南方下雪的视觉美。雪中有花、有蜜蜂嗡嗡、有画得美人一般的雪人。而雪人却独自坐在晴天和寒夜中变得面目全非。然后作者笔锋一转，描述北方的雪，如粉、如沙、如精灵般漫天奋飞，寥寥数语，读者看到的只是满天飞舞的絮雪，除此之外，没有更多的描写。在文章结尾，作者将雪比为死掉的雨，化为雨的精魂。

这篇文章是作者在一九二五年一月写的，如果我们认为先生有心情来描写风花雪月，那会让先生不能安卧于地下，只怕会从地下爬出来罢。一九二五年一月，当时正处于北伐革命的前夜，国共两党结成统一战线，革命形式出现了可喜的局面，但鲁迅当时生活的北平仍在北洋军阀的黑暗统治下，反动势力猖獗，斗争极其激烈。作者在全文描述了三种雪：一是尚未化为雪的"暖国的雨"；二是滋润美艳之至的"江南的雪"；三是孤独、自由、奋飞向上的"朔方的雪"。用大量的篇幅描写被化妆、快速融化的"雪罗汉"。通过描述南方的雪，从而表露出自己对南方的局势朝着好的一面发展的殷切向往。而通过描写北方的雪则是对北方局势的不满，并认为要像北方的雪一样通过奋斗来争取自由。

腊叶

　　灯下看《雁门集》,忽然翻出一片压干的枫叶来。

　　这使我记起去年的深秋。繁霜夜降,木叶多半凋零,庭前的一株小小的枫树也变成红色了。我曾绕树徘徊,细看叶片的颜色,当他青葱的时候是从没有这么注意的。他也并非全树通红,最多的是浅绛,有几片则绯红在地上,还带着几团浓绿。一片独有一点蛀孔,镶着乌黑的花边,在红、黄和绿的斑驳中,明眸似的向人凝视。我自念:这是病叶呵!便将它摘了下来,夹在刚才买到的《雁门集》里。大概是愿使这将坠的被蚀而斑斓的颜色,暂得保存,不即与群叶一同飘散罢。

　　但今夜它却黄蜡似的躺在我的眼前,那眸子也不复似去年一般灼灼。假使再过几年,旧时的颜色在我记忆中消去,怕连我也不知道它何以夹在书里面的原因了。将坠的病叶的斑斓,似乎也只能在极短时中相对,更何况是葱郁的呢。看看窗外,很能耐寒的树木也早经秃尽了;枫树更何消说得。当深秋时,想来也许有和这去年的模样相似的病叶的罢,但可惜我今年竟没有赏玩秋树的余闲。

一九二五年十二月二十六日

阅读指要

《腊叶》是鲁迅先生于一九二五年十二月二十六日写的一篇抒情散文，通过一片枫叶抒发了他当时的心情。

在《野草》这本充满奇特想象的散文诗集中，也有一两篇优美的抒情文字。《好的故事》中多有美景，而这篇《腊叶》含着淡淡的柔情。鲁迅那孤独的灵魂找到一丝慰藉。《腊叶》，是为"爱我者"的想要保存"我"而作的。主要写给当时已与他有了感情，后来成为了他的妻子的许广平。鲁迅曾对孙伏园说过这意思："许公很鼓励我，希望我努力工作，不要松懈，不要怠忽。"许广平也说过："不过事实的压迫……真使先生痛愤成疾了。不眠不食之外，长时期纵酒。经医生诊看之后，也开不出好药方，要他先禁烟、禁酒。……那时有一位住在他家里的同乡，和我商量一同去劝他，用了整一夜反复申辩的功夫，总算意思转过来了，答应照医生的话，好好地把病医好。"

鲁迅这篇文章的写法是奇特的，如果我们不知道以上的事实，谁能领会其意呢？他以"爱我者"的口吻说话，把自己比作那片枫叶——他称之为"腊叶"，因为那是陈旧的、干枯的。主人因同情保存了它，因为它有病。但时过境迁，它已无斑斓的颜色，如果再过些时候，形象会更丑陋，色彩会更黯淡，主人也许会把它忘记。

爱的情感是存在的，但它会永不消逝、永远新鲜吗？他不能把握，因此心怀忧虑和哀愁。通过揣摩"爱我者"的心思，隐约地表达出来。

作为一个自我要求极严格的人，他总是先怀疑自己：他值得人这般爱吗？他之听从劝告，说明他觉得生活还有希望，而到了南方，他终于做了决定，在给许广平的信中表明了这决心："这是你知道的，我这三四年来，怎样地为学生，为青年拼命，并无一点坏心思，只要可给予的便给予。然而男的呢，他们互相嫉妒，争起来了，一方面不满足，就想打杀我，给那方面也无所得。看见我有女生在坐，他们便造流言。这些流言，无论事之有无，他们是在所必造的，除非我和女

270　鲁迅散文中学生读本

人不见面。他们貌作新思想,其实都是暴君酷吏,侦探,小人。倘使顾忌他们,他们更要得步进步。我蔑视他们了。我有时自己惭愧,怕不配爱那一个人,但看看他们的言行思想的内幕,便使我自信我决不是必须自己贬抑到那么样的人了,我可以爱!"而这篇文章,既记了对"爱我者"的感激,主要地也记下了能不能去爱的疑虑。